COLLECTION
L'IMAGINAIRE

Jean Giono

Rondeur
des jours

L'eau vive, I

Gallimard

Jean Giono est né le 30 mars 1895 et décédé le 9 octobre 1970 à Manosque, en haute Provence. Son père, italien d'origine, était cordonnier, sa mère repasseuse, d'origine picarde. Après des études secondaires au collège de sa ville natale, il devient employé de banque, jusqu'à la guerre de 1914, qu'il fait comme simple soldat.

En 1919, il retourne à la banque. Il épouse en 1920 une amie d'enfance dont il aura deux filles. Il quitte la banque en 1930 pour se consacrer uniquement à la littérature après le succès de son premier roman : *Colline*.

Au cours de sa vie, il n'a quitté Manosque que pour de brefs séjours à Paris et quelques voyages à l'étranger.

En 1953, il obtient le prix du Prince Rainier de Monaco pour l'ensemble de son œuvre. Il entre à l'académie Goncourt en 1954 et au Conseil littéraire de Monaco en 1963.

Son œuvre comprend une trentaine de romans, des essais, des récits, des poèmes, des pièces de théâtre. On y distingue deux grands courants : l'un est poétique et lyrique ; l'autre d'un lyrisme plus contenu recouvre la série des chroniques. Mais il y a eu évolution et non métamorphose ; en passant de l'univers à l'homme, Jean Giono reste le même : un extraordinaire conteur.

RONDEUR DES JOURS

Les jours commencent et finissent dans une heure trouble de la nuit. Ils n'ont pas la forme longue, cette forme des choses qui vont vers des buts : la flèche, la route, la course de l'homme. Ils ont la forme ronde, cette forme des choses éternelles et statiques : le soleil, le monde, Dieu. La civilisation a voulu nous persuader que nous allons vers quelque chose, un but lointain. Nous avons oublié que notre seul but, c'est vivre et que vivre nous le faisons chaque jour et tous les jours et qu'à toutes les heures de la journée nous atteignons notre but véritable si nous vivons. Tous les gens civilisés se représentent le jour comme commençant à l'aube ou un peu après, ou longtemps après, enfin à une heure fixée par le début de leur travail; qu'il s'allonge à travers leur travail, pendant ce qu'ils appellent « toute la journée »; puis qu'il finit quand ils ferment les paupières. Ce sont ceux-là qui disent : les jours sont longs.

Non, les jours sont ronds.

Nous n'allons vers rien, justement parce que nous allons vers tout, et tout est atteint du moment que nous avons tous nos sens prêts à sentir. Les jours sont des fruits et notre rôle est de les manger, de les goûter doucement ou voracement selon notre nature propre, de profiter de tout ce qu'ils contiennent, d'en faire notre chair spirituelle et notre âme, de vivre. Vivre n'a pas d'autre sens que ça.

Tout ce que nous propose la civilisation, tout ce qu'elle nous apporte, tout ce qu'elle nous apportera, rien n'est rien si nous ne comprenons pas qu'il est plus émouvant pour chacun de nous de vivre un jour que de réussir en avion le raid sans escales Paris-Paris autour du monde.

Cette heure trouble où les jours se séparent de la nuit, où l'ombre se dépose dans les vallées de la terre, où le ciel s'éclaire, où tout est comme un vase qu'on a longtemps agité et qui maintenant va avoir son repos et sa clarification. Le rossignol a changé son chant. Ce n'est plus ce ruissellement de musique dont il a noyé sa femelle — et elle est sur la branche du tilleul, désormais lourde et sourde, et elle a fermé ses petites paupières rondes et le vent la balance du même balancement que les feuilles — ce n'est plus ce fleuve sonore, c'est une longue note à peine un peu tremblante. Longue comme ce déchirement de l'aube là-bas, au-dessus des collines de l'Est. Des gouttes de rosée glissent le long des feuilles des arbres, puis tombent, et les arbres sont tout tremblants et il n'y a pas de vent, mais cependant voyez comme les aulnes et les peupliers frémissent. L'air est léger. Il a cette qualité des eaux de source dans la montagne : on arrive là; on a soif. On la voit verte, on la croit trop fraîche. On la boit, et alors on la trouve justement faite pour l'état exact de votre gosier et de votre corps à ce moment-là. Et vous repartez avec des forces nouvelles. Le soleil se lève. Avec lui les odeurs. Dans les lointaines collines, les lilas sont fleuris. Le fleuve a baissé là-bas, dans les fonds de la vallée, car l'odeur des limons vient de monter. Un écureuil a écorché les hautes branches du bouleau; une odeur de miel vient de

descendre. Les pluies passées ont découvert les racines
d'un cyprès qui sentent l'anis. Une belette invisible
court sous l'herbe du pré, et nous ne la voyons pas, nous
voyons seulement l'aigrette des avoines qui tremble,
mais nous sentons toutes les odeurs de ces herbes que la
belette charrie de ses petits bonds souples, la flouve,
l'esparcette, la fétuque, le trèfle et le sainfoin, la pâque-
rette et les mille petites herbes collées contre la terre
noire, et la terre noire elle-même, avec ses champignons,
ses vers, ses petits morceaux de bois pourris.

Je suis couché et je dors. Comment le jour entre-t-il
en moi? Dans le moment de cette heure trouble où le
jour est né, moi-même endormi, ai été clarifié; les rêves
se sont enfuis comme le vent des arbres et le sommeil
s'est déposé lentement dans les vallées de mon corps.
Déjà tout ce qui émerge — pareil au sommet des collines
qui dans le monde au-dehors viennent se gonfler en
bosses d'or — tout ce qui émerge du sommeil en moi
prend vie et chante. Je suis encore endormi mais j'entends, je sens les odeurs, je bois instinctivement à la
fraîche fontaine de l'air nouveau. Les bruits et les parfums me racontent des histoires que ma pensée toute
libre enregistre. Par l'odeur d'anis j'ai vu, les yeux
fermés, les racines noires du cyprès; par le chant du
rossignol j'ai vu la dame rossignol ivre d'amour et de
chanson nocturne, s'abandonner à la danse aurorale des
feuilles; par le froussement de la prairie et les éclats
de parfum qui jaillissent dans les bonds de la belette,
comme des cymbales d'odeur, j'ai suivi la course de la
belette fauve depuis le tronc du saule jusqu'à sa petite
bauge chaude. Enfin mes paupières sont touchées d'un
épi d'or. Je m'éveille. Le soleil est posé sur mon visage.

Le monde est là; j'en fais partie. Je n'ai d'autre but
que de le comprendre et de le goûter avec mes sens. Et je

me lève comme le conducteur de quadrige mettait le
pied sur la plate-forme du char avant de se laisser emporter par la course de ses quatre chevaux.

Tous les matins ont une heure de l'ange. Une heure
pendant laquelle battent doucement les ailes multicolores de l'annonciateur. Selon la saison, c'est parfois
une longue pluie sombre qui arrive pendue sous le
ventre du vent; ou bien c'est une pluie grise installée
dans toute la largeur du ciel et qui grignote la terre, les
branches nues et même les pierres poreuses des fontaines;
ou bien c'est le clair soleil paisible et fleuri et dans le
mouvement de bras d'un invisible semeur, la terre est
ensemencée de poignées d'oiseaux, qui font crépiter
les feuillages des arbres, ou bien c'est le vent. Cette
heure est toute la bénédiction du jour. Elle est le commencement de tout ce qui est promis, de tout ce qui sera tenu,
de tout ce qui est caché dans cette partie du ciel vierge
où le soleil aujourd'hui n'a pas encore passé.

C'est l'heure du travail des champs. C'est le moment
où la bêche vole et chante, où elle est bien aiguisée
comme il faut, où la terre est meuble à souhait, où le
cordeau bien tendu file tout droit le long des levées
de terre où nous planterons les salades et les poireaux,
les oignons et les aubergines. Nous aurons de l'indulgence
pour le petit scarabée d'or qui s'épuise dans les fraisiers
pour atteindre une fleur blanche. Nous regarderons
l'abeille à peine éveillée, lourde encore de rosée et qui
vient faire sa toilette sur le bourgeon rose de la vigne.
Nous ne déchirerons pas la dentelle de l'araignée,
et même nous regarderons la taupe, sans rien dire, sans
bouger notre bêche, sans avoir envie de tuer, ému par
la tristesse noire de cette petite bête fourrée, qui n'y
voit pas et qui respire, extasiée sous les ailes multicolores de l'ange annonciateur. Puis nous irons fumer sous

l'arbre et écouter les troupeaux qui sortent regarder les chars qui abordent les routes pleines de poussière; nous attendrons un petit moment puis, tout d'un coup, nous entendrons la vie tumultueuse des vallées et des prairies où le soleil vient à peine d'entrer.

Ainsi doucement, de l'aube du matin et de la matinée à midi, doucement. La lumière qui monte dans l'arbre au-dessus de la terre arrondit le jour sous sa main dorée. Tout est harmonieux et juste comme les grains dans un galet roulé tout le long du fleuve.

Midi. Puis les longues heures un peu cruelles qui penchent vers la nuit. Et elles sont d'abord éclatantes de soleil et sonores, mais, comme les jeunes Ephésiennes qui descendaient de la colline à la source de la vallée et qui d'abord dansaient sur le chemin plein de soleil et balançaient leurs hanches rondes, puis, dès que l'ombre du val où elles plongeaient atteignait leurs pieds, elles devenaient de danse plus calme et elles entraient dans l'ombre jusqu'aux genoux, jusqu'au ventre, jusqu'aux seins, jusqu'à la tête; les cheveux surnageaient, puis plus rien, et à ce moment-là, elles marchaient posément vers les fontaines dans l'ombre profonde du vallon. Ainsi les heures de l'après-midi.

Le soir. Tous les arbres de l'Ouest sont en bataille contre le soleil et on les voit s'étirer, hausser leurs feuillages comme un bouclier et cacher la lumière. Un peu de jour suinte entre les feuilles comme si le bouclier était fait de mille peaux de petites bêtes et que les coutures soient en train de craquer parce que l'arbre guerrier essayait d'étouffer les soubresauts de l'astre. Mais dans cette lutte les arbres de l'Ouest ne gagnent jamais. Voici le soleil libre. On le voit entre les troncs. Alors, l'herbe qui est dessous les arbres entame la lutte avec ses mille lances et peu à peu c'est elle qui gagne, elle doit percer le soleil par le fond avec ces mille et mille armes terribles que brandissent les avoines, les flouves, les fétuques, les trèfles et les sainfoins. Le soleil, crevé, se vide comme un œuf dans le dessous de la terre, et c'est la nuit. Alors — mais seulement, si nous sommes sages — nous marcherons posément vers les fontaines dans l'ombre profonde de la nuit.

L'EAU VIVE

Dans mon pays, il y a encore de beaux artisans.

Je ne veux pas parler de ceux qui ont des métiers de luxe « ou pour ainsi dire », comme ils disent, mais des humbles : le rémouleur, le potier, le boucher des petits villages, le fontainier, le cordonnier.

Le métier est dans leur chair comme du sang. Ils ne peuvent s'en séparer sans mourir. On en a vu qui, après d'heureux afflux d'argent, restaient, bras ballants, regards humides devant l'établi d'un confrère. Ils s'approchent, prennent les outils dans leurs mains, les caressent, les soupèsent, discutent, et, sentant le temps qui coule, ne plient le dos pour s'en aller qu'à la dernière minute et avec de grands soupirs. Oh! d'ailleurs, ils sont vite morts, ou bien ils reviennent à leur métier et ça fait alors de ces vieillards vermeils, souples comme des osiers, avec cent ans de lumière dans les yeux.

Tout, dans leurs gestes, dans leurs paroles, dans leur façon de voir la vie, de l'interpréter, est inspiré par le métier. Le fontainier vous racontera une histoire : il ouvrira pour vous dans l'herbe des faits tous les ruisseaux qu'ouvrirait la fontaine; le boucher vous racontera la même histoire : elle souffrira sous son couteau de conteur; elle montrera ses entrailles; elle aura le hoquet

de l'agneau. Oui, mais parfois aussi vous vous direz :
« C'est le potier qui parle, il va se servir de son argile
rouge comme d'un soleil pour s'éclairer » et puis c'est
autre chose qui vous surprend, vous écoutez le cordonnier autour de son établi et vous pensez : « C'est le
cordonnier qui parle, il est toujours assis là, dans la
chambre de derrière, sans soleil, sans air, sans verdure, il
va tout voir, comme une marmotte d'hiver », et puis
c'est un grand geste de voix qui renverse les murs, tous
les murs, comme cette fois où un de ceux-là me chantait
dans sa barbe blanche :

> *...un soulier en peau de riche*
> *pour les pieds de l'orpheline...*

Si vous avez la patience, si surtout vous êtes venu
vers eux en leur offrant sur la main tendue votre cœur
comme une orange, vous arriverez malgré tout à la
source d'eau vive. Cette fois-ci, je veux vous parler de
mes amis : le rémouleur, le potier, le fontainier, le boucher des petits villages et celui-là qui n'a plus de métier
parce qu'il a voulu lutter avec la terre, la pluie, le vent,
le soleil, « les grosses choses » : le flotteur de bois. Je vous
dirai ce qu'ils me disent et aussi quelques-unes de leurs
chansons d'artisan : l'eau vive, la source. Ah ! des morceaux seulement de ces chansons parce qu'il a fallu
copier un mot, puis un mot, puis un autre en cachette,
ou bien s'en souvenir et l'emporter comme celui qui est
allé chercher du feu chez le voisin et traverse la rue dans
le vent.

AIGUISEUR DE COUTEAU-SCIE. — Joseph P. dit Joselet.
Celui-là, il est de mars. Dès les beaux jours, dès le printemps, dès les premiers massacres de chevreaux, le

voilà. Il vient d'errer comme une petite barque dans la houle montueuse des collines et il arrive du bourg. Ce matin, comme une grappe de chevreaux geignait sur le trottoir de la boucherie, je me suis dit : « Joselet ne doit pas être loin. » Je finissais à peine que Joselet chantait déjà dans la rue. Le soleil est lourd et froid comme du marbre. Il ne chauffe que si on reste longtemps à la même place. La chanson de Joselet, c'est son appeau aux pratiques. Il a cette chanson dans la bouche comme un cliquet à grive : il chante et on lui apporte des couteaux-scie à aiguiser. Elle imite d'abord la scie rouillée; elle renâcle, elle tressaute avec des mots qui grincent, puis elle chante le prix de l'aiguisage à belles notes bien roulées : « dix sous, dix sous ». Et ça finit en ronronnement de scie blanche qui coule toute seule dans le cœur du bois. Tout son travail est là-dedans.

C'est celle-là que je voulais de chanson. Et je n'ai pas pu la saisir. Elle est à l'abri, au-delà de l'air et de tout, elle n'est plus que le chant de la scie.

Mais j'en ai eu d'autres.

Milieu d'avril Joselet s'en va. Ici où c'est déjà colline mais pas encore montagne, nous avons des orages d'avril qui sont brutes comme des taureaux. On m'a expliqué que l'air va d'abord buter dans les glaciers là-haut, puis que lorsqu'il s'est bien obstiné du nez, il revient sur nous tout à sa colère.

Celui-là nous suivait.

Je suivais Joselet; n'ayant pu le saisir de bon matin au moment où il buvait son champoreau au bar des tanneurs, je le suivais par son chemin de remontée, au cœur de la colline d'Aures. On allait donc ainsi, alignés nez à nuque sur un kilomètre de long : Joselet, moi, l'orage. Celui-là tapait déjà à tour de bras sur la ville comme sur un vieux chaudron. Joselet, quoique d'âge, a un pied

de bouc qui fait merveille en colline. Il tenait sa distance.
Le moins gaillard des trois c'était sûrement moi. L'orage
me cinglait les mollets de coups de grêle. Je pensais :
« Si ça nous laissait arriver à Bandière. » Il y a là de vieux
fours à chaux qui font cave; on est à l'abri. Ça nous laissa
arriver, mais juste. La pluie se mit à tomber épaisse
comme un foin qu'on jette du grenier. Je fis : « Ah!
Pas moins... » en entrant dans le four la tête baissée.
Comme je rabattais le col de ma veste :

« Oui, c'est un porc de temps », fit Joselet.

Il était là.

On parla d'abord un peu de tout, puis j'en vins à la
chanson. Il me demanda :

« Celle-là ? »

Et il se mit à la crier pour moi seul.

« Oui, celle-là. »

Il se gratta la tête.

« Mon beau monsieur, j'aime mieux vous le dire tout
de suite. Je ne sais plus l'explication. Ça date de mon
apprentissage ou, plutôt, je l'ai apprise durant mon
apprentissage parce qu'à parler vrai on ne sait pas de
quand ça date au juste. Vous me faites penser : je l'avais
demandée comme vous à mon patron. Il avait répondu :
" Ça petit, ça s'apprend comme une chose de rossignol;
il faut avoir le gosier souple, voilà tout. Quant à te dire... "
Moi, ça m'intriguait et, à toutes les étapes, je m'essayais
à petite voix, sous la couverture. Un beau matin, il ouvre
la bouche... et c'est moi qui chante. Comme lui, tel que
lui, mieux que lui? Il reste là, la bouche ouverte, il me
regarde, il me fait : " Petit, ça commence à venir. "
A midi, il me verse un bon verre de vin. Le lendemain,
il me donne à travailler une petite scie fine. D'habitude,
il les gardait pour lui, il ajustait ses lunettes, il se passait
la langue sur le tour de la bouche, il disait : " Ça, c'est

un travail délicat. " Eh bien, ce jour-là, il m'en a confié une. »

Joselet sort son mouchoir et s'essuie l'œil, je dis l'œil parce que Joselet est borgne de l'œil gauche et le droit est toujours plein d'eau.

« Pour vous en revenir à ce patron, c'était un nommé Meyrieux de la Cluche-haute. Il en savait d'autres. Tenez, écoutez celle-là :

> *Mon couteau-scie est comme un poisson*
> *Et toutes ces feuilles de l'eau*
> *Vous le voyez courir, vous l'entendez crier*
> *Au fond des feuilles ?*
>
> *C'est lui qui désherbe le fond du ciel*
> *C'est un marécage de feuilles,*
> *Maintenant le vent peut couler,*
> *Les branches sont à terre.*

Il cligne un peu de son œil droit, en malice :

« Mettez-vous au bord d'un de ces trous de ruisseau à plat ventre, le nez contre l'eau. Regardez. Regardez plus loin que votre reflet; si vous regardez votre reflet, ça vous bouche tout; regardez plus loin. Plus profond. Là-bas au fond, vous en voyez, de ces poissons qui sont bien comme des couteaux-scie. Ils font aller leur queue, de-ci de-là, et au bout d'un petit moment : pleuf, une grosse herbe monte et reste là toute plate couchée sur l'eau. Alors, vous voyez le ruisseau tout ému qui reprend son fil. C'est ça.

« Il y en a une autre, c'est le Pistou qui la chante. Il faut qu'il ait un peu bu, mais je n'en sais que des bouts. Ça dit : (Mais vous savez que le Pistou il est plus précisément coutelier; il a une meule. Alors, écoutez :)

C'est une pierre d'amiral
Dessus la galère.
Il l'avait emportée de son pays.
Et quand il était seul sur la mer
Il se mettait sur cette pierre.
Il piétinait comme les moutons qui languissent.

. . . .

Il y a ceux qui rament
cloués contre le banc.
De grands malades violets comme des fleurs,
de ceux équarris comme des poutres,
des maigres comme des ceps,
des sans forme comme la racine de l'olivier,
des assassins malheureux pour tout dire.

. . . .
. . . .

Ils sont venus à Toulon
pour la république
On leur a fait le salut militaire,
on les a mis dans une cave de la terre.
L'amiral, il est quelque chose à Paris.
Et la pierre est dans les orties
avec les ordures de la ville.

Je l'ai prise et passée à l'huile
et je l'ai mise en ma voiture
à l'équilibre sur des taquets.

. . . .

Je repasse comme ça les gros couteaux de la boucherie
quand ils sont sales avec du sang.

Alors, je la sens ma pierre
elle est à son plein de bonheur.

. . . .

Parce que le sang, c'est comme la mer,
triste et fait de sel
Et parce qu'elle est dans le regard
de ce fer de couteau aiguisé
comme un assassin malheureux.

POTIER.

> *Ce n'est pas autant l'argile*
> *C'est le doigt.*
> *Ce qui compte dans un vase*
> *C'est le vide du milieu.*

« Voilà, dit Alécis. Je vous ai fait voir ce que l'on fait rien qu'avec la tête du pouce. Regardez-le, mon pouce. »

Il allonge sa main en face de moi; la face à plat, le pouce dardé vers le sol. Pour que je voie mieux, il déplace son geste sur le carré de la fenêtre.

« Vous voyez ce que ça découpe? »

Oui. Dans cette fenêtre, cette main, ce pouce découpent une sorte de golfe marin doucement battu d'azur. Ce doigt, cette main de chair, cette chair d'homme ont les flexuosités aquatiques des terres léchées et reléchées par la mer.

« Regardez-le, mon pouce. C'est mon certificat de travail. De mon temps, on était encore en compagnonnage. Il nous arrivait d'être deux, d'être trois chez le même patron à demander de l'ouvrage. On montrait des papiers et des carnets. Moi, je faisais voir mon pouce et ma main tendue, tels que je viens de vous les faire voir et ça suffisait.

« Alécis, regardez mon pouce et dites-moi si je pourrais être potier aussi. »

Il me faisait placer devant la fenêtre.

« Non et oui.

— Comment, non et oui?

— Voilà : cette peau qui attache votre pouce à la main, cette courbe de peau, ça irait encore, même ça irait très bien; essayez de vous imaginer ce que ça ferait en tournant. Ça ferait une assez belle courbure. Et puis, la peau est saine. Savoir seulement ce que ça ferait à l'usage? Et comment l'argile le prendrait? Ça? Mais alors votre pouce proprement dit, votre pouce alors, non. Il a d'abord là une bosse... Qu'est-ce que c'est, cette bosse : du mal?

— Non, Alécis, c'est quand je cherche quelque chose avec âpreté : je veux me débarrasser du souci du corps pour que ce ne soit que l'esprit qui travaille, et je mords mon pouce, toujours au même endroit, et ça a fait ce cal.

— Alors, ne pensons plus à la poterie, vous ne seriez jamais potier, et c'est plus grave, ça, que la bosse du pouce. Nous, d'abord, il ne faut pas réfléchir, il faut imaginer. Non, ce n'est pas encore ce que je veux dire, il faut prévoir, ça n'est pas encore ça; il faut voir à l'avance; il faut voir ce qui sera en partant d'une chose qui est. Ce qui est, c'est votre pouce, c'est cette courbe de main, c'est tout le jeu de votre muscle dans cette main. Voilà la terre sur le tour. Ça tourne. Votre pouce... Voilà la forme qui monte. Vous comprenez? Ça se forme sous vos yeux. Vos yeux, votre pouce, la main, l'argile, le tour, la vitesse; il faut que tout ça soit mélangé à des doses justes pour faire ce vase juste. En même temps vous réfléchissez. Mais ici, il faut réfléchir avec tout le corps. Si vous oubliez votre corps, si vous en jetez le souci, un des nerfs se crispe, votre pouce tremble, le tour ne va pas sa vitesse ou n'importe quoi, un rien, et votre vase, vous pouvez le lancer sur le tas d'argile; il est bossu. A refaire. »

Ah! si vous comptiez sur la terre,
Elle est froide comme la chair
de ceux qui ont nonante et plus.
Non, ce qu'il faut, c'est que toi, potier
tu sois comme une pharmacie
un peu de ça, un peu de ci,
il faut que tu sois comme une balance
avec des poids vérifiés.
Il faut que tu sois en équilibre
comme le fléau de cette balance;
Plat, tu feras la belle ligne.
Si tu penches, c'est perdu.

Il arrive, malgré tout, qu'Alécis rate ses vases. Alors, il les déchire, là, tout frais, et il lance les morceaux d'argile sur le tas de glaise. Des fois, ça va taper dans des panses de vases cuits. Ça sonne alors un beau son plein qui semble sorti d'une gorge. Et ça vibre un bon temps dans les voûtes sombres de la poterie.

« Vous entendez? il me dit. Vous voyez si c'est mort, ça? »

Le potier, il est comme le Bon Dieu.
Il fait des ouvrages avec de l'argile
et après il en a peur.

Il continue :

« J'ai connu un patron : Roustan, de Dieulefit, qui avait peur de ses marmites. Dans la journée, ça allait, mais dès la nuit, il n'aurait pas traversé la galerie pour tout le bien de Napoléon. Il fallait passer entre des lignées de grosses jarres, puis des marmites sur des étagères et le passage était tout étroit. Si par malheur vous donniez un coup de pied dans une jarre, ou du coude dans une marmite, il montait une grosse voix. Ça mettait en émoi toutes les jarres et toutes les marmites avec leurs voix particulières. On aurait dit une réunion électorale. Ça m'est arrivé plusieurs fois, à moi. Et chaque fois, ça me laissait un petit moment sec de peau et le poil raide. Mais lui, un soir, comme ça lui arrive, il se met à courir. Et du pied dans celle-là et du pied dans celle-ci, et du coude à tort et à travers, en courant, un bruit de mille diables, qu'à la fin, tout asséché de souffle, il s'est abattu dans la paille. Vous pensez qu'on est descendu, nous, les trois ouvriers, et la patronne en caraco de nuit. Elle appelait :

« — Chois, où es-tu?

« Et toutes les jarres grondaient en répétant :

« — Chois, où es-tu?

« Ah! quand on l'a trouvé...

« Cela n'empêche pas que moi, un soir, j'ai bien eu peur, et pour le contraire, parce qu'une jarre avait sonné plein. Oui, je tape du pied, ça sonne plein. Je reste cloué. Je me dit : de l'eau? Non, il n'a pas plu, et puis, pour remplir ça. (C'était une grosse, grosse jarre.) Je me reprends, je descends mon bras dans la jarre. Et à bout de bras, à bout de doigts, je touche : des cheveux. Ça m'a fait que d'un seul coup je suis resté comme retiré du monde; une bulle de savon dans l'air; je ne touchais plus terre. Ça m'est tout passé devant les yeux : et de ceux qui tuent les petites filles (il y en avait justement un de ceux-là à la tuilière pas loin, on y disait " l'artiste ") et de ces accidents qu'on ne s'explique pas, et une chose l'autre, enfin je pensais à tout ça et je n'osais plus. Là, j'ai eu peur. Je vais chez moi, j'allume la bougie et je redescends. Je regarde. Vous savez ce que c'était?

« C'était l'Amélie, oui, l'Amélie, une petite qui venait des fois nous aider à aligner les toupins à l'aire. Seize ans. Mais friande comme toutes ici. La bonne amie d'un collègue : l'André. Elle venait l'attendre là. Elle avait mis un sac au fond de la jarre; elle s'était assise, les genoux remontés jusqu'au menton et elle s'était endormie.

« Cette fois-là j'ai eu peur. »

Nous restons un bon moment sans rien dire. L'argile fuse entre les doigts d'Alécis. Entre ces doigts, c'est soudain tout vivant; ça palpite, ça pousse comme un jeune enfant ou une herbe; ça jaillit comme de l'eau vivante. Dès que les doigts abandonnent la terre, elle a sa forme, elle est morte. C'est un jeu du monde. Alécis, là près de son tour, retrouve sans effort les gestes essentiels, les premiers gestes, les seuls.

« Ça se comprend, cette peur, il me dit. Voyez. Et comme c'est juste ce que nous disons tous : " Ce qui compte, c'est le vide. " Vous, vous choisirez peut-être le vase parce qu'il aura sa forme juste, le contour. Vous le choisirez pour sa viande. Non. Croyez-moi, c'est parce que vous ne savez pas. Il y a des enfants qui font des bonshommes dans la glaise...

Des hommes pleins comme les santonniers
en font aux santonneries :
des meuniers et des petites femmes
hanchés comme des véritables,
des petits bras, des petites jambes
et des têtes.
Mais si vous voyez la tête
avant la peinture
ce n'est rien

qu'un petit bout de terre;
et dedans la terre.
Ils ne savent pas faire vivre la terre,
Donner la vie à la terre. Cette vie qui est la parole.
Comme à tout ce qui est vivant : le chat, le chien,
ou bien l'homme.
Ils mettent de la peinture,
Ils font comme ça des gilets et des vestes
et des robes.
Des corsages et des jupes et des bérets de marins,
Mais tout ça c'est de la peinture,
Rien de plus.
Où il est l'artisan, le maître,
Celui qui commande?
Celui qui commande à la chose,
avec ses doigts, avec sa tête,
sa tête sans peinture,
celle que nous a faite le père du Christ?

Alors que moi, tout marmitier...
C'est un homme qui fait des marmites,
vous dites,
Eh bien, oui, je fais des marmites,
Mais moi, au moins, ce que je fais, c'est vivant
Ça chante et ça pleure suivant le temps
Et quand il vient le grand vent
et que les marmites sont à l'aire,
dans tous ces vaisseaux il chante
comme un qui appuie sa lèvre sur les neuf roseaux du timpon

Et ça fait une vie que, toi, santonnier,
avec toutes tes peintures,
tu te bouches les oreilles et tu hérisses le poil.

Et puis moi, quand j'ai la sauvagine
dedans le cœur,
à me mourir, à me flétrir, à m'endouleurer,
comme une fleur perdue,
voilà ce que je sais faire et ça guérit bien.
Je me fais des gargoulettes,
Ce n'est pas plus gros qu'un pinson
ç'a un bec, une queue comme un oiseau du Bon Dieu,
mais, dedans, au lieu de la tripe
c'est vide.
Alors, j'y verse un peu d'eau,
je mets ma bouche au tuyau
et j'y souffle mon mal de cœur.
Et il s'en va comme un nuage.

NEUF ROSEAUX DU TIMPON. — Cela veut dire que la chanson est très ancienne. D'ailleurs elle est la plupart du temps boiteuse quant à la cadence car elle a dû être traduite plus de dix fois, d'abord d'un patois particulier, puis en haut patois, puis en vieux provençal, puis dans ce provençal récent qui sent le poète et le marchand de poisson, puis maintenant en français. Le timpon est cette grosse flûte à neuf trous qui était particulière aux solitaires de haute Drôme. Elle comprend les sept roseaux qui sonnent la gamme, une gamme claire, une gamme de jeu, plus deux gros roseaux qui donnent les *do* graves et profonds. Un de ces roseaux est au commencement de la gamme, l'autre à la fin. Tout le collier de notes claires servait à l'amusement, à la danse, à la joie du cœur. Les gros roseaux étaient là pour sonner la peine ou l'alarme et, symboliquement, et utilement, ils étaient là, au début et à la fin de toute joie, offerts à la lèvre et prêts. Le berger flûtait la danse de son cœur. Bon, mais, du coin de l'œil, il surveillait le passage des hautes pâtures et, si le pillard arrivait, d'un pli de sa bouche, il sonnait au gros *do* grave avant de prendre son épieu. Et ainsi aussi pour les morts. Pour toutes les tristesses du cœur, il sonnait sur les neuf roseaux une chanson à la fois grave et cristalline comme une irrégulière fontaine qui vocalise des gouttelettes à la pellicule de l'eau puis, d'une grosse goutte fait sonner toute la profondeur du bassin. J'ai vu un de ces timpons suspendu en ex-voto dans la petite église de Vaugnières. J'ai défait le lacet de cuir, j'ai fait doucement marcher les petites notes, puis j'ai soufflé au gros roseau. Ça a donné une belle peur aux poules, et, déjà Baptistin venait en courant à travers les prés.

LE GROS ORGUE DE BARBAROU. — Ce Barbarou revint du Mexique, riche, on ne sait pas, mais oui, on croit. Il en était devenu tout sauvage. Il se retira seul et couvert de barbe sur la hauteur de Fontenouille dans une espèce de pigeonnier. La rude montée et le bois le gardaient. (Ça, c'est de plus récente époque que le timpon, mais c'est quand même assez ancien.) Un beau jour il y eut, dans la hauteur du ciel, un tel braillement de cris et de voix presque humaines pour le ton mais venant qui sait d'où pour la force, que tout le val de Belle-Gaude se vida de gens échevelés. Il y en avait même des en chemise. C'était un jour de fort mistral. Puis ça se calma. Puis ça revint, mais alors tout bien dompté et presque en chanson; ma foi, assez joli pour entendre, comme on dit. On s'accoutuma d'autant que les fermes de Belle-Gaude étaient toujours là et qu'il fallait bien s'accoutumer si on voulait garder couvert. Ce Barbarou avait fait, là-haut à Fontenouille, un orgue en pierre. Il l'avait, avec une si juste idée qu'elle en était diablesse, orienté en plein fil du vent et c'est le vent qui soufflait à l'orgue. Oui, le

grand vent libre, le vent du ciel, c'est comme ça. Il avait
dû apprendre ça dans son Mexique.

Il avait fait tout un jeu de clapets en bois de chêne,
animés par des cordes et ça bouchait ou ça ouvrait les
tuyaux à son gré.

C'est le déluge de 1851 qui détruisit cet orgue éolien.
Il en reste cependant un tube, tout seul, sans clapet.
Il sonne encore quand il vente mais comme, d'année en
année, il s'emplit peu à peu de terre, il sonne de plus en
plus aigu jusqu'au jour où il ne sonnera plus.

BOUCHERS DES PETITS VILLAGES. — J'étais à Vachères
au café de la Fraternité. Nous étions là peut-être cinq :
trois près de la cuisine autour d'une bouteille de vin,
un près du poêle qui lisait le journal d'hier et moi. C'était
tranquille. Je vois entrer un homme un peu en coup de
vent; il regarde; il se tourne vers les trois de là-bas; il
dit :

« Dites, venez voir : l'Onuphre en mène encore une. »

Les trois se lèvent, celui du journal aussi; ils vont à la
porte et ils regardent. Ils me bouchaient la vue; ils
disaient :

« C'est celle d'Aubert le marin. Sans le voir, pour le
croire...

— Et alors, dit celui qui avait annoncé la nouvelle.
L'Aubert y a mis toute la matinée à courir derrière, à lancer des cordes. Il s'est fait mordre au bras... L'Onuphre
est venu... cinq sec... et il la mène... »

Ils s'écartèrent de la porte; un homme passait dans la
rue; une truie le suivait comme un petit chien.

C'est le vétérinaire de Corbières qui m'expliqua,
quelques jours après. L'Onuphre, c'est le boucher de
Vachères. Il va chercher des bêtes pour son abattoir,
sans corde, sans charreton. Il vient, il dit : « Sortez, les

femmes. » Il reste seul avec la bête à amener. Au bout d'un moment, il ouvre la porte, il sort, la bête le suit d'elle-même, sans résistance, même les plus rétives, même celles qui savent. L'Onuphre ne se retourne même pas, non, il marche de son pas d'homme et la bête suit, toute docile, par-derrière, de son pas de bête. Si l'Onuphre court, elle court. Il paraît qu'il arrive à ça avec une chanson qu'il connaît.

Je suis arrivé une fois dans l'arrière-boutique d'Onuphre et j'ai dit :

« Alors, bonsoir » et « Comment ça va ».

Mais vous comprenez bien que ça avait été précédé par tous les préliminaires habituels, et la connaissance d'Onuphre avait été faite voilà trois mois à la foire de Banon, un jour de plein soleil, autour de canettes de bière.

La petite fille faisait ses devoirs sur la table de la cuisine. Elle mâchait le bout de son porte-plume. A côté d'elle il y avait un tas de viandes hachées et la madame Onuphre emplissait les boyaux à saucisse. Elle prenait de pleines poignées de ce hachis puis elle entonnait la viandaille en faisant de la main le simulacre de traire. Quand un morceau était trop gros, elle l'enfonçait de son doigt gras, luisant et sans ongle.

« Asseyez-vous. »

L'Onuphre était à l'abattoir, c'est-à-dire dans la soupente là derrière et on l'entendait qui tapait de la tringle sur le ballon gonflé d'un ventre de mouton.

Au bout d'un moment il entra. Une peau lourde de laine et de sang pendait à son poing. Il la jeta dans l'ombre; elle tomba, là-bas, avec un bruit de linge mouillé.

Il me dit :

« Oui... »

Et il avala d'un air gêné son petit verre d'alcool d'hysope.

« Vous expliquer?... Ah! ça me vient de mon père. Il le tenait qui sait d'où?... C'est venu à travers le temps. Ce que je sais et que je peux vous dire, c'est que mon père fréquentait un de Saint-Martin, une sorte de bouscatier un peu flamberge et pas gras au travail. Celui-là, d'après les dires, il savait parler aux bêtes et il comprenait la bête. Un chien aboyait, il disait : " C'est ça... " et c'était ça. Un cheval, un renard, un sanglier, une poule, il savait. Il était allé parler aux bêtes une fois que le petit de la Norine s'était perdu en montagne, et on avait retrouvé le petit tout endormanté et bourré de lait sur un lit de thym. De qui le lait, de qui le lit? Ça... Je peux vous dire que, dès ce jour de la fréquentation, mon père sut. »

Je regardais la petite. Sur son cahier elle alignait en oblique une longue multiplication. La mère demanda :

« Nuphre, tu as encore de la viande? »

Et il désigna d'un signe de tête un plat sur le bord de l'évier. On était dans du sang et de la mort comme dans du sucre tiède.

« Écoutez-moi, ces chansons — parce que ce n'est pas la même qui sert pour toutes les bêtes et pour toutes les viandes — ces chansons, ça me gênerait de les chanter devant vous. Ça ne s'est jamais dit devant les hommes à ce que je sache. Moi j'ai su parce que, de père à fils ce n'est plus pareil. Et malgré ça... »

Il n'acheva pas sa pensée et il se mit à réfléchir à une chose qui noircit ses yeux. Il soupira :

« Oui... malgré ça, malgré que ce soit de père à fils, il y aurait bien à redire si on réfléchissait à tout. Ça vous mènerait sous le couteau... »

Il eut l'air de reprendre ses sens.

« ...donc, écoutez, je vous ferai copier ça par la petite et puis on vous les enverra. »

J'ai donc ces chansons écrites à l'encre violette sur trois pages de cahier d'école. C'est du papier quadrillé, celui sur lequel la petite écrivait vingt fois en tirant la langue : « Paris est la capitale de la France. » Là aussi elle a moulé les lettres dans l'emplein de la double ligne, gentiment, et en tirant la langue.

J'ai été déçu; vous le serez aussi.

Ces chansons, c'est deux fois rien. Ce sont des mots; ça ne signifie rien, ça ne dit rien, j'ai presque honte de vous les recopier et malgré ça, je le fais parce que cela prouve une fois de plus qu'il y a une grande force dans les mots. Nous ne la connaissons pas encore tout entière. C'est bien possible, vous savez, qu'on a fait jaillir le monde en ne jetant que des mots dans les ténèbres :

Puis Dieu dit : que la terre pousse son jet, et ainsi fut.

Au fond, moi je me méfie de tout ça comme d'un vieux fusil trouvé au grenier; il est peut-être chargé.

Chanson pour se faire suivre du mouton. Il faut venir près du mouton têtu, le pousser à cul dans un coin de l'étable. On se met à genoux devant lui, on ne le touche pas; on lui chante en bourdon :

> *Aracre le couteau, aracre la tout froid*
> *Et zeuse et leuche crache plok.*
> *Et bche et bche et bche*
> *Boum le ventre, boum boum.*

On regarde bien le mouton dans les yeux. On chante ça deux, trois fois, alors on voit la tête du mouton qui s'avance. Il faut toujours garder l'œil fixe. C'est prêt.

Des fois, c'est pour une bête malade. Quand elles sont malades les bêtes, il n'y en a pas de plus têtues pour l'abattoir. Ça devrait être le contraire. Non.

Si c'est un mouton qui a un kyste du ventre, on attrape l'apostume à pleine main et on tire doucement dessus comme si c'était un fruit et qu'on veuille voir s'il est mûr, s'il va venir dans la main. Sans ça, la chanson n'irait pas.

Pour vendre la viande malade sans crainte de donner la maladie on la met sur une grande table et on jette du sel sur la viande en disant :

Sel de la mer, sel de la mer, sel de la mer,
Et puis le vent bou le vent.
Le soleil et ses gros pieds, cluche, cloche et blouf dans l'eau.

Il coule une espèce de jus sur la table. C'est la maladie. On le balaie avec une étoupette de bruyère et on jette l'étoupette au feu. C'est prêt.

La chanson qu'il faut chanter en dépeçant un sanglier pour que l'odeur du sauvage ne s'attache pas au couteau et à la planche d'étal :

Une branche de fenouil
jonc de corbeil
et beau plantin,
Cameline. Dauphinelle,
Cardamine et mon cresson,
beau cresson qui craque au fond,
lourde sauge, lourde sauge,
Artémise, centaurée.
Épervière et Laiteron,
Réséda, Reine-des-Prés,
Angélique, mon cerfeuil
Avec la dent de ta feuille
et le grand parfum de la sorbe,
la tulipe pierre d'ail

et mélisse et Angélique,
Véronique ton beau nom
Et Marie qui sentez bon?

Celle-là, elle est un peu plus longue parce que c'est
long de dépecer un sanglier : les os sont noués dans la
viande comme un fagot de ceps dans de la boue. Mais,
malgré ça, il faut faire bouillir les couteaux et passer
l'étal à l'eau chaude.

Vous voyez, il y en avait peu, ça ne disait pas grand-
chose et ça se terminait par une sorte de lettre que la
petite avait dû écrire sous la dictée d'Onuphre :

« Il y a encore la chanson pour les chevaux; je ne vous
la dis pas; ça fait les cloches : glin, glou; celle des chèvres,
celle pour les truies, celle pour les cochons; ça serait
long. Et puis, c'est embêtant de faire écrire ça à la petite.
Celle du bœuf : ah! celle-là, je ne la dis à personne. Un
bœuf, c'est gros, c'est plus gros qu'un homme. Enfin,
vous voyez. Si ça vous fait plaisir, tant mieux. Mets-y
" salutations ", et voilà. »

Il avait l'air de s'être débarrassé de ça très vite,
Onuphre. « Mets-y salutations, et voilà. » La petite
avait tout écrit ce qu'il disait. Ce « et voilà » avait l'air
d'être un tel soupir de délivrance que je n'osais pas lui
redemander d'autres chansons.

Ce que j'ai cru comprendre, c'est qu'il charme les
bêtes (si toutefois il les charme et s'il m'a copié les vraies
chansons) avec une mélopée qui imite le bruit de leur
mort. Dans celle du mouton on entend le couteau qui
entre dans la peau de la gorge, qui gratte sur la vertèbre,
puis le sang qui coule en jet clair, puis épais, puis un
caillot, le bruit du soufflet qui gonfle le ventre et la tringle
qui tape dessus. Pour le sanglier, des noms de fleurs
mis bout à bout. On appelle toute la colline et sa bonne

odeur pour effacer le fumet de la bête. Il y a même un mot pour Marie et le parfum de ses vertus.

Et, tout d'un coup, encore, à la foire de Banon, six mois après, mon Onuphre tombe sur moi, rouge, les yeux roulants, la bouche tremblante.

« Venez », il me dit.

Il m'entraîne dans un vieux petit café du haut du village, tout désert, nous deux seulement au fond de l'ombre. Et il est là à haleter doucement. Je lui demande :

« Que vous arrive-t-il?

— Rien, c'est pour vous... »

Il boit son anis d'un trait. Il en demande un second, le mouille d'une main faible, boit, s'essuie la moustache puis me dit :

« Vous avez reçu les chansons?

— Oui.

— Il ne vous est rien arrivé?

— Non. Rien.

— Bon, écoutez-moi, j'étais inquiet. Depuis, ma femme s'est planté un couteau dans la cuisse; et, j'ai eu juste le temps de tirer la petite : une grosse hache à fendre est tombée du crochet presque sur elle. Méfiez-vous. Pour moi, je sais que c'est passé, mais pour vous... »

Je ne fais pas le fanfaron avec ces choses, moi. Je dis :

« Bon, ne vous inquiétez pas. Je me méfierai. Un homme averti... »

Il me toucha le bras...

« Et puis, écoutez, je vais vous donner le moyen. J'étais pas né pour ce métier, moi. Quand j'étais jeune, mon père me disait : " Va tuer les chevreaux. " Vous savez ce que c'est. Ils sont là sur le trottoir attachés trois par trois; on prend ça par la corde; on se le charge sur le dos et on va à l'abattoir. Seulement, ces pauvres

bêtes, ça se met à pleurer alors de toutes ses forces...
Ça me donnait des paresses au cœur; il me battait dans
de la colle de pâte, prêt à s'arrêter. Tout tournait; ça
me rendait méchant. Je leur écrasai la tête à coups de
hachoir pour ne plus entendre ce pleuré qui est un
pleuré de petits hommes. Et c'est alors qu'en les portant
je leur ai chanté une chose de ma façon et ça c'est la
chanson pour consoler les petits chevreaux. Ils l'entendent, ils ne pleurent plus, ils sont dans votre dos
comme des choses mortes, déjà mortes. La fatalité.
Et je me suis aperçu que ça coupait le mal des autres
chansons. Écoutez, retenez-la; je la dirai deux ou trois
fois, tant qu'il faudra :

> *Ne pleure pas, bête.*
> *Tu vois, ça n'est pas ma faute.*
> *On nous a faits comme ça.*
> *Il y a l'épicière qui veut faire de la blanquette,*
> *Et même le curé mange de la viande,*
> *Pour son beau ventre.*
> *Ne pleure pas, bête.*
> *On nous a faits comme ça.*
> *Et on l'a écrit une fois pour toutes.*
> *C'est fini, on n'y peut pas revenir.*
> *Le sort de l'un, le sort de l'autre,*
> *C'est lié comme des mains entrelacées.*
> *Et c'est avec ça qu'on tient le monde vivant,*
> *Tous unis, toi et puis moi,*
> *Et Jésus-Christ mangeait du chevreau; pourtant...*
> *Ne pleure pas, bête.*

Je vous ai donné quelques débris de chansons. C'est
venu jusqu'à nous dans la transmission orale comme ces
herbes que portent les longs ruisseaux acides aux eaux

calcaires; d'abord, une molle feuille d'avoine, puis, à la fin, une raide aiguille pétrifiée.

Mais l'avoine, ou la touffe d'avoine? J'ai longtemps cru à l'existence d'un premier artisan aède planté au fond du temps, et nous en respirons encore le parfum.

Je vais vous en présenter un. Nous allons voir des chansons de métier à leur naissance. Et maintenant, je crois comprendre : à la source, un homme qui parle de son métier avec la puissance de son cœur. Le long des âges, sa parole s'en va à travers les hommes de même travail et, pour mieux passer, elle s'ordonne, elle se range en poème, en chanson. Cela se fait tout seul, avec l'aide de tous : un mot d'ici, un mot de là. Entre les couplets, il y a parfois vingt ans d'invention.

LE FONTAINIER. — De celui-là, je vais vous dire le nom exact. Je le peux. Il sera tout heureux de voir son nom ici imprimé; je le dois : c'est un poète, c'en est même un beau. Je dis ça comme un enfant qui est à la chasse aux papillons dans les prés. Oui, c'en est un beau.

Il habite rue du Poète.

J'ai des amis qui vont rire parce qu'ils la connaissent la rue du Poète à Manosque : c'est une impasse.

Mais mon homme aboutit quelque part; il aboutit sur le grand large. Il y aboutit en falaise; quand on est au bout, si on n'a pas des ailes, on tombe. N'est-ce pas une drôle d'impasse?

Au fond de la rue, le mur est troué d'une porte. On entre : une large chambre, pleine à craquer d'une ombre feuillue, un âtre dort, l'œil mi-clos.

Mais voici Pétrus; il parle...

Et c'est de cette façon que l'impasse du poète aboutit en plein ciel, en plein pré de ciel, dans une immensité où le ciel est épais comme de l'herbe; et l'on se baisse et l'on dit : « Des pâquerettes. » On avance la main : non, ce sont des étoiles.

Pétrus Amintiè, dit Jimélastique. Sur sa table, un livre : *Les Fables* de La Fontaine. Il me dit :

« J'ai acheté ce livre. Je croyais qu'on y parlait des fontaines. Des véritables. »

Il soupèse le livre dans sa main, le tourne dessus dessous, le regarde :

« Ça vaut quand même quelque chose. C'est amusant. » Il a la souplesse et la brutalité de l'eau. Il commence brusquement :

« J'étais là à écouter. Depuis un moment, ça faisait ce bruit et j'avais beau suivre tout le contour du bassin, je ne voyais rien. Pourtant, ce n'est pas l'habitude qui me manque. Tout un sourcil d'herbe retombait sur l'eau; c'est là que je regardais. Rien. Et pourtant, ce bruit était là, régulier : comme le craquement de cuir d'un soulier fin, quelqu'un qui s'approchait à la douce. A la fin finale, je me couche dans l'herbe et j'attends. Il faut vous dire que j'étais alors au château des Chabruères. Il faut vous dire aussi que ce bassin était le bassin du fond du parc, vous le connaissez. Ah! monsieur, une eau toute frisée. Le vent enroulait des boucles d'eau dans son doigt. Quelle longue matinée j'ai passée là. Je pensais à Mlle Sylvie. Et vous voyez qu'elle y est arrivée quand même, une autre fois, après que j'eus quitté les Chabruères, du temps de ce Rampan qui était fait pour comprendre les fontaines comme moi pour être pape. Mlle Sylvie. Elle avait de petits souliers en cuir de Russie et ça craquait doucement quand elle marchait. On a dit : folle. Non, moi, j'ai bien regardé ses yeux. C'étaient plutôt des trous que des yeux. Ça ne regardait pas. C'était nous qui regardions dedans.

Elle était pleine d'eau bleue jusqu'au ras des yeux. Alors, elle allait pour ça, de ce pas lent, qui faisait craquer ses souliers en cuir de Russie : elle allait, un pas après l'autre, vers le destin tout écrit. Cette fois-là, ça n'était pas elle. Ça n'était qu'une petite rainette, saoule de soleil et qui râlait doucement au ras de l'eau.

« Jamais plus de caprices que cette fontaine d'Observantines. Une chèvre, cette eau. J'allais, le matin, le long des rigoles; des rigoles à l'espagnole, dallées de briques vernies. Elles étaient vides. Vides, sèches. Des abeilles se posaient au fond pour tâcher d'y pomper une goutte, mais dès qu'elles mettaient la patte sur les briques, elles s'envolaient en grondant parce que c'était chaud comme du feu. Bon. Je tournais le coin du cyprès : ma fontaine était là, ruisselante d'eau. Ah! dès qu'elle me voyait, elle se mettait à faire sa fière, toute en argent; le vent la balançait dans le soleil. Elle avait une chair bossue et fraîche comme les femmes. Je regardais mes rigoles : vides. La fontaine, une joie d'eau. D'où venait l'eau? Un jour, ça a été plus fort que moi, je me suis dit : " Il faut que tu saches : tu es le patron, somme toute. " J'ai ouvert le portillon de fer et je suis entré dans le ventre de la fontaine. Elle m'a fait les cent misères : elle m'a mis de la dalle dans le front; elle m'a obligé à marcher du ventre dans la boue; elle a fait glisser mes mains, et ma bouche est allée donner contre une chose molle qui s'est mise à vivre, mais moi je disais : " La garce! " et je riais quand même. Eh bien, vous le croirez si vous voulez : cette petite saleté — on lui aurait donné le Bon Dieu sans confession — elle était venue débaucher en plein coteau un vieux gaillard de ru souterrain. Ils se mariaient là dans l'ombre. Et c'est bête, ces ruisseaux de dessous terre; il lui donnait toute son

eau et elle s'en allait là-bas, près du cyprès, la gaspiller
dans le soleil et dans le vent... »

. . . .

« Tout, monsieur, c'est tout de l'eau, l'eau enseigne
tout. La vie, c'est de l'eau. »

. . . .

« J'aurais voulu être là quand cette montagne a
émergé de la mer. »

. . . .

« Ce bosquet, c'était une cervelle d'arbre. L'eau en
coulait comme le raisonnement. »

. . . .

« Un sale bassin, ce bassin : il noie les chiens de
chasse. Il se baisse au fort de l'été. Les chiens ont soif,
viennent, essaient de boire, balancent au bord, et
tombent. Et c'est trop haut pour remonter. Ils nagent
jusqu'à la mort. Je les trouve là-dessus, sages comme des
îles. »

. . . .

« La vie, c'est de l'eau. Si vous mollissez le creux de
la main, vous la gardez. Si vous serrez les poings, vous
la perdez. »

Je vous dirai une autre fois les récits et les chansons
du flotteur de bois, du cordonnier aux chardonnerets,
du maquignon qui ouvre la porte des écuries pour
aller passer une heure avec un cheval vendu.

Cette poésie est l'amour du métier, ce métier qui les
porte au ciel comme un chêne qui soulève des flots de
lierre.

COMPLÉMENT A L'EAU VIVE

Ce que je veux vous apporter, c'est de l'eau claire. A peine ça. Mon ami le fontainier m'a dit : « La vie, c'est de l'eau. Mollis le creux de la main, tu la gardes. Serre le poing, tu la perds. » Je le vois. Il était devant moi avec sa pauvre main d'homme des fontaines, sa main usée d'eau, une main déjà toute lyrique rien que dans cet affûtage de l'eau, une main pointue, aimable, molle et de peau fine comme une main d'amoureux. Il la dressait devant moi. Il l'ouvrait, creuse comme un petit bassin de pierre taillé goutte à goutte par la source. Il l'ouvrait : tu la gardes... Et puis soudain il la serrait en nœud de rocher : tu la perds...

Si je vous parle de mon ami le fontainier, c'est que lui m'a ouvert la porte au triple gond. Ce bosquet m'a-t-il dit, c'était une cervelle d'arbre. L'eau en coulait comme le raisonnement. Et tant d'autres choses, si bien qu'à la fin je poussais un gros soupir creux.

« Tu es malade? » il m'a demandé.

J'ai dit :

« Non, je ne suis pas malade, jusqu'à ce jour, je croyais être poète.

— Et qui t'a changé depuis? a-t-il dit.

— Ah! je n'ai pas changé, mon vieil ami, non, mais

tu viens d'ouvrir une porte rudement dure à pousser, et voilà que moi tout petit, je suis maintenant au plein milieu de la prairie des poètes avec de l'herbe jusqu'au ras des yeux, et si j'ouvre la bouche, elle est tout de suite pleine de la poussière des reines-des-prés, et tu es là, toi, à me battre les joues avec des touffes de bleuets. D'où te vient ce flux poétique qui coule de toi sans arrêt? Prépares-tu ce que tu me dis, calcules-tu, fais-tu des raies d'encre sur les lignes écrites? Tu n'inventes pas voyons, ça ne te vient pas dans la bouche comme de la salive, tes chansons, tes contes, tes histoires, et tout ce sel que tu mets dans les mots c'est une provision que tu prépares quand je ne suis pas là, et que tu apprends par cœur? Dis-moi oui, pour que je sois consolé.

— Non », dit-il, il calcule un moment, et puis, au bout d'un soupir, il me dit :

« Ça doit venir du cœur. »

Chaque fois qu'on s'approche d'un homme de la terre, il y a dans le regard, dans le geste, le lent mouvement des pas, la houle des épaules, une puissance magnétique qui nous frappe au creux de la poitrine. Tout est précis chez eux. Tout est à la mesure de l'instant. Tout est en regard, geste et mouvement. Cela vient de ce que l'homme qui est devant vous, chasse, pêche, laboure, cultive les arbres, fauche les blés, arrose l'herbe, sue sous le soleil, peine dans la terre, marche tête baissée dans le vent. Cela vient au bout du compte et tout simplement de ce qu'il vit sa vie normale, la vie pour laquelle, lui et nous, sommes nés. Une sombre force monte de la terre, les emplit et les instruit. Le poids du ciel est là sur leurs épaules avec son équilibre. La pluie, le vent, l'orage chantent à leurs oreilles les enseignements sacrés. Autour d'eux, l'enlacement des fleuves, des rivières et des ruisseaux mesure le rythme de leurs pas. La montagne leur apprend à respirer. L'arbre leur fait connaître la façon d'être debout, immobile dans le désert de la terre, l'herbe leur donne des lits, les fleurs, les oiseaux, les pauvres bêtes à poils fauves, la souple reptation des martres dans la nuit, le renard qui marche sur les pierrailles, le serpent qui glisse dans le cocon vert des buissons, l'hirondelle, le gros poisson qui dort couché sur le dos onduleux des eaux. Tout, tout l'enseigne, lui parle, le dirige, le fait! le fait homme.

Nous, nous avons bien de pauvres gestes très anciens pour tout ça. Un esprit — en donnant à ce mot son sens alchimique — un esprit qui, depuis la première mère des hommes, s'est transmis de cœur en cœur, et qui était dans le cœur de la nôtre, une petite fumée, un enseignement de fumée. En éclair parfois un geste qui revient, un geste qu'avait fait en semblable occasion l'ancêtre velu qui marchait dans les premières forêts du monde aux jours où la terre était encore toute molle comme un fruit mûr. Mais, tout ça rapide, faux, à contre-temps, de pauvres gestes et plus du tout à la mesure de nos bras.

Nous avons perdu le grand enseignement. Nous ne savons plus écouter et traduire dans notre cœur le ron-ronnement des grandes forces. Nous sommes définitivement dans notre enfer, oubliés de la terre même.

Mais ceux à qui la terre parle?... Ah! ce n'est pas seulement dans leur geste, dans leur mouvement, dans leur attitude qu'on trouve cette précision, ce sel, ce sucre épais des bonnes choses bien mûres. C'est dans leur voix, dans leurs paroles; leur langue se tord dans leur bouche avec une autre souplesse, et les cordes qui font se tordre cette langue, c'est le cœur qui les tient dans son poing de sang.

Pour tous les événements de la vie : amour, mariage,

naissance, mort, pour tout ce qui est autour de la vie :
mystère, bataille avec le travail, aventures, rêves, — car
ils savent rêver comme peu d'hommes, comme peu
d'hommes savent rêver, comme seules les bêtes savent
rêver, je vous parlerai tout à l'heure de ces magnifiques
rêves de moutons, d'ânes, de bœufs que m'ont expliqués
les bergers — pour tous, cette bouche dira les mots
précis, les phrases exactes, elle sera couleur, son, mouvement et odeur, elle débordera du grand lyrisme premier de la joie et de la douleur.

Je ne connais pas les hommes des terres différentes
de la mienne. Je vous l'ai dit au début. Un peu d'eau,
je vous apporte seulement un peu d'eau claire. Je ne
vous donnerai pas mes expériences comme universelles
et les poèmes cosmiques, les chansons de métier, les
récits que je vous dirai tout à l'heure ne seront pas là
pour servir d'assise à de vastes Théories. Ils seront là
seulement comme de l'eau dans le creux de mes mains.
Je suis seulement l'ouvreur de fenêtres, le vent entrera
après tout seul.

J'ai fait mes expériences dans une Provence mal
connue, pauvre, éloignée des routes, une terre sans
touristes heureusement, tout humide encore des eaux
du déluge. Pour sa délimitation géographique elle est
là entre la Durance et la montagne de Lure. Manosque,
mon pays, ma petite ville, est assise au bord des plaines.
Là tout est sec, tout est de l'âge des automobiles et du
phonographe. Le paysan, c'est ce bel homme en beau
costume qui fume des cigares chers. S'il sait des histoires,
ce sont celles qu'il a entendues et religieusement recueil-
lies, quand elles tombaient toutes chaudes des lèvres
du comique de l'Alcazar de Marseille. Si l'on veut qu'il
parle intelligemment, il faut l'interroger sur les prix
de l'essence. Mais dès la porte nord de la ville la sauva-

gerie ronge les terres avec ses grandes dents généreuses.
Deux collines, comme des vagues de mer paisibles,
haussent le sol. La route des pays passe entre elles et
s'en va toute serpentine. Dans l'au-delà, c'est d'abord la
plainette du Largue où, contre le cyprès, des fermes
dorment comme des barques attachées à des piquets
bercées par les clapotis légers des labours.

Au-delà s'ouvre le pays définitivement enseveli sous
l'ombre des dieux. Un immense plateau raboté de vent
s'étend sur près de cent kilomètres jusqu'au Ventoux,
jusqu'aux bords de cette terre rhodanienne où la poussière des routes est faite des débris des statues romaines.
Sur cette haute assise de terre rase abandonnée des
sources, des herbes, des hommes, assiégée de nuages,
battue de nuages, contre ses bords mêmes, sur cette
haute assise de terre comme sur un radeau perdu dans
la pleine mer du ciel, des poètes vivent loin du monde
avec leur petite provision de noix et de fromage.

J'ai dit « tout est enseveli sous l'ombre des dieux »,
je n'ai pas assez dit cette ombre des dieux qui tient tout
le ciel, qui marche avec l'ombre des nuages et avec ce
beau violet de l'air sombre comme un linge lourd de
sang et qui est la couleur terrible des soirs de mistral.
Cette présence des dieux, voilà qu'elle est encore plus
proche, voilà que, comme me l'avait dit l'un de ces
pauvres fermiers de pierre aux yeux de papillon :

*Les dieux, ça fait comme la goutte de pluie, ça se gonfle
au ciel et puis ça tombe sur nous après, et on est mouillé,
et il faut changer sa veste.*

Oui, sur ce pays ballotté par les vagues du ciel, les
dieux marchent mêlés aux hommes.

Là, je vais être obligé de vous expliquer la démonologie du pays, car, tout se tient et quand nous allons aller ensemble tout à l'heure à la poursuite de cette aristocratie cosmique des grands aèdes nous aurons besoin de nous souvenir, pour ne pas être étonnés, de ce pays perdu dans le ciel et de la trace des dieux marquée dans sa poussière comme le pas des troupeaux.

Naturellement, le diable, on croit au diable. Ah! mais pas au diable ordinaire, à celui-là en justaucorps écarlate avec sa grande queue et ses cornes, pas même à celui de Dostoïevski, le petit homme bedonnant à gile-tière. Non, voilà le diable auquel on croit. (Amédée Perrisnard, marchand de bois et bûcheron, nous racontait ça sur le plateau, dans sa hutte de feuillage.)

« Figure-toi que c'était justement ce soir-là. De Banon ici j'avais tiré mes pieds de la boue comme j'avais pu. Enfin, j'arrive sur le plateau. Nuit à ne plus retrou-ver ma main droite, elle était partie là devant à chercher des buissons, plus moyen de la faire retourner. Si tu vas comme ça jusqu'au Revert, d'abord tu auras de la chance, et puis tu y arriveras tant plein de nuit qu'on ne te verra plus, même sous la lampe. Alors, je me tire vers la ferme de l'André. La fenêtre me disait : « Viens » avec sa lampe. J'arrive, je tape. « Qui? » on me demande. « Moi », je dis. « Qui toi? — Amédée le bouscatier. » On ouvre. Là-dedans, l'André et la Nanette étaient là, fiers comme des lapins qu'on tient par les oreilles, c'est-à-dire capot.

« Et alors, je dis en les regardant.

— Et alors, toi surtout, qu'on dit en me regardant.

— Alors, moi je dis, j'étais presque perdu, j'ai pensé, va chez l'André, c'est trop nuit. »

La Nanette me regardait par le dessous de ses yeux, tu sais, en chatte qui va tirer la patte.

« Tu es sûr d'être l'Amédée le bouscatier », elle me dit.

Il faut te dire que j'étais toujours là, droit contre la porte, avec eux deux devant moi qui ne me laissaient pas faire un pas, et l'André avait couché par terre entre lui et moi une branche de chêne avec toutes ses feuilles.

« Si je suis sûr, je réponds, ça fait quarante-cinq ans que je crois ma mère, c'est pas maintenant que je vais changer.

— Alors, avance-toi », me fait l'André, et il me regarde pour voir comment je passe la branche de chêne, que je passe facilement, comme bien tu penses.

Ah! je dois dire qu'après ils m'ont soigné. Le jambon, le beurre, le fromage et les œufs. Mais, chaque fois que je prenais du sel, on me regardait. La Nanette me dit :

« Prends-le de la main gauche, va, ne change pas tes habitudes.

— Mon habitude, c'est de la droite.

On me sert le vin dans un bol, je bois.

— Ça ne te fait rien, ce rouge sur ce blanc, me dit la Nanette.

— Non.

— Ça ne te fait pas penser à du sang?

— Non, moi quand j'ai soif, je dis, je ne pense à rien qu'à boire. »

Ainsi de suite, mon ami, jusqu'au moment où ils ouvrent les rideaux de l'alcôve, et ils me disent :

« Regarde dans le lit. »

Les draps faisaient la bosse sur une chose raide tout allongée dessous.

« Qu'est-ce que c'est? je demande.

— Ton mort », ils me disent.

Pour le coup, j'en avais assez, je leur dis :

« Ne faites pas les enfants, voyons. Qu'est-ce que

vous voulez que je fasse d'un mort, et qu'est-ce que
c'est que ces manigances? C'est comme ça que vous
recevez les amis? »

Je vais au lit, je tire les draps. C'était une grosse bûche
couchée dedans. Je la prends et je la mets au feu.

« Voilà sa place, je dis, et touchons-nous la main. »
Ils m'avaient pris pour le diable.

« J'avais compris », dit Césaire.

Mon ami Césaire est sorcier pour son compte.

Le diable arrive toujours dans les maisons avec la
forme, le visage, le costume d'un ami. Mais il n'ose pas
traverser une branche de chêne posée par terre. Il prend
le sel de la main gauche, il ne boit pas de vin dans un
bol sans une grande répugnance, et si on lui dit : « Voilà
ton mort », en lui montrant une bûche couchée dans le
lit, il ne peut plus contenir sa joie et toute sa diablerie
déboule de lui en écume comme le lait qui bout.

Après ça, il y a Pan, on l'appelle l'ours de la terre.
C'est une vapeur qui sort de la terre. Quand on me l'a
expliqué, j'ai demandé :

« Il sort par un trou? »

On m'a répondu :

« La terre, c'est comme la peau des hommes, c'est
tout plein de trous. Alors ça sort de tous les trous à la
fois. »

Ce monstre de vapeur qui danse sur la terre comme
un ours, est le maître des grains; grains en terre et grains
en greniers. Il est le fils du printemps et de la nuit. Il
tient dans sa main tout l'appétit du monde, sa salive
donne ou retire la germination des blés.

Il y a une déesse de la pluie. J'arrivais un jour au village haut de Ronjon. Plein été torride avec un plateau
nu, brûlé de soleil et tout sonnant comme une terre
moite. Plus d'herbes. Tout le village était réuni sur la

place qui domine les fonds de vallée au-delà du plateau. Je regardais en bas : des nues amoncelées versaient une pluie toute convulsée.

« Elle vient, elle vient », criaient les hommes.

Au bord du rempart, on avait placé la « mounine », une petite poupée d'argile, et chacun venait cracher en disant :

« Fais venir la pluie pour te laver. »

Un coup de vent jeta vers nous une vague de nuages et d'éclairs. On se réfugia sous un hangar. La pluie dansa sur le pays pendant plus d'une heure, il y avait de la joie sur tous les visages.

Comme la pluie s'en allait, une femme sortit du hangar, se tourna vers le fuyant nuage :

« Tiens, voilà pour toi! »

Or, à pleine main, elle lui envoya un baiser.

Il y a un dieu du vent, un pays du vent, une porte du vent.

C'est un dieu fleuve. Il est soumis aux couronnes de pâquerettes. On tresse des couronnes de pâquerettes dans un pré, on lance ces couronnes dans des arbres en floraison, et le vent vient. Quand on raconte des histoires aux enfants, ces pays à ruisseaux de chocolat et à montagne d'or sont les pays du vent. On le représente par une branche de saule enlacée de deux herbes. Tous les pertuis entre les collines, tous les vals, tous les lits de torrent sont des portes du vent. Si on cherche bien on trouve dans les champs, près de ces parages, des baguettes d'osier enlacées d'herbes plantées dans la terre. C'est le vent.

Il y a un démon des orages, un chef des étoiles, une déesse des sources qu'on apprivoise avec ces petits cheveux blonds qu'ont les nouveau-nés. Il y a le « Matagot », le tourmenteur des aveugles. Un dieu vêtu d'or

et de paille, veste de paille, collerette de paille, chapeau de paille, tout anguleux, tout piquant. Il est gras,
il marche avec des pieds lourds. On ne le voit jamais,
on l'entend venir. Alors dans les familles où il y a des
aveugles, l'aveugle crie « le Matagot, le Matagot », et
il regarde le vide avec ses yeux morts. Toute la famille
se précipite autour de l'infirme, le cajole, le caresse,
l'entoure et on attend le Matagot. Il vient quand même,
paraît-il, on ne le voit pas, on l'entend, les aveugles le
voient.

Il y a la voleuse de lait; celle-là enlève le lait aux nour-
rices, elle sèche les seins des femmes qui allaitent et
les nourrissons meurent. Il y a la chercheuse d'enfants.
Celle-là, c'est une femme toute pâle, vidée de sang. Elle
sort des bois sur le coup de quatre heures du matin et
elle va guetter à la porte des écoles communales. Il faut
dire qu'au plein milieu de ce plateau tout entouré de
désert et de sauvagines, il y a des écoles primaires à l'usage
des fermes. Ce sont des bâtiments à allures de forteresse,
aux murs bombés, aux cours grillagées pour soutenir
l'assaut de la solitude et du mystère.

Les enfants sortent de là en se tenant la main, et ils
partent seuls sur le plateau pour des quatre ou cinq
kilomètres dans cette lumière de fin du monde qui
tombe du ciel au crépuscule. Alors, la femme, toute pâle,
s'avance des enfants. Elle ne dit rien. Elle n'a besoin de
rien dire, elle regarde les enfants avec ses beaux yeux.
Ils sont comme de la pervenche avec du bleu et du vert
et de l'innocence et tout constellés d'images avec des rois
d'or, des prés où dansent des chèvres rousses, des abeilles
porteuses de miel, des saules avec de l'eau, des poupées
qui disent « papa-maman » et des grandes mers à l'usage
des petits enfants, avec des bateaux pour de vrai, qu'on
fait partir rien qu'en soufflant avec ses joues. Elle ne

dit rien, elle regarde les enfants, puis elle tend vers eux sa main blanche, comme un sorbet à la crème. Les enfants prennent cette main, toute la farandole s'en va à petits pas, petipataupon dans le désert du plateau et on n'en retrouve jamais plus rien, ni os, ni dent, ni tablier, ni ruban de cheveux. Plus rien.

En plus de tout ça on croit en Dieu.

J'en ai discuté avec un berger de mes amis. Voilà ce qu'il m'a dit :

« Ou bien, Dieu est tout, et alors moi je suis un morceau de Dieu, ou bien Dieu n'est pas tout! »

Je lui ai dit : « Explique-toi mieux. »

Il a tendu sous mes yeux sa grosse main.

« Voilà ce que je veux dire : voilà ma peau, tu vois ma peau, tu la vois? De deux choses l'une, d'un côté de cette peau il y a Dieu, de l'autre côté de cette peau, il y a moi. Si c'est ça alors lui et moi nous ne pourrons jamais nous rencontrer. Il ne rencontrera jamais des hommes, des femmes, des arbres, des bêtes, rien. Il restera de son côté, nous du nôtre. On sera séparé de lui par notre peau, par l'écorce.

« Ou bien la peau ne fait pas barrière et il est de chaque côté. Mais dans ce cas, moi je suis un morceau de Dieu. Choisis. » Je n'ai pas choisi.

Voilà donc la masse du pays dessinée devant nous. Le voilà avec ses grands os de colline, ses poils de forêt, sa toison de genévrier, et ses muscles de terre rouge. Voilà donc la mécanique de sa cervelle. Maintenant il va parler.

Ce que j'ai trouvé tout d'abord ce sont des chansons de métiers.

Il y a encore une chanson de métier, c'est celle du flotteur de bois.

Ce flotteur de bois, je devrais dire cet ancien flotteur

de bois, habite maintenant un hameau du côté de Digne. Il est là tout ratatiné, tout racorni comme un vieux cuir par l'eau de la Durance. De son temps il montait à pied par la route jusqu'à Remollon, dans les Hautes-Alpes, au-dessus de Gap. Là il avait son embauche dans un grand chantier d'abattage d'arbres. On lui composait des radeaux. Lui supputait l'épaisseur d'eau, revoyait dans sa tête tous les tourbillons, toutes les passes mortes où l'eau dort sans jamais de réveil, toutes les brisures du courant. Quand il avait bien tout revu dans sa tête — et ça se faisait dans le café de Remollon, sur la grande place, à l'ombre des hauts ormeaux, et on lui disait : « Joseph, tu dors ? » Il répondait : « Non, je calcule. » Quand il avait bien ainsi tout calculé, il disait : « Je pars demain. » Et c'est ici que se place la chanson.

Avant de la chanter, il m'expliqua. C'était toujours un beau soir de lune, me dit-il de sa voix de vieillard, j'attendais que le village soit tout en sommeil, je mettais mes espadrilles de corde et je descendais à la Durance, je m'en allais jusqu'au bout du large.

Il faut vous dire que la Durance est un fleuve de montagne, vagabond, pillard, coléreux et qu'il a un lit de cailloux de plus de deux kilomètres de large. Au milieu se tord le gras de l'eau.

Je m'en allais jusqu'au beau large, devant l'eau épaisse. Je m'asseyais sur les pierres en pleine lune, et là, tout seul, je chantais.

Durance, qu'est-ce-que je suis, moi ?
Deux pauvres bras, deux jambes de fil
Un cœur pareil au foin des champs
sensible au vent et plein de mauvaises choses.

Durance, qu'est-ce que je suis, moi ?
Avec ces épaules comme une petite branche de chêne,

Et ces os faits de lait de femme
Que d'un revers de poignet tu casserais comme du verre!

Durance, j'ai juste mes yeux,
Juste mes oreilles pour entendre
Et juste ma bouche pour te parler,
En toute bonne amitié.

Toi, quand on regarde la terre de bien haut, on te voit
Moi, je suis caché sous l'herbe.
Je compte dessus le monde
Bien moins qu'un pou sur un mouton.

Moi, à la montagne, je dis « Bonjour Madame »
Et je lui tire mon chapeau!
Toi, tu lui dis « Oh! Colline »
Et tu l'appelles par son petit nom!

Moi, pour un petit ruisseau d'un mètre
je dis « Pardon », et je fais le tour
Toi, tu passes avec ton grand pas
et les ruisseaux tu les emportes!

Toi, si tu veux, toute cette plaine
avec ces fermes et ces berceaux
Tu la couvres et tu l'aplanis
Et tu en fais ton domaine!

Moi, j'ai une petite maison,
Une chandelle, trois saucisses,
Un lit de fer qui crie tout seul
Et une paire de sabots.

Alors, tu vois, si on se battait
Ça ne serait pas la lutte à main plate.

Si tu veux, moi, je me couche
Et je dis que tu as gagné.

Qu'est-ce que ça changera au monde?
Rien. Le soleil fera son tour,
La terre marchera quand même,
Ceux qui ont compté les étoiles trouveront toujours le même
[nombre.

Mais si je vais jusqu'à Cavaillon
Avec mon chargement de bois
je toucherai un bon écu
par cent kilos bien arrivés!

Quelques heures après c'était l'ombre. On mettait le radeau à flot. Mon homme montait dessus d'un pied solide et vogue...

Je n'ai eu qu'un accident, m'a-t-il dit, en 1853, le 16 de mai, pour la grande crue. Mais c'était plutôt de ma faute.

PASTORALES

Je ne vous dirai rien de ces pastorales qu'on joue dans les théâtres de Marseille et des grandes villes de Provence, pendant les environs de Noël. Nous n'apprendrions rien, nous perdrions le peu que nous savons. Je vous parlerai des Pastorales qu'on joue au canevas dans les fermes à la veillée.

UN CHARPENTIER QUI CLOUE JÉSUS SUR LA CROIX.

Moi, je ne peux rien vous dire
Il me faut une main pour tenir le bras de celui-là

Et l'autre main pour taper à grands coups de marteau
Alors je vais mettre mes clous dans la bouche.

LA MÈRE DE JÉSUS AU PIED DE LA CROIX.

Ah! c'est triste le sort d'une Mère
Qu'on le mette où l'on voudra
Tout en haut de cette Croix,
Tout en haut du grand ciel même.
Je le verrai toujours petit quand je le tenais dans mes bras

Et qu'il avait plus grand désir
Du tout simple lait de mon sein
Que du sauvetage du monde!

JÉSUS QUI MEURT.

Il n'y a rien que des femmes qui pleurent!
Et les hommes? Où sont-ils allés?
Et ma Maman, faites-la voir,
Dites-lui qu'elle se dresse,
Je peux à peine baisser les yeux.

Ma Maman, ah! même ça c'est défendu!
Je vois à peine ses cheveux,
Je me souviens du bon laitage,
Tu m'écoutes? je me souviens.
Saintes Femmes qui êtes là
Menez-la vite dans la Ville
Faites-lui boire du vin chaud,
Et bassinez-lui bien le lit,
Et veillez-la toute la nuit
Comme on veillerait une morte.
Si j'avais su...

LAZARE LE RESSUSCITÉ.

Si c'est pour monter dans la vie

Avec toujours ces os malades,
Et cette peau qui claque sur moi
Comme du linge de lessive
Laisse-moi, j'étais bien mieux
tout allongé au fond de l'ombre.

LES PORTEURS D'OFFRANDE AU JÉSUS DE LA CRÈCHE.

Moi, je lui porte une sauterelle
Dans une cage d'herbe neuve.
Moi, je porte une cigale
Elle est là dans mon poing fermé.

Un de l'assistance dit :

Il n'y a pas de cigale. On est au cœur de l'hiver.

L'autre répond :

Il y a des cigales puisque Jésus est né.

Moi, je lui porte les fromages
De notre chèvre de l'année.

Moi, je lui porte la morue
Que j'ai mise à dessaler.

Moi, je lui porte un seau bien plein
De mon eau de pluie fraîche et claire.

Tout le monde s'esclaffe, on crie, il porte de l'eau claire
à une accouchée!...
L'autre répond avec un petit sourire :

Ça n'en est pas une ordinaire
Et j'ai cherché un beau cadeau
Qu'on ne fait jamais aux commères.
On saura connaître le cœur.

Arrive une belle jeune fille toute parée avec des pendants aux oreilles et de belles bagues aux doigts. Toutes les jeunes filles veulent faire ce rôle-là. Les pendants d'oreilles sont deux feuilles d'olivier collées au lobe avec un peu de salive, et les bagues des bagues d'herbe.

Tout le monde crie :

> *Regardez-moi celle-là*
> *Qui s'en va sur son trente-et-un*
> *Comme pour les fêtes de danse.*

La jeune fille répond avec un beau sourire :

> *Ça n'est pas pour faire ma fière*
> *allez, je sais ce qui m'attend*
> *Et que l'enfançon qu'on va voir*
> *est, tout nu, bien plus beau que moi!*
> *Avec tous mes bijoux d'oreilles*
> *Et mes bagues à tous les doigts.*
> *Mais c'est pour faire pénitence.*
> *Or ce que j'ai de beau sur moi*
> *Je le mettrai dessous ses pieds*
> *Pour lui acheter des langettes!*

Alors les hommes crient :

> *Ça, ça trompe moins que l'étoile,*
> *S'il débarbouille les coquettes*
> *C'est sûrement le sauveur du monde.*

Ainsi j'allais dans ce grand pays dont mon ami le Fontainier m'avait ouvert les portes. De pastorales en pastorales, et de chansons en chansons. Tantôt à côté du rémouleur du bord de la route, tantôt chez le menuisier tout enroulé de copeaux, tantôt chez le cordonnier, autour de son établi à écouter ce jaillissement de lyrisme. A des moments j'avais des émotions plus profondes comme si l'on appuyait à pleine force sur mon cœur. Une phrase sonnait avec l'accent de cet au-delà des nuages et je voyais les grandes forces du monde.

Je te frappe sur ma pierre, cuir
Peau de la bête.
Là entre le fer et la pierre
Comme si tu devais devenir
Une chose du monde.

(cordonnier)

Cheval roux avec tes lunes,
Quand tu courais au champ de foire
Rien qu'à regarder ton grand dos
Et le jaillissement de tes jambes
On voyait s'en aller et revenir
Le Monde, entre les platanes.

(maquignon)

Tu tournes comme tout
Et tu fais des étoiles
Comme le soleil!

(aiguiseur)

Ceux qui ont compté les étoiles
Trouveront toujours le même compte

(flotteur de bois)

Chaque fois, en éblouissement, la brume se levait dessus ce grand pays sauvage du lyrisme et je voyais le soleil et les étoiles. Hélas! après, tout retombait. Certes, j'étais toujours sur cette belle terre fleurie, sonnante, chantante, mais déjà les fleurs en étaient plus

ternes d'avoir aperçu un instant les étoiles. Les étoiles,
et des hauts sommets qui s'avançaient vers les étoiles.

Le lyrisme des hommes de la terre, le lyrisme des
artisans ne s'élève jamais bien haut. Il y a le boulet du
métier. Le métier inspire tout. De temps en temps on
passe bien au rond ensemble, à la boule du monde, à
ce grand brasier des étoiles, mais après ça? Il est toujours là l'établi avec sa poix, elle est là, la varlope lourde
aux bras fatigués, elle est là, la ménagère avec ses petits
pendus aux jupes et tout ça a de larges bouches.

Il y a des artisans solitaires. Des artisans maîtres. Des
artisans chefs. J'entends de ceux qui font un travail
commandé par le temps et par la nature et qui l'exercent
seuls, hors de leur foyer, en luttant contre les grandes
forces. Il y a le laboureur des hautes terres. Celui qui
fait encore son travail au petit araire avec un vieux
mulet, mais à celui-là le travail casse la poitrine. Il
lui faut tout son souffle pour tenir les mancherons.
Il lui faut toute sa voix pour commander au mulet. Il
ne lui reste guère de pensées. La solitude hostile l'a
dévoré en dedans et il n'est plus que nerfs et viande,
bouche, et dans son regard il n'y a plus que des balances
pour peser la récolte à l'avance.

Quand j'ai vu ça, ç'a été une grande désillusion. Il
me semble que je devais trouver là, la source lyrique
de tout ce cosmique répandu goutte à goutte dans les
inventions. Non, ça n'était pas là.

Pourtant tout y était : Des hommes neufs, le contact
direct avec les grandes forces, cette éternelle solitude
qui battait de ses larges ailes duveteuses autour d'eux.

Alors?

Alors, il y a des artisans plus solitaires encore; plus
maîtres que ceux-là. Des artisans qui commandent, des
chefs, les seuls.

Des sans-foyer, des hommes libres comme les premiers des hommes qui ont tant marché depuis qu'ils sont hommes, que la trace de leurs pas pourrait s'enrouler autour de la terre comme la pelure d'une orange.

Des lourds de bure, des gros pieds, des brûleurs de loups, des gosiers, des couche-à-l'herbe, des mange-vert, des écrase-chrétiens, pour dire tous les surnoms que les hommes apprivoisés leur donnent. Mais pour leur mettre leur véritable nom : des Bergers. Les chefs de bêtes.

Chaque fois que j'ai dit des bergers, des chefs de bêtes on m'a répondu : « Croyez-vous ? » et j'avais beau mettre toute mon ardeur à dire oui et à expliquer, je voyais toujours la petite moue qui signifiait : « Oui, on vous croit, mais vous vous emballez trop, mon ami ! » Je sais pourquoi maintenant, chaque fois, devant les yeux de ceux qui m'écoutaient, ce mot Berger faisait naître, ou bien l'image de l'heureux Tityre, ou bien la vieille silhouette du grand-père qui garde deux ouailles autour de sa ferme. Les bergers dont je veux parler sont un peu différents. Ce sont des bergers de transhumance.

La Haute-Provence est entre l'Alpe et la Crau côté du Rhône; elle a une large porte béante : l'embouchure de la Durance avec ses quatre ou cinq kilomètres de pavés gris et de forêts mouvantes. Du côté de l'Alpe, elle n'a que le pertuis de Sisteron, la porte du Nord. Mais peut-on même parler de porte quand il n'y a entre deux roches de cent mètres d'à-pic qu'une étroite brèche juste assez large pour laisser passer une mince route et la Durance resserrée, grondante, toute en fracas et en furie. Entre ces deux portes la Haute-Provence est là avec ses vagues de collines, avec ses plainettes étalées comme des lacs.

En Crau, en Camargue, dès le soleil venu, dès le printemps il n'y a plus d'herbe à paître. Il ne reste plus qu'une graminée jaune, dure de tige, toute ligneuse qui fait saigner les gencives des moutons. Alors, on ouvre les portes des bergeries et on se prépare à la lente montée vers l'Alpe fraîche et bonne nourrice à herbe grasse.

Ainsi chaque printemps la Haute-Provence est traversée par de longues caravanes de moutons. En tête, vont les ânes et les mulets chargés du bât, les porteurs de provisions, les porteurs aussi d'agneaux fraîchement nés, de brebis trop lourdes et de moutons malades. En tête marche la lourde écume des béliers, beaux et parés comme des dieux, des béliers semblables à Pan lui-même, avec leur lenteur, leur toison, leur mâle force, leur œil qui sait, et le lourd regard des béliers va jusqu'au fond de la route. En tête marche le baïle. Ce vieux mot provençal, qui veut dire à la fois chef et père nourricier, est le titre dont on salue le Berger maître. En tête marche le berger maître. C'est un homme comme les autres, sans noblesse théâtrale, sans regard de feu, assez souvent petit et noiraud et tout ramassé comme une boule avec des nerfs tendus et qui va la tête basse. C'est un homme comme les autres, mais c'est le chef. Je vous le dis, c'est le chef des bêtes. Le véritable chef des bêtes, sa noblesse elle est là dans ce geste, ce simple geste qui arrête ou lance le solide effort des béliers. Sa noblesse, elle est ce petit mot qui vient de sortir de sa bouche, et tout le troupeau s'est arrêté figé sur place. Tout le troupeau, et il est long parfois de deux kilomètres, et l'instant d'avant ça coulait comme de la boue de volcan, et il a dit ce mot; et les béliers se sont jetés dans la poussière, et tout s'est arrêté jusqu'au fond de l'horizon. Sa noblesse, elle est dans cette longue conversation douloureuse qu'il a avec la bête malade, lui debout avec juste un mot ou deux, incompréhensibles, dépassant ses moustaches, elle, la bête vautrée, gémis-

sante par terre, et il la regarde, et il lui parle, et elle est
consolée, elle se laisse emporter vers les bâts des ânes,
sans gémir, sa tête molle tournée vers l'homme qui sait,
vers le chef.

Voilà sa noblesse.

Sa science, je suis trop petit pour vous la dire, ce que
je sais, c'est que je suis allé vers eux les deux mains
ouvertes, et qu'ils m'ont jaugé de la tête aux talons, et
qu'après ça, je leur ai ôté mon chapeau.

LE VOYAGEUR IMMOBILE

J'ai revu cette vieille épicerie, échouée, toute de guingois dans un coude de la ruelle. Le tourbillon des foires ronfle maintenant là-bas loin, sur la place du monument aux morts; le flot de la vie coule dans d'autres rues contre la carène d'étincelantes boutiques. Les nouvelles ménagères veulent des machines de précision pour découper le jambon, des balances qu'on lit avec une table de logarithmes, des fioles de carry et des conserves d'anchois à la dynamite. Tant de choses que la petite épicerie n'a pas osé... et, d'abord, c'est une épicerie-mercerie. Alors, elle a amené tous ses pavillons et elle meurt, seule, là, dans l'anse vaseuse de la ruelle.

C'est dans cette épicerie que je venais m'embarquer pour les premiers voyages vers ces pays de derrière l'air. Tous les jeudis soir on me menait chez ma tante. C'était là, dans cette petite rue, une vieille maison obèse qui débordait l'alignement de tout son ventre soutaché de balcons de fer. Le couloir vous saisissait aux épaules avec des mains de glace, vous donnait d'une marche sournoise dans les jambes et, tout compte fait, vous poussait devant la porte de la cave. Je n'ai jamais connu de personne plus énervée ni plus aigre que cette porte de la cave. Elle tremblait dans un courant d'air perpétuel

qui semblait monter du fond de la terre. Elle grinçait
un : « Ah! bon, c'est ceux-là, ça va bien. » Et alors, en
étendant les bras, on finissait par toucher la pomme
de la rampe.

Là-haut, c'était une pièce comme un champ de
manœuvre avec, au fond, un petit feu d'âtre, un feu jouet,
un feu enfant tout gringalet, pas sérieux pour un sou
et qui se cachait en sifflant sous des bûches vertes encore
humides de toute la sueur de la colline. La tante s'animait
dans sa chaise avec un bruit de jupes froissées et de cra-
quements de bois secs. Elle avait en nous regardant un
sourd grognement de gros chat qui voit le papier de
boucherie et sa grande voix d'homme se ruait tout de
suite dessus ma mère pour un orage de questions et
de réponses dont toute une semaine de silence l'avait
gonflée.

En deux temps et trois mouvements j'étais rejeté
vers l'ombre, les épaules endolories et les joues en feu
comme picorées par une poule; la tante avait les mains
sèches et les lèvres dures.

Je redescendais à pattes souples l'escalier et, dans
la rue, tournais le coin. Voilà l'épicerie-mercerie de
Mlle Alloison. Ah! Mlle Alloison! Un long piquet
avec une charnière au milieu. Ça se ployait en deux,
ça se frottait les mains, ça disait : « Ah! Janot, on est
venu chez la tante, alors? » Ça avait la taille serrée dans
la boucle d'une cordelière de moine, et un large ciseau
de couturière lui battait le mollet. Elle était tout en soupirs
et en exclamations. Un soir on avait dit, sans se méfier
de moi, qu'elle avait été jolie en son jeune âge. Elle était
l'entrepositaire du « Bulletin paroissial ». Elle savait
par cœur ce que je venais chercher; elle rentrait dans
sa cuisine et elle me laissait seul dans l'épicerie.

Il n'y avait qu'une lampe à pétrole pendue dans un

cadran de cuivre. On semblait être dans la poitrine
d'un oiseau : le plafond montait en voûte aiguë dans
l'ombre. La poitrine d'un oiseau? Non, la cale d'un
navire. Des sacs de riz, des paquets de sucre, le pot de
la moutarde, des marmites à trois pieds, la jarre aux
olives, les fromages blancs sur des éclisses, le tonneau
aux harengs. Des morues sèches pendues à une solive
jetaient de grandes ombres sur les vitrines à cartonnages
où dormait la paisible mercerie, et, en me haussant sur
la pointe des pieds, je regardais la belle étiquette du
« fil au Chinois ». Alors, je m'avançais doucement
doucement; le plancher en latte souple ondulait sous
mon pied. La mer, déjà, portait le navire. Je relevais le
couvercle de la boîte au poivre. L'odeur. Ah! cette plage
aux palmiers avec le Chinois et ses moustaches. J'éter-
nuais. « Ne t'enrhume pas, Janot. — Non, mademoiselle. » Je tirais le tiroir au café. L'odeur. Sous le plancher
l'eau molle ondulait : on la sentait profonde, émue de
vents magnifiques. On n'entend plus les cris du port.
    Dehors, le vent tirait sur les pavés un long câble de
feuilles sèches. J'allais à la cachette de la cassonade. Je
choisissais une petite bille de sucre roux. Pendant que
ça fondait sur ma langue, je m'accroupissais dans la
logette entre le sac des pois chiches et la corbeille des
oignons; l'ombre m'engloutissait : j'étais parti.

JEUX OU LA NAUMACHIE

Entre les doux cils d'un vallon mollement feuillu, la ferme regarde la plaine dorée par les avoines mûres. Aujourd'hui l'épaisse chaleur m'accable près du bassin, il est étendu sous les arbres comme un grand bouclier. Sur son acier bleu sont peints les acacias tremblants, les roseaux aigus et les chevaux blancs des nuages. Je me suis assis à l'ombre d'un lilas. A mes pieds l'eau se plisse sous le vent levé; en moi se dresse une image qui soudain m'illumine : la grande mer!

L'ESQUIF. — J'ai cassé un roseau sec. Je pose un morceau léger sur l'eau. Il flotte immobile, et le vent passe sur lui sans l'émouvoir. Il faudrait des voiles. Les roseaux sont recouverts d'une peau vernie qui se sépare aisément des fibres. Je relève, en antenne, un bout de cette peau. Elle se déploie comme une main. Je dois avoir trouvé. Je mets le bateau à flot; un soupir de vent le pousse et il s'en allait, nonchalant, quand je l'ai rattrapé. Ce départ n'est pas assez réfléchi.

LA FIGURE DU PÉRIPLE. — Il me faut un rôle. Si le bois empenné est le bateau, je serai, moi, le dieu qui préside, indifférent aux triomphes des aventuriers et aux naufrages. De ma hauteur je vois le monde. Dans le coin d'ombre où je suis assis, les berges sont rectilignes comme les quais d'un port civilisé. L'étoffe verte et bleue moirée de l'eau se déroule et, dansant dans le creux des vagues minuscules, au large, une sargasse de feuilles mortes s'étale. Un monstrueux récif errant, planche flottante, se meut lentement dans un courant imperceptible. La rive traîtresse où trempent des liserons emmêlés et la falaise de boue sèche descendent à l'horizon. Au milieu du désert nu de l'eau, la chevelure du fond monte en ondulant étaler au soleil ses tentacules dangereux. Mais, par-delà, dans l'ombre fraîche, luisent des fleurs de grenades.

POSEIDAON. — Assis, les talons près des fesses, les mains jointes autour des genoux, je vois glisser sur l'eau calme du port, à la rencontre de leur destin, mes bateaux que le vent caresse. Tout le réel a disparu et je suis le dieu qui regarde.

LE HAVRE DE LA SCABIEUSE. — Il a pris seul la tête de la flottille dès que les berges abaissées ont permis la libre course du vent. Il file droit son chemin. Deux minces antennes d'eau séparées par sa proue s'élargissent derrière lui. Il entre dans la plaque verte opaline de l'eau profonde au soleil et il étincelle de lumière.

Il est seul dans la haute mer avec la courte houle rageuse. L'espoir, autour du bateau, chante de sa voix aiguë, car déjà, sortant du dos de la mer, les fleurs du grenadier pointent. D'une nage subite, il louvoie entre les atolls de feuilles. Les énergies sont tendues. Bientôt, entre lui et son désir, il n'a plus que la plate mer sans obstacles. Alors insensiblement, il dérive sur la gauche. Que dissimule cette insolite manœuvre? En tremblant un peu sur sa quille, il file vers un but nouveau. Il s'approche d'une rive étrange. Le voilà arrêté à la pointe bleue d'une scabieuse qui, penchée, trempe dans l'eau sa fleur-sirène dont le parfum étouffe la force des marins. Maintenant, ils sont enivrés. Les voiles du bateau s'accrochent aux sépales, la fleur se relève, entraînant en l'air la proue. L'arrière plonge. Alors d'un coup de sa tête au regard bleu, la scabieuse envoie la nef vers les gouffres irrémédiables.

ORIENTALE. — Après la plage basse où, sur les alluvions luisantes bourdonnent les mauvaises mouches, la côte dentelée mais abrupte fait sonner dans des fjords étroits les notes diverses de la vague. Ensuite des clématites retombent, laissant entre la terre et leurs franges, le monde vert de la transparence des feuilles et de l'eau. Là, pour le désir des mâles qui s'exaspèrent au large, la femme-fruit a mûri. Un rapide voilier fonce sur le port qui s'ouvre ténébreux entre deux branches en arceau. Il entre et se fond doucement dans l'ombre. Il s'amarrera aux quais constellés de mosaïques. Les hommes impatients bondiront sur les dalles. Les beaux, fiers de leurs visages, monteront vers les ruelles où, derrière des grillages de fer, luisent des yeux d'or; les laids, dans les quartiers bas, iront aux sentines où les ivrognes honnis du Rétributeur vomissent leur trop-plein de vin sur le ventre des esclaves. La nef écoutera gémir longtemps dans la nuit la seule chaîne d'airain de son ancre. Peu à peu, la poitrine pourrie, les chevilles branlantes, les ferrures brisées, elle s'inclinera pour dormir sur un lit de vase. Et, cependant elle était partie, elle aussi, vers les lumineuses fleurs du grenadier.

SOUS LE TALON DE MERCURE. — Celui-là, préoccupé de soucis pécuniaires, a viré de bord, et laissant les fleurs en poupe, a mis le cap sur le port de la pierre. Entre deux dunes de vase sèche et bleue sur lesquelles resplendit le soleil, le port de la pierre s'évase au pied d'un caillou nu. L'arrière-pays où les batteurs d'estrade mêlent leurs pistes, pullule, entre mille richesses d'animaux à pelage et de gemmes-noix translucides dans des écorces de roc. Mais l'implacable soleil flambe comme une torche sur les appontements déserts; la fièvre rapide fume dans les vapeurs des plantes aquatiques pourrissantes; des cadavres ridicules se décharnent et grillent sur le quai blanc. Ils ne reverront plus le doux visage du pays.

LE VAINQUEUR. — Engluées dans la sargasse ou brisées sur les récifs, elles flottent, désemparées, les carènes vides, et voilà que, sans dommage, le vainqueur s'avance. Il est allé aux bords lointains où pendent les fleurs mystérieuses, à travers les dangers multiples; las de bonheur, il retourne glorieux, dans le sein du vent. Déjà les bras du port natal se tendent vers lui. Et, je me dresse, je l'abats avec une pierre brutale dans un abîme de tempête; et je ne sais alors, si c'est moi Poseidaon, le vainqueur, ou la petite chose falote qui descend vers l'ombre violette du fond, avec toute sa gloire.

APPORTE BABEAU

Apporte, Babeau, les châtaignes bouillies et ferme dehors le vent de novembre. Il fait déjà froid, mes amis. Apporte aussi, Babeau, ma belle, ces bouteilles translucides de vin cuit et de semoutas...

Ce vin vient de mes vignes maigres de l'Espel. J'en ai peu, l'ombre des chênes me mange le fruit. Mais il est, ce vin, le véritable suc des pierrailles que, tout le long de l'an le soleil brûle. L'autre, plus épais, est de l'Ubac caressé des vents.

Ah! sans la maladie nous aurions encore la souche véritable du pays qui nous accablait de grappes. Il y avait au milieu des vignes de véritables meules de raisins entassés sur des draps. N'est-il pas vrai, Césaire, qu'en faisant arranger ta maison, tu as découvert une cuve immense? Chacun en ces temps en avait de pareilles.

Elles béaient de chaque côté des rues au ras des trottoirs. On les emplissait jusqu'à la gueule. Lorsque le vin commençait à bouillir, de sourds borborygmes crevaient le silence des nuits. L'écume montait, éteignait le calen à huile qui, solitaire, veillait au bord de la fosse, puis elle coulait dans le ruisseau. Et toutes les maisons saignaient ainsi. Les ruisseaux de la campagne roulaient des ondes pourpres. La bonne odeur du moût sucré couvrait tout le pays et attirait les essaims qui vivent d'ordinaire dans les fleurs des îles.

A côté du portail de la Saulnerie il y avait la boutique des Portefaix. C'étaient des hommes qui charriaient le vin dans des peaux de bouc. Ils avaient une calotte rouge et portaient la taillole à la mode des Piémontais. Quand on avait besoin d'eux on allait les chercher à leur corps de garde où ils passaient la journée à fumer des pipes en attendant la clientèle.

Le vendredi, en caravane, chargés de leurs outres, ils partaient pour la montagne, précédés d'un sonneur de galoubet qui les accompagnait quelques lieues pour leur donner le pas.

Et tout le monde buvait du vin. Quand nous sortions du Tivoli, le dimanche, bras dessus, bras dessous, avec les « filles » en robe de bure, nous allions à la chambrée manger des tortillons et nous assembler autour des bouteilles où flamboyaient les rayons de toutes les lampes.

LES LARMES DE BYBLIS

1

Savez-vous que Pan est mort? Celui qui me l'a dit c'est
ce gros poisson fou qui fait tant de bruit tous les soirs
en remontant le ruisseau. Il dort là-bas sous le cresson.
Il m'a dit : « On a entendu un cri comme si on égorgeait
un cochon. » Le ciel s'est penché, les nuages ont glissé
sur l'azur. Ils étaient entassés au fond de la mer comme
une montagne d'ombre. Il m'a dit : « Moi, je m'amusais
avec les vagues et tout d'un coup j'ai vu! Il était mort. »
Il s'en allait vers le large avec une pastèque pourrie et un
vieux cordage.

2

Les dieux s'en vont et Zeus a passé près de moi.
C'était pendant le calme de la mi-nuit. Le vent portait
déjà des feuilles mortes. Des vols de feuilles mortes
traversaient la nuit en effaçant les étoiles. Zeus est venu.
Il marchait dans le chemin comme un homme, mais il
parlait comme les eaux. Il m'a dit : « Petite, je vais garder les bœufs chez les montagnards. »

3

« Sauterelle, où vas-tu?
— Sur l'autre versant du bois.
— Mante verte, où vas-tu?
— Sur l'autre versant du bois.
— Pourquoi quittez-vous la clairière si fraîche? Vous le savez pourtant où vous allez, là-bas, les feuilles à poison et l'humide chaleur de l'herbe vous tueront.
— Écoute, source, tu ne sais pas, toi, tu es là attachée à ton rocher comme un paquet de cheveux blancs. On va te dire. Écoute : il ne faut plus aller dans la clairière aux sapins. Au milieu des hautes herbes, les Erynnies se sont cachées. Elles sont là et elles guettent les dieux. Ce matin, elles ont étouffé Vénus, et elles ont dansé sur elle avec leur large pied de fer, et le sang a ruisselé d'elle comme le vin d'une outre foulée. Maintenant, c'est une Harpie qui règle les jeux de l'Amour. »

4

« Ah! source, approche-toi, je n'en peux plus. Un peu de toi sur ma langue.
— Pigeon, pauvre pigeon!
— Vite à boire! si tu savais! là-bas à la corne du bois d'olivier il y a trois sangliers qui creusent la tombe d'Apollon! »

5

Midi. Vent mort. Du haut du ciel tombe une fleur que je ne connais pas. Qui es-tu fleur?

« Artemise, je suis une paysanne. Le vent m'a prise et je volais, là-haut.

— Fleur. J'ai connu quelqu'un qui s'appelait comme toi. C'était une femelle de dieux. Je l'ai bien connue, elle venait et je lui léchais les pieds. Elle attendait la nuit. Quand les deux cornes de la lune dépassaient la colline, elle entrait en moi comme un couteau. »

6

Une Dryade perdue frappe à l'écorce du chêne. Elle a peur. Un crapaud la guette. Un roi des crapauds. Un crapaud riche avec des diamants plein le dos. Il saute, elle s'envole; il saute, elle s'envole. Toc, toc, elle toque à l'écorce du frêne. Le crapaud se traîne vers elle. Il saute, elle s'envole; il reste bouche bée à regarder la trace de vapeur qu'elle laisse sur les herbes. Toc, toc, elle toque à l'écorce du vieux saule. C'est la maison du satyre. Il ouvre. Il rit, il a des poils ardents et tout en cuisse et tout en... elle hésite, mais le crapaud! Elle entre.

7

Un troupeau de faunes traverse la colline en bêlant comme des chèvres.

8

A l'aube, la Dryade sort du saule. Debout dans l'herbe, elle se lisse les hanches et penche sa tête pour respirer l'odeur de ses reins, de sa peau; ça sent le bouc. Sa main ronde comme un bouclier bouche le bas de son ventre.

9

Derrière les collines un orage charrie des pierres pour lapider les buissons de roses.

10

L'amour du satyre est décevant. Au fond ce n'est qu'un bouc. Autrement dit...

La Dryade est venue vers moi, la source. Elle s'est accroupie sur moi. Elle prenait ma fraîcheur dans ses mains; elle a apaisé son corps. Alors le crapaud s'est levé et il s'est avancé en clopinant. Il s'est mis sur son trente et un. Tous les diamants de son dos ruissellent de pus luisant. Par fantaisie, il a pris son parapluie en feuilles de bardane. Et la Dryade a recommencé à courir, de-ci de-là, quêtant un abri chez les arbres.

11

Un nuage me pénètre de son ombre. C'est bon, l'Amour!

12

« Belette, pourquoi hausses-tu tes pattes quand je te touche. Je ne brûle pas. Belette.

— Non, source, tu me mouilles. Avec la terre, ça fait de la boue. Je préfère les épines, ça fait du sang, ça blesse, ça ne salit pas. »

13

Voilà l'hiver. Le gel et le silence, enlacés, parcourent le bois. Le trou d'eau, où se mirait la vie des feuilles et le ciel, est pareil à un œil crevé.

14

D'où m'est arrivée cette flèche? Elle a sifflé et s'est plantée à côté de moi. C'est bien l'hiver, les hommes ont faim.

15

Elle était faite d'un jeune brin d'osier, cette flèche, et voilà, le printemps est venu par les plaines et les montagnettes : Dans l'entaille qui épousait la corde de l'arc un petit bourgeon vert se gonfle.

16

Et voilà le petit Centaure!
Depuis deux jours je l'entendais courir sous bois cassant des branches comme un vent. Il vient de passer. Il jouait une marche allègre sur une syrinx de canne. Et il pétaradait, l'insolent. Il ne va pas tarder, lui aussi, à aller le soir à la lisière du bois, fou, le cou tendu, hennir joyeusement vers les filles des hommes.

17

« Byblis, source!

— Qui m'appelle?

— Moi, la pie. Je suis sur la branche de ce pin, j'ai un bonjour à te donner. C'est de Zeus. Tu te souviens de lui? Eh bien, il est là-haut dans la montagne. Un endroit où il pleut tous les jours. Il s'est loué chez les paysans mais il est juste bon à mener paître les buffles. Son aigle s'est cassé la patte. L'autre jour il a voulu embrasser la fermière. Il est toujours le même. Il a reçu une belle gifle. »

18

J'ai revu le jeune Centaure. Il est venu se laver à l'étang. Il avait la poitrine tout égratignée et le dessous du ventre plein de sang. Il est allé au village voler une femme. Elle a hurlé toute la nuit. Et elle est morte sous l'amour énorme.

19

« Laie, cesse de me piétiner, et dis-moi, j'entends une chanson nouvelle, une voix d'arbre, qu'est-ce que c'est?

— Source, l'été dernier avec mes deux mâles nous avons enterré Apollon sous les funèbres oliviers. Et voilà que de la fosse un grand arbre noir s'est levé. C'est le cyprès. C'est lui qui chante. »

20

Ni le corbeau, depuis longtemps, ni la pie, et ni le merle, ne m'ont parlé de Zeus. La dernière fois ils m'ont dit (il y a quatre hivers de cela) : « Source, tu ne le reconnaîtrais plus, il est sale. Il boit de l'eau-de-vie de cerise. Un soir, au fond de l'écurie où il couche, il s'est taillé la barbe avec les ciseaux pour tondre les mulets. Il aime d'amour une grosse pastoure aux fesses de jument, elle le floue devant lui avec un idiot à goitre. Alors il fait de la musique aux paysans avec un accordéon qu'il étire douloureusement entre ses bras. »

21

Un long javelot est venu et il a cloué le petit Centaure contre un platane. Il a piaffé, il a rué, il a hurlé. C'est si difficile de faire entendre raison à un javelot tout en fer. Maintenant, il y a de gros paquets de mouches dans les yeux et dans la bouche du Centaure.

22

Et la Dryade est morte aussi, puisqu'elle est là, étendue dans l'herbe sous les caresses du crapaud.

23

Les hommes entrent sans peur dans le bois sacré. Ils ont apporté à deux pour la laver la statue du nouveau dieu. Il est cloué sur une croix comme un voleur, et s'il est nu, c'est pour qu'on voie bien sa plaie, une grande plaie au fond de laquelle on voit son cœur comme un fruit rouge.

24

Je suis la dernière. Je me souviens! Les autres dieux! Je suis la païenne, mais parce que je suis faible et que goutte à goutte je pleure comme eux, les hommes m'ont laissé vivre.

EN PLUS DU PAIN

Il était assis contre l'église, sur une sorte de banc de pierre, où le grand saint Joseph faisait ombre. L'homme s'était mis les pieds à l'aise. Il avait nettoyé ses entre-doigts à travers les semelles trouées de ses espadrilles. Le gravier passait. Il avait même une petite blessure au talon. Elle était noire tout autour. Il la serra entre ses doigts pour la jaire juter, puis il essuya le sang d'un revers de main et il agita ses orteils. Ça marchait. Il se baissa sur son sac, fouilla. Il tira un morceau de pain et un couteau. Il regardait droit devant lui la petite placette de l'église éclatante de soleil. De l'autre côté, dans la boutique de l'horloger, une pendule sonna sur un beau timbre lent avec trois notes de musique entre chaque coup. Le mercier s'avança jusqu'à son seuil. Il tenait à plein poing une grosse pipe toute chaude, un peu fumante. Il se cura la gorge et fit effort pour cracher plus loin que son ventre. Il rentra. Un fauteuil d'osier se mit à craquer.

L'homme mangeait son quignon. En même temps il regardait son couteau. Sa lame ne tenait plus; elle se pliait avant-arrière et elle dansait quand on bougeait le manche.

« Ça veut tout dire, dit l'homme. Tu seras jamais

riche avec un couteau comme ça. Ça tient pas le coup. »

Le mercier appela : « Anaïs ! » puis il se mit à bâiller en chantant sur plusieurs tons, puis il appela encore : « Anaïs » avec la colère enrouée d'un homme gras. L'homme resta avec sa bouchée de pain, sans la mâcher, il écouta.

Elle avait répondu.

« Oui, là-bas, et on les entendait maintenant parler en bourdon.

— Anaïs, dit l'homme à voix basse, puis il mâcha son pain longuement. Anaïs, dit-il encore, va me chercher à boire puis lave-moi les pieds. »

Il soupira :

« Ah oui ! on t'en foutra de l'Anaïs, mange, andouille. »

Le pain n'était pas très dur ; il était même, à un endroit, mou de sueur.

« Bille, dit l'homme, sacré bille, tu vas pas gâter la marchandise, maintenant, à ton âge. Tu as porté ton sac du côté du pain. C'est malin, ça. »

Il bougea la tête.

« Quand ça ne va pas, ça va pas, tout s'en mêle, ça se tire comme des mailles de bas. »

Mais il mangea quand même son pain mou. Il fit seulement de plus grosses bouchées pour avoir à la fois du mou et du sec, et il resta un moment sans parler. Des mouches se collaient sur ses pieds. Il ne les sentait pas. Il avait les pieds durs.

Il dit encore une fois entre ses dents : « Anaïs. »

Puis il cria :

« Oh ! Anaïs ! »

Il avait de la grosse volonté à pleine gueule en criant, mais, il regardait toujours droit devant lui, sans voir, d'un long regard désespéré.

Le cri le réveilla.

« Tu fais l'andouille, dit-il, de quoi tu te mêles? Tu
es pas bien là, tranquille? »

Sur la placette, rien ne bougeait. La porte de la mercerie était fermée maintenant. On avait dû la fermer
pendant qu'il regardait son pain mou.

« Anaïs! »

Dit-il encore, pour lui, puis :

« Qu'est-ce que j'ai à être si couillon; tu le sais pas
que t'es seul.

— Seul. De reste. »

Il n'y avait pas un courtil au bord du village qui
n'ait pas un sureau. Et les sureaux ont des amis. Il
aimait le sureau; ce goût de sucre sur les grandes grappes
plates. Il cassait parfois des branches de sureau et il les
sentait à pleine tête. Il les gardait pour s'accompagner
en marchant; il balançait la branche et l'odeur le suivait.

« Une saloperie », dit-il.

Il vit aussi le déroulement des chemins. Il y en avait
de toutes les sortes et ça venait des collines, des champs,
et des montagnes, comme dans un filet blanc, les poissons. Mais c'était surtout le sureau. La douceur et l'odeur
du sureau. Il y avait un endroit de lui où ça avait faim.
Le pain ne guérissait pas cette faim-là. Ça s'apaisait un
peu en disant : « Anaïs. » Il sentait que ça ne pouvait
s'assouvir qu'en tenant dans sa bouche un beau nom
d'homme ou de femme; prêt à être dit ou crié. Seulement,
après il fallait pouvoir regarder droit devant soi et voir
s'avancer celui ou celle du nom, posément et tranquille
et s'entendre dire :

« Oui, je suis là, qu'est-ce que tu veux? »

Et ça vraiment, ça ne s'était jamais passé, ni hommes
ni femmes. Bien sûr, si on comptait les poufiasses et
tous ceux avec qui on a bu des litres. Oui, là n'est pas
la question. Là, n'est pas le fond de l'histoire, et cette

faim, c'est de plus loin qu'elle venait. De loin, loin, de là-bas au fond de ce coin de cœur d'où partait ce désir de sureaux fleuris, cet attrait pour les fleurs douces et pleines de politesses qui accompagnaient votre vie si on faisait le simple effort de casser la branche et de l'emporter avec soi.

VIE DE MADEMOISELLE AMANDINE

Il y a des moments où il faut se précipiter à la poursuite de l'espérance. L'air dans lequel on vivait, on le
sent soudain qui se solidifie autour de vous comme
du ciment. Ce qui vivait autour de vous n'est plus
qu'une peinture sur la pierre qui vous emmaillote. Un
jour on perd une fleur de sauge, l'autre jour on perd
un arbre, puis un lambeau de forêt, puis un fleuve tout
entier avec ses roseaux et ses poissons : ce qui était là
devant vous, dressé en profondeur avec ses volumes et
toutes les délicieuses avenues qui y sont entrecroisées
de tous les côtés, on se précipite, saisi d'angoisse, et en
effet, on le touche, peint, plat, plâtreux, mort. Comme
si, brusquement, on était dans un canton de l'existence
où il ne reste plus que des symboles, on habite des
fresques de la vie. Elles vous entourent des quatre
côtés avec des murs. La perspective et la couleur jouent
cruellement avec vos désirs. Dans l'élargissement du
ciel le plus océanique votre main ne trouve pas d'issue.
C'est alors qu'il faut mourir, c'est plus logique. Il est
impossible de rester en désaccord. L'accord est la seule
joie du monde; et de ce côté il est encore là, et soumis
à votre volonté; ou bien, c'est alors qu'il faut s'arracher
et non pas fuir, mais poursuivre. C'est l'effort le plus

barbare du monde mais le plus beau. Quand il faut faire le premier pas, avec les gestes tous entravés de bandelettes de pierre, avec une âme, un cœur et un foie de goudron, et la cire qui vous cachette les narines et votre ventre est mou comme un épi malade et on vous a retiré les entrailles avec un crochet de fer. Et faire le premier pas; et puis les autres pas!

A la fin de l'été 1933, j'étais en Suisse. Sur la foi d'une annonce, j'avais loué deux pièces dans la maison de Mlle Amandine Blandonnet au col de Tarches, un hameau au sommet d'un col. Mlle Amandine était surprenante : c'était une jeune fille et elle était en paix. Il y avait également dans la maison une petite fille de sept ans environ: Yvonne, avec laquelle je m'amusais. Il était impossible d'accorder Yvonne à tout ce qu'on voyait dans Mlle Amandine. Yvonne l'appelait maman. Il faut encore savoir que Mlle Amandine était très myope. Quand elle enlevait ses lunettes elle était presque aveugle. J'en profitais généralement pour la regarder tout à mon aise, car elle était très belle, une beauté que je n'ai vue qu'à elle et qui venait de l'âme; de la simplicité et de la pureté de l'âme.

Je menais moi-même à cette époque un combat avec le monde réel. Il me fallait le rejoindre à tout prix. La bataille qu'on mène d'ordinaire avec lui me paraissait suave et enfantine à côté de celle qui, à ce moment-là, me faisait à chaque instant engager désespérément toutes mes forces. J'avais beau multiplier la diversité de toutes mes possibilités d'étreintes, tout m'échappait, tout glissait hors de mes sens; j'habitais les convulsions et les effondrements d'un naufrage qui n'en finissait plus de lenteur.

Il y eut deux jours louches. La bise noircissait. Le ciel clapotait dans le vent comme un drap à l'étendoir. Il s'abaissait jusqu'à se déchirer sur les rochers des montagnes, puis il remontait dans des hauteurs terribles, découvrant en plein midi deux ou trois grosses étoiles échevelées comme des grains d'avoine, et la lune.

Des taches d'ombre et de lumière dévalaient sur les prés. La mule du boulanger s'échappa et vint courir avec elles. Deux hommes essayèrent de l'attraper. Ils se criaient ce qu'il fallait faire et ils ne pouvaient pas arriver d'accord parce que le vent emportait ce qu'ils criaient. Ils se décourageaient. Ils se mirent à marcher tout simplement du côté de la mule, sans se presser. Elle galopa jusqu'en haut du col. Elle claironna du museau vers les pays d'au-delà. Elle attendait un flocon d'ombre, puis elle redescendait en le piétinant, le dépassant, l'attendant à la danse, le rejoignant, le voltant pour le mordre ou le fouettant de la queue : au bout d'un moment les hommes se fatiguèrent à monter et descendre. Ils retournèrent tous les deux au hameau, laissant la bête à son jeu. Elle se fatigua aussi. Elle s'arrêta et se mit à manger. C'était une mule à moitié bardotte, très velue, avec des paturons comme des colonnes.

J'avais vu sur mes cartes que la falaise s'appelait le Ferrand et la montagne à glacier Rotterthal. Elle était pleine d'aigles. On les entendait crier.

En bas, après le hameau, ma carte disait qu'il y avait la forêt de Bonnabon. On ne voyait que le haut des arbres parce qu'elle était enfoncée dans la pente.

C'était à peu près le milieu du matin. Je pris mon sac de montagne. Je descendis à la cuisine. Il n'y avait personne. J'ouvris le placard. Je taillai un morceau de gruyère dans le quarteron. Je pris une demi-michette dans la corbeille à pain et je laissai sur la table un billet :

« Ne m'attendez pas pour déjeuner, je vais dans la forêt jusqu'à ce soir. »

La mule mangeait des orties blanches près de notre petit jardin. Sa crinière sifflait autour d'elle. *Chez Joseph* on avait allumé un feu. Un homme fumait sa pipe devant son mesuron de vin rouge. Il se tenait loin de la table de marbre parce que le marbre est froid et désagréable à toucher les jours de bise noire. Comme je dépassais la dernière maison, « la maison de la dame », le chemin se mit à descendre d'un coup très dur en échelle de pigeonnier et je me trouvais au-dessus de la forêt. Une épaisse lumière dorée, verte et rouge s'affaissa dans les arbres, faisant lever deux gros oiseaux blancs. A ce moment-là j'entrai dans la forêt; le vent s'arrêta de me saquer les reins et je vis, loin devant moi, à travers les troncs, un arc-en-ciel qui tombait doucement sur la mousse.

C'était une forêt de sapins avec un jour sous-marin, des buissons d'aireliers qui faisaient à peine de petits gestes, des fougères, et, de loin en loin un érable allumé, ou un alisier des oiseaux, lourd de fruits. De temps en temps, une pluie raide et froide tombait. Je la voyais fumer dans les clairières puis le soleil revenait. Des aurores s'éclairaient sous bois. Le vent tout d'un coup faisait le bruit d'une grosse corde de guitare. Les lointaines lisières soufflaient. Il n'y avait pas de chemin mais une mousse élastique qui permettait d'aller partout. Le plafond de feuillage se balançait en grondant. Le lichen détaché des hautes branches tombait comme de la neige. Le balancement des arbres faisait fumer toutes les odeurs, même une odeur de fond de terre qui sortait des racines ébranlées.

J'essayais de chercher des champignons, mais tout fleurait le champignon. L'odeur ne pouvait pas servir.

Des fois je revenais sur mes pas, touché par une senteur plus sirupeuse. Je me disais : « Tu as dû écraser une ville de mousserons. » Non, c'était un vieux tronc sous la mousse, blanc et mou et en écartant la mousse, on le voyait luire comme du phosphore dans le fond noir.

Les feuilles des érables pendaient comme des ailes d'oiseaux morts : des ailes de geai, de rouge-gorge ou de pinson. Les aireliers étaient déjà nus. Ils n'avaient plus que leurs longues épines et les petits fruits bruns collés en grappes dans l'aisselle des branches. Les bardanes pourrissaient, collées sur les mousses. Il n'y avait pas encore eu de grandes gelées nocturnes et toutes les plantes d'eau étaient belles. Les mousses étaient presque aussi noires que le feuillage des sapins. Quand dans ce jour plein de changements de lumière le soleil revenait après les poignées de pluie, quelques rayons descendaient à travers les arbres. Alors, les mousses lourdes d'eau luisaient. Sur leur crête couraient les frissonnements d'une dorure faite de l'éclat des gouttes de branchiolles et de la transparence des ramilles.

L'air était bien à la pluie et au froid. Il n'y avait pas de joie venant des arbres. Une sorte de sérénité s'était seulement établie malgré le vent et les bousculades de la pluie. Tout allait vers l'hiver et l'immobilité de la gelée. Il n'y avait ni souci ni désespoir. Les sèves, connaissant le rythme, montaient plus lentement dans les troncs de sapins. D'autres sèves restaient dans les racines, d'autres étaient en train de cimenter patiemment le long des branches la petite blessure des feuilles tombées. On sentait une grande confiance.

J'avais confiance aussi. Je m'étais lavé en dedans de toute la saloperie des gens d'en bas. Les animaux inférieurs, je les voyais encore un peu, dans mon souvenir; une bouche, un menton, des joues, des yeux, des barbes, des hanches. C'était lié encore un peu à du mal.

Les longs arbres droits se balançaient en craquant, comme des mâts de navires.

Je n'avais pas de montre. Mon chemin descendait. A mesure que j'avançais, il me devenait de plus en plus difficile de penser au passé et au futur. Il me devenait de plus en plus difficile de souffrir. Il ne m'était même pas possible de me parler à haute voix comme je fais toujours. La forêt m'apportant à tout moment de quoi sentir je ne pouvais pas être seul. Même si j'avais voulu. Et je ne voulais pas (mais on cherche souvent à agacer son mal par mauvais jeu).

Ici, j'aurais pu me répéter cent fois « je suis seul, je suis seul », cela tombait sur de la chair morte.

C'était la première fois depuis de longs jours que je me retrouvais à corps touchant avec une forêt. Et au-delà de la forêt, il y avait la montagne, le ciel couleur de foie de bœuf et ces étoiles grosses comme des pois chiches.

Loin devant moi de l'eau sonnait dans un gros écho. Il y avait aussi à travers les troncs une lueur blanche qui faisait prévoir un découvert.

Je m'arrêtai pour prendre le pain et le fromage. J'avais envie de manger. J'avais besoin de faire du sang pour ce beau calme : du sang d'ici et que tout s'arrache dans le tuyau de mes veines et de mes artères, de ce mauvais limon et de ce mauvais tuf qui les encrasse. En fouillant dans mon sac, je sifflais. Non pas de la musique, mais comme un oiseau.

Je mangeai mon pain et mon fromage en continuant à descendre. Dans l'humus, je touchais maintenant des pierres branlantes et des éclats de rochers. Les arbres étaient inclinés sur la pente. Le sol était un peu haletant. Il avait dû être travaillé par des ébranlements et des

déchirures dont il était mal guéri, avec juste une croûte
molle de feuilles mortes et de fougères. Devant moi, le bruit
de l'eau grandissait. Ça ne faisait pas prévoir un gros
ruisseau, mais ça sonnait comme une pisserotte tombant de
haut dans une cuve de granit et ça éveillait des échos de val-
lons. A travers les arbres, je vis courir le ciel et les nuages.

J'arrivai en haut d'un éboulis, sur le rebord d'un vaste
découvert. C'était la source en patte d'oie d'un torrent.
Un ravin descendait de Rotterthal, un autre ravin descendait du Ferrand, un autre venait du col de Tarches,
comme moi. Ça devait être ce ruisseau clair qui se déver-
sait de la fontaine et qui, grossi d'eau souterraine, traversait le hameau et entrait dans la forêt en suivant les
granits bas de Rotterthal. Ici, ils avaient tout effondré,
tous les trois. L'entonnoir de terre était encombré de
rochers plus gros que des maisons, les uns de pierres
vives, les autres déjà couverts de lichens; le reste n'était
qu'ossements de pierrailles, puis, sur un petit lit de
graviers, trois minces filets d'eau verte coulaient, venant
de trois directions. En bas au fond la forêt s'écartait et les
eaux réunies bondissaient en un grand saut blanc. Presque
sans bruit. Le bruit venait de ma gauche. En bas l'eau,
dans son grand lit unique devait couler sur une bosse de
grès lisse à toute vitesse vers les prés et les ressauts. Le
bruit venait du côté du Ferrand. Là, avant de déboucher
dans l'effondrement des terres, l'eau avait été obligée
de couper sa route dans des crasses de moraines et dans
des schistes dont je pouvais d'ici voir luire le clivage. La
gorge était profonde et étroite. Pleine d'ombre. Sonore
comme un corridor. Le peu d'eau suffisait à la faire chanter
d'une voix de gros tuyau d'orgue. Il fallait si peu pour
l'émouvoir qu'elle se mit à gémir pour le passage au-
dessus d'elle d'un hibou rouge qui s'en allait lentement
dans ses ailes feutrées.

Je regardais la forêt crevée par la terrible blessure de trois ruisseaux. Des sapins s'étaient écroulés dans le ravin. Ceux qui étaient couchés sur les pentes restaient encore verts, se nourrissant par on ne sait quels restes de racines. Plus bas, ils étaient déjà meurtris, avec des plaies et des moignons et des feuillages noirs, et dans le lit même du torrent ils n'étaient plus que comme des os, écorcés, tout blancs, et l'eau d'automne, cependant douce et resserrée les déchirait sans effort et emportait de longues esquilles plus légères que du liège.

Je comprenais bien que tout ça était mouvant comme les pentes d'un piège de fourmi-lion. La forêt était en train de se broyer là-dedans. Certains jours, sans hommes, la terre rongée en dessous devait se plier sur ses bords comme une feuille de papier et enfoncer dans l'entonnoir toute sa charge d'arbres, de buissons et d'humus. Et, loin en bas dans le monde, l'eau aplatissait la boue docile des alluvions.

Je me dis :

« Tu devrais entrer dans ce vallon de schistes et puis remonter vers le Ferrand. »

Le bruit de l'eau m'attirait. J'avais envie de voir des trous d'eau et la lueur des pierres de toutes les couleurs qui tremblaient au fond.

Je descendis dans l'entonnoir. Il fallait enfoncer les talons dans la terre mouvante. Une dégringolade de terreau me précédait; une grosse pierre privée d'assise me suivait comme un crapaud.

En bas, les rochers que le torrent avait roulés dans ses grosses eaux me parurent encore plus épais de muscles. D'en haut, je ne voyais que leur dessus; mais ici je pouvais dans leur volume, les mesurer à ma taille et à ma force, et ça faisait de beaux points de comparaison pour bien comprendre. Du côté de Rotterthal, c'était presque tout

du granit; du côté du Ferrand un grès froid. Ils avaient
des fois deux, trois mètres de haut. J'essayais de monter
sur un. Il était comme un petit passage dangereux dans
une varappe et assez haut pour qu'en se plaquant contre
lui, joue à la pierre, on puisse imaginer un beau vide
bleu en dessous. Arrivé là-haut, c'était tout simplement
un dessus de rocher ordinaire avec une petite cuvette
d'eau de pluies, des pattes d'oiseaux, et c'est tout. La
grimpée n'avait été faite que pour me rendre compte de la
grosseur. C'était réussi. (On ne se figure en soi-même la
vérité d'un volume de cet ordre que lorsqu'on l'a tenu
dans ses bras avec toutes ses difficultés. Je parle, encore
une fois, surtout pour ceux qui « ont fait du rocher »
par goût et qui connaissent la sensation de celui qui vient
de mesurer une paroi à pic, dans l'écart de ses jambes et
de ses bras et sur toute la surface glissante de son ventre
et de sa poitrine. Arrivé en haut, sans penser à la joie
d'être arrivé et avant de se rendre compte de cette sorte
de victoire sportive qui est le mauvais côté de la chose,
il y a, le long de tous les muscles, la sensation d'un corps
immense qu'on a tenu et qui a été sympathique à tous les
plis de votre corps. Une assimilation du monstrueux.
Entendement d'une beauté informe composée, équili-
brée, harmonieuse en profondeur, cosmique, mais aussi
pure et aussi juste que celle de l'Aurige ou de la Victoire
de Samothrace.)

Ces énormes rochers avaient été arrachés, puis roulés
sans peine par les eaux. Parfois ils étaient lourdement
assis dans des graviers. D'autres fois ils se tenaient
comme en équilibre sur une pointe, à peine calée par des
mottes d'argile ou des schistes pourris. Le lit même du
torrent n'était que cliquettement d'ardoise, de gypse,
de plaquettes de granit et de porphyre. Il restait juste
un peu d'eau verte dans un lit de faux limon blanc

comme un lait tout lumineux fait de paillettes de quartz. L'eau se faufilait entre les rochers, se bordait, s'enroulait, tantôt grasse, tantôt étirée dans de profondes rigoles où elle luisait avec les reflets de la poix.

Il ne pouvait y avoir de contentement comparable au mien que dans les renards ou les chèvres de la montagne.

Je me dis :

« Bon, ça va être dur. »

Je pensais à cette marche dans le vallon remontant vers le Ferrand. Il s'ouvrait devant moi. Je voyais mieux le suintement de ses parois. Elles étaient comme deux mers d'eau. Les gouttes glissaient, silencieuses, dans le clivage des schistes. Le bruit de tambour, c'était bien comme je l'avais pensé une longue pisse tombant d'un surplomb de rocher. Et, les échos maintenant, j'en avais toute l'explication. Le vallon avait au plus deux mètres de large dans sa plus grande largeur et il s'enfonçait à travers la montagne, montant toujours, étroit comme un couloir.

Je commençais à monter là-dedans.

Je me disais :

« Ça glisse comme une putain, cette affaire! »

Le lit de l'eau et le bord étaient des rochers lisses et gluants.

« Tu vas jamais te tenir d'aplomb. »

Il me fallait faire des mètres sur les genoux et en me cramponnant à pleines mains sur des rochers usés en échine de cheval.

« Ça alors, tu parles d'un truc! »

Mais j'étais heureux à ne pas savoir le dire, tant ce bonheur était pur et à ma taille. Une chose confortable comme un beau tricot. J'y pensais de temps en temps quand il ne me fallait pas faire trop attention à la glissade. J'étais nettoyé de tout souvenir humain. Ah! oui, tout. Il ne me restait plus de souvenir en moi, ni d'une ligne de visage, ni d'une couleur d'œil, ni d'un timbre de voix. Rien. Mais j'étais extraordinairement sensible aux taches d'ombre et de lumière que la bise promenait sur le monde et dont les reflets me touchaient ici au fond; j'entendais dans le loin du ciel le battement d'aile d'un faucon; je commençais à comprendre les odeurs, les bruits, les formes qui s'imprimaient dans mes mains et à leur donner une valeur par rapport à moi. J'avais cessé d'avoir affaire avec des hommes, et des femmes, mes semblables. J'étais obligé de me mêler dans les grands sentiments du granit, dans la psychologie des montagnes, des forêts, des torrents, des vents et des révolutions du soleil, dans le grommellement de toutes les bêtes autour de moi, depuis la puce arpenteuse de l'eau jusqu'à l'aigle qui criait son « oh hi oh hi » sur les terrasses du Ferrand.

Moi, à quatre pattes, j'étais heureux à en grogner comme un blaireau.

Maintenant, je pouvais me tenir debout. Et il valait mieux. L'étroite passe entre les deux parois de schistes ruisselants m'avait conduit dans un monde étrange! Le vallon était ici plus large et je le voyais qui s'élargissait encore un peu plus, là-haut devant moi. Il montait toujours. Ça ne glissait presque plus. A côté de l'eau il y avait même un petit lit de pierres craquantes.

A quinze ou vingt mètres droit au-dessus de moi, la forêt se penchait au bord du vallon. Des têtes de sapins, des têtes d'érables, des fayards aussi, et ils avaient l'air de se dire :

« Qu'est-ce qu'il fait celui-là au fond? »

Je me tenais debout et j'avançais doucement, en regar-

dant tout autour de moi en silence. Je respirais le moins
fort possible. Et, pour faire aller mon œil d'un endroit
à l'autre, je tournais lentement la tête comme quand
on guette un rat.

Un jour, dans un petit cinéma de village, j'avais vu
le travail de la graine au fond de la terre; les racines
d'un laurier qui fouettaient le compost d'argile et de
pierres aussi facilement que les bras d'un poulpe fouettent
l'eau; une main de radicelles, crispée sur un suintement
humide. On avait pris la vue lentement, à la cadence de la
plante. On la projetait ici dans la grange à la cadence de
l'homme. C'était imprudemment après une vague
conférence faite par le service agricole du département :
un petit homme ventru et gourd à crâne de lapin et
dont les yeux ne voyaient que dans un rayon de deux
mètres autour de lui.

Il nous avait parlé de silos à blé, de contingentement,
organisation du marché, taxation, étatisme, prix mini-
mum. Tous les dix mots, il disait : « A l'heure actuelle »
et il frappait de son petit poing sur la table.

Je ne sais par quelle ruse on avait réussi à fourrer ce
cinéma dans ses bagages, mais le fait est qu'à l'heure
actuelle, pendant qu'il se reposait de parler en suçant
ses moustaches, on ne le voyait plus, lui, sur l'estrade
que comme une petite ombre morte, et dans le carré de
lumière vivait la graine qu'il voulait contingenter ou
contingentionner. Hé, pauvre ami!

Ça vous donnait peur du Paradis terrestre.

Je me disais :

« Dire qu' " à l'heure actuelle ", ça se fait tout ça,
formidablement dans la terre, sans penser à nous! »

Le haut de la graine s'était déchiré sous l'éclat d'une
silencieuse dynamite. Une sorte de lait vivant s'était
répandu. Le lait prenait forme. Il était devenu serpent

blanc. Avec une tête, il s'élança contre la terre noire d'autour. Elle s'écarta devant lui. On la voyait couler de côté, et se fendre, et céder sous une puissante allégresse. La tige s'élança dans l'air. L'écorce se formait. On voyait sous elle courir la forme des feuilles comme des vagues qui viennent se coucher sur la plage. Les feuilles aiguës du blé commencèrent à vivre et pendant que le grouillement des racines pétrissait la terre, une onde de sève plus lourde vint poser au sommet de la tige une goutte de glu qui était le premier grain de l'épi.

Je pensais à ça maintenant. Je me retenais de respirer. Je regardais autour de moi prudemment. Il n'y avait encore rien eu de précis, mais je sentais que quelque chose s'approchait de moi. J'avais bien peur que ça soit une affaire comme la vie de la plante. Peur et envie. Mes sens en étaient curieux tous à la fois. Ils guettaient. C'est pour ça que je respirais à peine. Et malgré tout un peu peur. Je me souvenais de la danse fantomale des forces de la graine. C'était trop déconcertant pour qu'on ne soit pas devant ça un peu étouffé comme Colomb devant l'Amérique. Je marchais au bord de l'eau. Le val, plus large, sonnait en face du Ferrand. Il pouvait être un peu plus de midi.

La bise avait l'air de s'être étalée. Le ciel était plus calme. Le pied du Ferrand disparaissait sous une brume bleue au travers de laquelle on ne pouvait rien voir de ce qu'étaient les énormes racines de la falaise. Elle ne prenait forme que loin, au-dessus de la terre. Là elle était nette dans le ciel clair. Elle me dominait. Elle était toute seule, bleue aussi, et elle sifflait doucement comme un fer qu'on trempe.

Les rochers du vallon n'avaient pas de formes humaines, comme parfois ça arrive. Ils étaient seulement rochers, et tout à fait, avec des arêtes vives, comme fraîchement arrachés à la matrice, ou bien arrondis par le frottement des eaux. Je pensais à un instrument plus lent que le cinéma. Un œil mécanique plus patient encore et qui resterait, le regard fixé pendant des cent ans et des cent ans, des mille et des mille, sur une famille de rochers, comme cette montagne. Une tête métallique pleine de pellicules sensibles, et puis laisser faire le temps et la patience.

On pourrait connaître la vie de la pierre? Une chose peut-être aussi terrifiante que la vie de la graine. Plus terrible sans doute, à cause de la masse, de la force, du temps accumulé dans le moindre geste. Ce qu'en raison de notre petite cervelle nous appelons le drame de la vie, et qui n'est un drame que pour nous.

J'entendis un gémissement. Il ne venait ni d'un homme ni d'une bête. Il roula un peu dans les échos. Il avait été précédé, me semblait-il, par un coup frappé dans du bois.

Je fis quelques pas silencieux, tout aux aguets. Rien ne bougeait autour de moi.

Cela venait de plus haut. Je m'engageai dans le couloir remontant. Je m'aidais de mes bras écartés, de mes mains appuyées sur les murs de schiste. La pierre était froide, grumeleuse et si friable que des morceaux restaient collés contre ma peau.

Au-delà du couloir, je touchai de nouveau la forêt. Elle était entre moi et le Ferrand. Le lit du torrent était là de plain-pied. Il avait seulement fait sa trouée dans les arbres. J'étais toujours à la piste. Une fois sur deux le bruit avait recommencé. J'en savais un peu plus que tout à l'heure. C'était bien un coup dans du bois. C'était bien un gémissement. Ça venait de devant moi.

J'entrai dans cette partie de la forêt. Elle était sournoise et sans joie. Il me sembla que cela venait de l'ombre que la falaise couchait sur les arbres. Mais au bout d'un moment de marche, je trouvai une grande blessure dans la terre. C'était un sillon court assez profond. Il commençait par deux ou trois arrachements de mousse, puis, tout d'un coup, le soc avait dû entrer dans la terre et en tirant il l'avait déchirée. Ça avait l'air d'être assez ancien. En regardant autour de moi je vis d'autres plaies semblables. Une d'elles, plus grosse que les autres, avait ébranlé un jeune fayard.

J'entendis frapper et gémir de nouveau.

Le sol de la forêt était très en pente. Je me tenais un peu sur la gauche pour éviter de monter droit. A travers les branches de sapins, je vis le Ferrand, très près de moi maintenant, visible depuis le pied jusqu'au faîte. Il était en pierre violette avec, en haut près du sommet, des scintillements de lumière.

Je trouvais ici des blessures plus nombreuses. A certains endroits c'était comme un véritable labourage; les sillons se touchaient presque. Il n'y avait plus dans ce sous-bois ni mousse, ni herbe, ni buisson, mais seulement une terre délabrée.

Cette fois j'entendis frapper et gémir tout près de moi. Ce bruit de coup avait été précédé d'un ronflement de vol. Quelque chose de ronflant était venu avant de frapper. Je relevai la tête. A travers les branches on ne voyait que le Ferrand.

Devant, là-bas, je vis un sapin qui bougeait. Tout seul. Les autres, autour, étaient immobiles. J'étais sûr maintenant que les gémissements venaient des arbres.

Je me mis à courir. C'était à cent mètres. Je fus près de l'arbre presque tout de suite.

C'était un sapin de neuf ans. Il était blessé en plein cœur de tronc par une pierre grosse comme ma cuisse. Du silex. La blessure était toute fraîche. La sève bouillonnait lentement et grésillait encore dans la plaie, et l'arbre tremblait encore du coup. La pierre était enfoncée de telle sorte qu'elle traversait le tronc de part en part. De l'autre côté, elle avait fait éclater l'écorce et on voyait paraître le tranchant blême du silex. Je me dis :

« C'est une saloperie. Bande de salauds! »

Je regardais autour de moi. Il n'y avait que le Ferrand là-haut tout seul. Et maintenant que c'était le tournant de l'après-midi, j'entendais tous les bruits du hameau : le hennissement des mules, les cloches des vaches, les cris d'enfants qui venaient se refléter sur la paroi violette de la falaise.

Non, personne. Et d'ailleurs, la pierre était trop grosse. Et, près d'ici, tous les arbres étaient blessés; et la blessure du sapin était une des moins graves. Il y avait des fayards, des sapins, des érables. Des gros, des petits. Des arbres de cent ans et des jeunes. A côté du sapin un moignon sans plus de forme! Un tronc de vieux frêne cinquante fois blessé, hérissé de pierres de toutes sortes, ayant chaque fois recomposé autour de sa blessure le bourrelet d'écorce; le pli de chair s'étant quelquefois si bien serré autour de la pierre qu'elle avait éclaté, réduite en poussière, ayant quelquefois absorbé la pierre dans des gonflements de liber, épais comme des muscles de taureaux. Et chaque fois blessé de nouveau, chaque fois frappé en plein tronc ou bien dans l'écorce délicate qui est là, sous l'aisselle des branches, frappé, ébranché, tué en partie, sans pitié, avec encore trois grosses blessures toutes fraîches...

Il n'y avait pas un arbre entier ou sain, ou heureux. Ils étaient tous blessés, qui plus qui moins, avec des pierres plantées dans le tronc, dans les branches, en pleine écorce. Des plaies anciennes ou récentes. Ils étaient constamment saignés de sève. Les feuilles pendaient sans force. Sur quelque arbre, autour des plaies, tournait un cerne de bois mort, noir et déjà champignonneux d'aspect et d'odeur. Le sol était décharné ici, sans une place saine, étripaillé avec des racines sortant de partout. Malgré tout il y avait, dans cette corne de forêt du vent, et de la vie, et de l'énergie, une espérance qui faisait mal à voir parce qu'elle était lapidée sans arrêt et sans pitié. Mais elle faisait feuille. Des grands troncs, dont tout était mort, avaient gonflé de minuscules bourgeons presque à ras de terre et tout d'un coup, là, à l'abri, ils avaient fait une feuille, une seule, d'une santé dont la couleur vous touchait comme un beau sentiment.

Soudain, je fus prévenu. Je me baissai. L'air sonnait là-haut dans le ciel. Le vol d'une pierre passa au-dessus de moi. Elle frappa un petit frêne. L'arbre se rompit. Le rocher rebondissant déchira la terre, s'enfonça, s'arrêta. Le silence. Le gémissement de l'arbre. Je me précipitai vers un pli de terre qui faisait abri. La lisière du bois était à vingt pas de là. Il y avait trop de branches mortes pour faire épaisseur. Au-delà, on voyait tout le Ferrand. Il était enfoncé dans l'ombre jusqu'à mi-corps. Ce qui émergeait était frappé de plein fouet par le soleil. J'entendis chanter les pierres. C'était le côté de la falaise qui avait été dans l'ombre pendant tout le matin, face à la bise de nuit, face à la bise du matin, gelée. Maintenant, le dégel coulait en longues lignes noires.

Il y avait là-haut un banc de pierres tendres. Elles étaient écrasées entre le haut du sommet fait de granit lisse et l'assise enfoncée dans l'ombre dont je pouvais voir les porphyres luire par moments comme de grandes algues vertes. Les pierres tendres chantaient comme une nuée d'oiseaux. Le soleil les pénétrait jusqu'au plus profond. Elles ruisselaient d'eau à pleins pores. Elles faisaient une brume plus légère que la fumée de pipe.

Il y avait là-haut comme un mouvement. Une pierre se détacha. C'était très haut. Il me fallut un petit moment pour voir qu'elle tombait. Elle tombait lentement. Elle se renversa un peu sur ses grandes épaules. Elle éclata sur les racines de la montagne avec une lumière d'étoile et elle entra sur son vol de fer dans la forêt massacrée.

Au bout d'un moment la faim me prit de nouveau. Sans me relever, je fouillai dans mes poches. Il me restait un peu de pain et de fromage. Je me mis à manger, ma bouche contre la terre. L'odeur de l'humus était joyeuse et anisée. Le feuillage persistant des sapins luisait d'un bleu engorgé de résine. Devant mes yeux, des fourmis charriaient des débris d'écorce à travers le feutre de l'herbe. Je mâchais fortement mon pain qui faisait un peu la corde. Ma salive avait un gros goût de blé cuit. De l'autre côté de la forêt, le hameau de Tarches avait fait sortir des mulets, des chèvres, des vaches et il les menait à l'abreuvoir du soir.

Je rentrai à la pleine nuit. M¹¹ᵉ Amandine avait déjà mangé. Yvonne était couchée. Mon couvert était mis tout seul sur la table de la cuisine. Nous étions pour la première fois seuls, M¹¹ᵉ Amandine et moi. En me lavant les mains à l'évier, je sifflais une chanson qui m'était revenue tout d'un coup à la mémoire et qui me plaisait particulièrement ce soir parce qu'elle était faite de tristesse et de joie et que tout s'enchaînait.

« Vous connaissez cette chanson? » dit M¹¹ᵉ Amandine.

Elle avait quitté ses lunettes; comme elle n'y voyait pas, elle avait l'air de parler à quelqu'un effacé du monde.

« Oui, je la connais, dis-je, je ne sais plus très bien ce que c'est.

— C'est une chanson de Heye, dit-elle. Elle s'appelle : " As-tu été déjà touché par l'amour? " »

J'étais en train de m'essuyer les mains. Je pouvais regarder Mlle Amandine aussi longtemps que je voulais et sans la troubler. Elle ne me voyait pas. Elle suivait le souvenir de la musique en pianotant de ses doigts sur la table.

« Oui, Heye, dis-je, je crois.

— C'est sûr, dit-elle. Il avait fait cette chanson sur la route d'Aarau à Ruettigen. C'était la nuit. Il était dans une charrette bâchée. Et les gens des collines noires virent dans le val cette bâche illuminée par-dedans comme une étoile.

— La bâche?

— Oui, comprenez, on dit ça parce que Heye a écrit cette musique très vieux. Il était sur une charrette de paysan. Il rentrait chez lui. Le paysan lui avait dit : " Montez, monsieur Heye ", et quand il s'est assis sur les sacs de graines, on dit que la bâche s'est illuminée comme une étoile parce que Heye était là en train de composer sa musique avec son cœur. On croit volontiers que le cœur illumine tout. »

Je n'en finissais pas d'essuyer mes mains; je re-essuyais des doigts déjà essuyés.

Mlle Amandine mit ses lunettes. Elle me regarda et elle me dit :

« Venez manger. »

Il y avait de la soupe d'épeautre. Elle était très bien faite, les grains ayant été soigneusement triés et froissés hors de leurs balles. Le jus était moelleux et le blé un peu craquant.

La pendule battait le temps. Le vent se frottait contre les vitres.

« Il vaudrait peut-être mieux, dit-elle, que je vous dise qui je suis. Vous n'êtes pas fatigué?

— Non.

— Cela ne vous dérange pas que je parle pendant que vous mangez?

— Non.

— Et vous aurez un peu de temps après?

— Tant que vous voudrez, mademoiselle. Il est bien vrai que le cœur illumine. Toutes les joies de la terre sont peut-être dans la parole des amis. »

« Nous avons fait amitié sans rien dire, dit-elle. Mais cette maison va nous garder quelque temps ensemble et je crois qu'il est bon de parler un peu, et tout de suite, pour ne plus être obligés de parler après, quand nous voudrons savoir ce que nous pensons.

« Mangez votre soupe et après ça, prenez de la saucisse et du pâté de foie de porc. Je suis allée vous cueillir de la doucette champêtre et je vous ai fait un kugloff aux prunes. Il est dans le four. Mangez.

« C'est ce que je vous ai dit de Heye qui vous a étonné?

— J'ai été surpris de cette image de la bâche illuminée, dis-je. J'ai vu le musicien dans la charrette en train de faire sa musique, cette si belle chanson que je siffle souvent quand j'ai besoin de me dire : marche; tout compte en bien, même ce que tu souffres! Et penser que les bûcherons des collines noires avaient déjà la lueur en bas dans le val, comme si le cheval du paysan traînait un bol de punch à travers la nuit.

— Ils la voyaient, n'en doutez pas, dit-elle, mais cette histoire je l'ai inventée. »

Il y eut un moment de silence. La pendule battait le temps. Mlle Amandine enleva ses lunettes :

« Mon père est officier public. Je veux dire notaire. Je veux dire il était. Et je suis née à Yverdon en 18.. J'étais, paraît-il, une grosse fille laide avec rien que de la bouche et de grosses joues. Je ne parlais que pour dire : " poupe ", c'est-à-dire soupe. Et tant qu'on ne me l'avait pas apportée je tapais sur la table avec ma cuiller de fer. Le reste du temps je promenais mes grosses joues. J'ai une photographie de l'époque. Je donne la main à ma sœur. J'ai l'air d'un crapaud tout en gueule. Et amer.

« Il paraît que quand ma grand-mère me vit pour la première fois — elle habitait Orbe — elle regarda mon père et elle lui dit :

« — Mon pauvre ami!

« C'était une femme cavalière à visage d'homme et elle traduisait à longueur d'hiver pour son plaisir, les œuvres de tous les petits romantiques allemands. En dehors de ça, installée sur ses jambes.

« — André est bien gentil, disait-elle à mon père (elle parlait d'un de nos fermiers) avec sa femme qui accouche, mais les porcs devraient être vendus. Moi je mange et je... restitue. Tu comprends? C'est ça qui me fait vivre. J'ai besoin d'argent. Est-ce que j'accouche, moi?

« Elle venait toujours de la campagne avec des houssines en branches de coudrier. Et elle frappait avec sur la table.

« Mon père n'aimait pas qu'un mot dépassât l'autre.

« — A votre âge, ma mère! disait-il.

« — A mon âge, quoi? A mon âge, disait-elle. Si j'avais envie d'accoucher ce n'est pas toi qui m'empêcherais. »

« Elle frappait encore sur les tables avec sa badine sans souci des encriers. Les clercs de mon père en avaient une belle peur. Non pas qu'elle fût méchante, mais elle leur donnait à rire et quand mon père les avait vus rire il ne disait rien, mais il restait bois vert pendant des semaines. Il avait la rancune longue.

« Je me souviens du jour où, moi, je la vis pour la première fois. Elle avait une robe amazone en drap-cuir vert pomme. Une basquine de paysanne en velours cramoisi avec des buscs en pointe sur le ventre. Une gorgerette ouverte sur un jabot de lin blanc. Des bagues à grosse pierre à tous les doigts de sa main gauche et un bonnet de fil orné au point de croix, avec des laines ou des soies dorées, noires et rouges, et qui représentaient des fleurs de giroflée. Tout ce qu'on voyait de sa peau : ses poignets, ses mains et son cou, était jaune comme de la peau de poire. Elle me prit le menton dans ses doigts. Elle me releva le visage. Elle me regarda.

« — Ça n'a pas l'air de s'arranger, dit-elle.

« Ma sœur s'appelait Thérésa. Elle avait un grand attachement pour moi. Je ne sais pourquoi je parle d'elle comme si elle était passée. Elle existe toujours et elle m'aime toujours. Seulement, elle est mariée.

« Elle est très jolie. Enfin, moi, je la trouve très jolie. Elle a évidemment nos traits de famille, ce gros modelage qui vient de mon père, de ma grand-mère justement : le nez, la bouche et les pommettes, comme vous voyez sur moi, mais, sur elle, c'est un peu affiné par un menton qu'elle tient de sa mère. Elle est plus petite que moi et moins grosse. Moi, je tire de ma grand-mère par le corps. Je ne vous ai, je crois, pas dit qu'elle était de belle taille ronde et pleine malgré son âge, plutôt un peu engoncée dans sa chair, mais cela à cause de son âge.

« A part ses yeux, sa bouche et ses pommettes, ma sœur avait tout hérité de ma mère. Elle était, même très jeune, gracieuse et galante avec le monde. Elle faisait tous ses gestes facilement comme les oiseaux.

« Nous avions une grande maison. L'étude de mon père, son bureau et la salle des clercs étaient au rez-de-chaussée. Au fond du grand couloir, l'escalier montait aux appartements. Il était large, à pente douce et éclairé par une grande fenêtre aux vitres opaques et vertes. La maison datait de très longtemps. C'était, avec le château, la plus vieille maison d'Yverdon. Elle avait été bâtie, je crois, après le sac de la ville par les Bourguignons environ après la bataille de Granson.

« Au premier, il y avait quatre énormes salles d'enfilade, avec les portes où on aurait pu passer à cheval et, au fond, donnant sur les longues longes de peuplier qui s'en vont vers le lac, une petite tablette d'angle, à trois fenêtres où nous nous tenions d'ordinaire, ma mère, ma sœur et moi.

« Il faut que je vous dise aussi que la grande habitante de notre maison, c'était l'ombre. Ni les lampes, ni le soleil n'avaient pu la chasser. Elle était partout dans ces salles qui n'étaient ni à notre taille ni à la taille des meubles. C'est pourquoi nous restions dans la logette d'où on pouvait voir et entendre frissonner les peupliers.

« Tout ça a son importance. Je ne vous ennuie pas ? »

Je m'enhardis jusqu'à toucher la main de Mlle Amandine.

« Non, dis-je, je vous écoute.

— Quand ma grand-mère venait nous voir, on entendait d'abord parler fort en bas chez mon père, puis un gros pas dans l'escalier. Ma mère nous prenait par la main, nous quittions la logette et nous nous avancions au-devant de la visite jusqu'à la deuxième salle.

« Ma grand-mère s'asseyait sur le sofa.

« — Vous avez des fauteuils, disait-elle, qui ne sont plus à la mesure des beaux derrières.

« Et après ça, ou quelque autre chose du même genre, elle ne disait plus rien et elle nous regardait. Elle avait envers ma mère la politesse de l'incompréhension. Thérésa lui apportait sa tasse de café.

« — Et le gros, où est-il? disait ma grand-mère.

« Le gros, c'était moi.

« On avait beau lui répéter que j'étais une fille. Elle me regardait, puis elle disait :

« — Tant pis pour elle.

« Elle n'a évidemment jamais rien compris au mécanisme de ce petit oiseau qu'était maman.

« Un jour, elle lui a dit :

« — Enfin, petite, c'est absolument incompréhensible, qu'est-ce qui t'a séduit dans Adolphe? (Adolphe, c'était mon père.)

« — Rien, dit ma mère.

« Maman était née à Salzbaar, dans la vallée de la Freüle. Je crois que ses parents étaient très riches. Ils avaient une grande propriété sur les coteaux de Nulgar et ils élevaient des chevaux de race dans les prairies. Malheureusement, nous étions trop jeunes à l'époque où ma mère aurait pu nous mener là-bas et après, cela ne fut pas possible. Ce que j'en sais, c'est seulement pour l'avoir entendu raconter à ma mère et ça doit être trop déformé par tous mes rêves d'enfant pour que ça puisse servir à vous faire connaître cette petite femme sensible et courageuse.

— Je crois, dis-je, que ça peut au contraire beaucoup servir pour me l'imaginer. Dites quand même.

— Ce ne sont que des souvenirs d'image, dit-elle. La maison devait être au pli du coteau, épaulée contre les vents par un gros bosquet de hêtres rouges. Devant moi, je vois une immense prairie qui descendait jusqu'à la Freüle. Tout autour, de grands arbres gris, très souples, avec des feuillages argentés comme le ventre des poissons. Tout ça doit être mélangé avec le souvenir des peupliers qu'on voyait de la logette. Au-delà des premiers bois et qui sont plutôt des bosquets de parcs avec des allées ratissées et des pelouses sourdes, le pays, pour moi, s'ouvre avec une grande largeur d'horizon (naturellement, ce que je vous dis, c'est dans mon imagination; un mot de ma mère a tout fait, peut-être) je vois de souples coteaux également verts, également ondulés, des barrières blanches pour les parcs à chevaux, des boqueteaux posés ici ou là, à flanc ou sur les crêtes, et puis des poneys et des poulains qui galopent pendant que les juments appellent.

« Les parents de ma mère avaient un gros train de maison. Ils étaient très hospitaliers. C'est-à-dire qu'ils recevaient beaucoup, des compagnies nombreuses, et pour longtemps. Salzbaar est à une dizaine de kilomètres de là et le séjour dans ces grands domaines est un peu ennuyeux. Enfin, je crois que c'est ce que pensaient les parents de ma mère.

« Des compagnies venaient de Salzbaar, de Liestal et d'Aarau, des autres grands domaines et même des villages où il y avait alors des gens très riches qui aimaient les beaux attelages. On venait là pour la remonte des écuries. On chassait le renard à la mode anglaise. On faisait de grandes cavalcades en bandes. Le soir, on dansait avec un orchestre autrichien. Il y avait également les plus beaux jeunes hommes, car on venait aussi pour ma mère qui était fille unique, grosse héritière et très belle.

— Votre père était riche aussi?

— Ah! mon père, ça c'est autre chose, dit-elle. Non, il n'était pas riche. Surtout en comparaison. C'était le troisième fils de ma grand-mère. Je vous ferai voir sa photographie. Il est assis sur une chaise, les mains aux cuisses. Il rit. Il est énorme. La lèvre du bas est trop lourde, alors elle pend. Il a de petits yeux intelligents, de larges épaules, un ventre qui l'empêche de serrer ses jambes. Debout, il était grand. Les bras lourds, mais à gros rouleaux. Quand on le voyait manger, on était saisi de frayeur. Je parle pour moi, mais je sais que des gens de son âge s'émerveillaient. D'abord, de le voir engloutir toute cette nourriture, puis peu à peu, comme l'allant ne faiblissait pas, ils avaient peur aussi.

« Il y a des siècles qu'on ne mange plus comme ça.

« Dans d'autres fermes de la plaine d'Orbe (ils en avaient trois), mes grands-parents paternels faisaient produire le sol à la charrue. Ils avaient des vergers, et puis des petits parcs pour l'élevage des porcs. La maison de maître était à Orbe, Quai aux briques. Ma grand-mère, veuve de bonne heure, dirigea tout : l'exploitation des fermes et l'éducation des enfants. A leur majorité, elle partagea le bien entre eux : une ferme à chacun et elle garda la maison d'Orbe pour elle. Un de mes oncles vendit sa part et s'en alla en Amérique. L'autre se maria, vécut quelques années sur sa terre, mourut d'un froid pris à la foire de Sarraz et ma tante, qui était française de Savoie, retourna chez elle avec mes cousins.

« Il ne resta que mon père. Malgré tout je l'aime beaucoup. Je me souviens de ce large rire si sympathique qu'il avait devant la table quand on apportait les rôtis. Il aimait les vins français. Il avait un petit œil perçant. Il était d'ailleurs supérieurement intelligent.

— Et Salzbaar, dis-je, c'est loin d'ici ? Je veux dire d'Yverdon. Je veux dire de l'endroit où se trouvait votre père.

— Très loin, dit-elle, du moins pour nous ; car vous, Français, qui habitez un plus grand pays que le nôtre, vous trouvez près ce que nous trouvons loin. C'est au-delà de tous les lacs, presque au Rhin. La Freüle se jette dans le Rhin, à trente kilomètres de Salzbaar. Je comprends ce que vous voulez dire, mon père n'a pas été notaire tout de suite et vous en savez assez pour connaître que l'éducation donnée par ma grand-mère était quelque chose de tout à fait spécial.

« A la fin de... — je ne sais comment on appelait le service militaire en Suisse à ce moment-là — mettons à la fin de ses cours de répétition, comme on dit maintenant, il fonda à Orbe, avec des jeunes gens de son âge, une " Société pour la marche en plaines ", c'était le titre. C'était le but. Je crois que ça servait surtout à s'en aller. Orbe n'est pas une ville gaie, même l'été.

« Ils allèrent comme ça à Payerne, puis à Neuchâtel, puis à Morat, puis plus loin. Dans la bande, il trouva deux amis qui étaient des fils de gros propriétaires aussi. A tous les trois ils avaient plus de temps que les autres membres de la société, pour la plupart des serruriers, garçons d'étable, chaudronniers ou je ne sais quoi. C'est avec ces deux-là, un Wilfred et l'autre Paul qu'ils partirent pour plus loin encore.

« J'ai souvent entendu parler de cette longue balade. Il la racontait à table. Il était à ces moments-là très séduisant. Je ne parle pas seulement pour moi, sa fille, je le buvais des yeux, mais même pour les femmes qui venaient chez nous. Ma mère pliait sa serviette et allait s'asseoir dans un fauteuil, dans l'ombre.

« — C'est de cette façon, disait-il à la fin, que j'ai fait la connaissance de ma chère amie.

« Il se tournait vers le fauteuil. Ma mère n'était plus là.

« — Où étais-tu, Marthe? demandait-il quand elle rentrait.

« Elle venait près de lui. Elle posait ses petites mains sur les grosses épaules de mon père.

« — Là, disait-elle, en désignant vaguement l'ombre.

« En vérité, il avait dû faire plus que la connaissance car il la ramena chez lui. Ils étaient mariés et ça s'était fait sans tambour ni trompette.

« Ma mère aimait beaucoup embrasser. Elle nous couvrait de baisers, ma sœur et moi. On sentait qu'elle aimait ça pour le plaisir dans ses lèvres. Je ne lui ai jamais vu embrasser mon père. Elle était aussi très courageuse, au-delà des forces humaines; capable de faire une chose courageuse pendant longtemps sans faiblir. Je veux dire une chose humblement courageuse et dont on est le seul témoin.

« Je l'entends encore répondre à ma grand-mère :

« Qu'est-ce qui t'a séduit dans Adolphe?

« — Rien.

« Et je sais qu'elle disait la vérité.

« Mais alors, pourquoi est-elle venue avec lui de Salzbaar? »

Depuis un moment, Mlle Amandine semblait se parler à elle-même. Après sa question elle se tut. Je n'avais pas à répondre ni à donner mon avis. Enfin, elle s'aperçut au silence que j'avais cessé de manger. Elle remit ses lunettes et me regarda. Elle comprit sans doute à mes yeux que j'étais entré tendrement complice dans cette famille fantôme et elle me remercia d'un petit sourire.

« Vous ne prenez plus de pâté?

— Merci, j'en ai mangé comme un sauvage. Qu'est-ce qui lui donne ce goût de noisette?

— Il est lié à l'huile de cornouille. Une vieille recette. Vous pourrez bien manger un peu de mon gâteau.

— Je pourrai. »

Elle ouvrit le four du poêle et elle m'apporta le kugloff suant et gras dans sa vapeur.

« Ouvrez-le par le champ, dit-elle. C'est du froment d'Orbe, mais les prunes viennent des vergers de Motiers. »

Il était fait aux prunes blanches. Il suintait un sirop doré.

« Vous avez donc encore des terres à blé? demandai-je.

— J'ai pour ma part la ferme de Neuville et les vergers de Motiers. Ma sœur a la maison d'Orbe. Je vous expliquerai comment elle m'a laissé tout ce qui fait production de fruits et d'argent. Si je ne vous ennuie pas. Car, quand je commence à raconter ces histoires! Ça a tant d'importance pour m'expliquer?...

— Vous me faites comprendre beaucoup de choses dis-je.

— Vous ne comprendrez qu'après, dit-elle très vite, sans me laisser finir. C'est d'accord avec ça. »

Elle montra la fenêtre.

La bise avait fait un grand ciel et sous la lune on voyait le Ferrand nu, fermé à glace et étincelant comme un dieu de la nuit.

« Je ne peux voir, moi, que la lueur de la lune, dit-elle, mais je sais que vous, vous voyez la montagne. Ça explique Yvonne aussi. Vous avez dû vous demander qui c'était?

— Non, dis-je, je sais très bien qui c'est. C'est une petite fille.

— C'est ma petite fille, dit-elle en appuyant sur le possessif.

« Vous voyez maintenant mon père, ma mère, ma grand-mère, ma sœur. C'est ma mère que vous devez voir le moins bien car, pour vous la montrer comme je la sens dans mon cœur, j'ai été obligée de vous la décrire comme un oiseau, puis de vous décrire son plumage. Le domaine de Salzbaar, c'est son plumage. La vallée de la Freüle, les paddocks sur les coteaux, les violons autrichiens, les beaux danseurs en pantalon à sous-pieds et mon grand-père maternel qui, paraît-il, dormait avec son monocle, c'est le plumage de ma mère.

« Mon père était bardé dans un égoïsme dont je vous donnerai une idée tout à l'heure, et tous ses gestes brinquebalaient comme dans du fer. Je l'ai beaucoup connu. Vous verrez que ma grand-mère, je la connais aussi très bien. Ma sœur, il me suffirait de prendre l'autocar demain matin et demain soir je serais chez elle. Mais ma mère, je l'ai vue peu, je l'ai vue vite : un bel éclair! Je n'ai été myope que fort tard, à la suite d'une scarlatine que j'ai eue du temps que j'étais étudiante à Lausanne. C'était à un hôpital d'internés pendant la guerre. Mais je m'aperçois que je veux tout vous expliquer en même temps; je vais reprendre.

« Je saute, malgré tout, pas mal d'années, et ce que je vais vous dire est arrivé quand j'avais douze ans, ma sœur, quatorze.

« Reprenez du kugloff.

« Un après-midi, ma grand-mère arriva. Nous n'avions pas bougé. Elle vint jusqu'à la logette. Elle n'avait plus sa voix rude. Elle ne trouvait plus des mots justes. Elle ne pensait plus à s'installer au milieu de tous avec sa volonté.

« — Ah! tu es là, dit-elle en voyant ma mère. Tu es là. Bon. Alors, quoi? Alors qu'est-ce que c'est? Alors, quoi? Quoi?

« — Asseyez-vous, dit ma mère en souriant. Je voudrais seulement que vous me gardiez Amandine et Thérésa quelques jours à la campagne. Vous êtes à la ferme de Neuville?

« — Tu le sais bien, dit ma grand-mère, jusqu'après les pommes.

« — Bon, dit ma mère, je voudrais seulement que vous gardiez les petites avec vous jusqu'après les pommes. Elles ont besoin d'air.

« — Pas plus, dit ma grand-mère.

« — Et pourquoi plus? dit ma mère.

« Elle avait cessé de sourire. Il y eut un long moment de silence. On entendit frissonner les peupliers.

« — Tu peux te vanter de m'avoir fait courir, dit ma grand-mère.

« Elle regarda la logette où nous étions si bien installées toutes les trois, où tout était à nous, rien à mon père. Elle se dressa. Elle s'approcha des fenêtres.

« — Tiens, dit-elle, on voit les arbres...

« Elle ajouta :

« — C'est gai ici.

« — Oui, c'est très gai, dit ma mère.

« Tout était prêt pour notre départ. Une petite valise avec notre linge de rechange était là derrière un fauteuil. Mais on ne nous avait pas prévenues et je ne pouvais plus détacher mes bras du cou de ma mère. Je me frottais contre ses joues et chaque fois que sa bouche brûlante me touchait, j'étais bouillante de larmes.

« — Allons, ma grosse, dit ma mère, il n'y a pas de quoi pleurer, au contraire.

« Dehors, ma grand-mère marcha à grands pas. C'est seulement en arrivant au faubourg du lac qu'elle nous dit :

« — On n'a pas dit au revoir au papa!

« Elle eut l'air de s'arrêter comme si elle venait de s'apercevoir subitement d'un gros oubli.

« — Oh! tant pis, dit-elle, on est de grandes filles, somme toute.

« Elle nous mena dans une auberge de rouliers *Die blaue Ganse*, l'oie bleue. André, le fermier, nous attendait là. Elle enleva sa cape, elle s'assit en face de l'homme, comme un homme, les jambes écartées sous sa jupe, d'aplomb! Sur la moue de ses lèvres, je voyais un peu de moustache noire.

« Elle appela le patron.

« — Deux pots de Braunbeer. Donne l'illustré aux petites et un champoreau. Vous, regardez les images. On partira tout à l'heure.

« Elle se tourna vers le fermier.

« — Et toi, écoute, dit-elle.

« J'entendis qu'elle lui commanda de rester à la ville et de s'assurer d'un cheval libre à tout moment. Un bon trotteur. Elle se tourna vers nous pour voir si nous écoutions, puis elle continua à voix basse.

« Enfin André se leva pour atteler la carriole.

« Ma grand-mère se fit plier trois crêpes chaudes. Elle était venue avec le tilbury et non pas avec la carriole, comme nous le croyions. Elle avait dû être pressée de venir.

« Elle leva le doigt en l'air.

« — Et attention, dit-elle à André qui était resté sur le trottoir du *Blaue Ganse*.

« Elle prit par les petites rues pour gagner les champs. Nous allions au pas. Il était quatre heures du soir, avec une lueur rouge du côté d'Orbe et un nuage bleu de ciel. En arrivant dans la rue Pestalozzi nous passâmes devant l'auberge de la Minne-Wasser, l'eau d'amour. Elle s'annonçait par une enseigne en fer-blanc peinte d'un ruisseau, d'un Adam et d'une Eve. J'aimais beaucoup cette pancarte.

« — Minne, dit ma grand-mère, Minne, Minne!

« Elle frappa un grand coup de fouet dans l'enseigne.

« Elle continua à dire :

« — Minne, Minne entre ses dents.

« Et nous étions déjà au grand trot, sur la route d'Orbe qu'elle le disait encore.

« Minne signifie amour.

« A la Neuville, la maison des maîtres était dans le verger de poiriers. Ces grands poiriers qui ont cinq, six mètres de haut, dont les branches retombent comme des branches de saules et qui font tant d'ombre que dessous eux l'herbe est gonflée de sève noire. La maison carrée abordait le verger de ses quatre côtés par un large plat au ras de l'herbe.

« Entrez, dit la grand-mère et chauffez-vous.

« Elle donna les rênes au fils d'André et elle dut lui expliquer pourquoi son père restait en ville pendant que nous entrions, Thérésa et moi.

« Il n'y avait qu'une pièce au rez-de-chaussée. On avait fait un grand feu dans la cheminée parce que le crépuscule était froid. La servante nous attendait. C'était une fille simple aux yeux de fleur et avec un sang d'une couleur admirable dans les joues. Elle ne savait que rire et dire oui. Elle essaya de nous enlever nos manteaux.

« Grand-mère entra.

« — Si on fait du zèle, dit-elle, alors c'est le monde perdu.

« — Et tu t'imagines savoir enlever des manteaux.

« Elle nous arracha des mains de la fille.

« — Va chercher les lampes.

« Après, elle nous dit encore :

« — Chauffez-vous.

« Elle s'assit dans son fauteuil près du feu. Elle nous regarda. Elle était soudain inoccupée.

« — Voilà, dit-elle.

« Elle ajouta :

« — Il faut attendre.

« La servante rentra avec deux hautes lampes. Elle en posa une sur un meuble qui était un piano plat, l'autre sur la table. Grand-mère surveillait tous ses gestes.

« — Viens ici, Rosine, dit-elle. Qu'est-ce qu'on peut

faire pour amuser ces petites? Il faut les amuser. Voyons, amusez-vous. Qu'est-ce qu'on peut faire, toi, là au lieu de rire.

« Rosine doucement s'assit à côté de nous, sur le tapis. Elle souriait avec de belles dents et des yeux comme des violettes. J'avais envie de pleurer. J'étais gonflée de larmes. Ça se voyait.

« — Si elle pleure, dit grand-mère, si elle pleure, tu m'entends, si tu pleures, je ne sais pas ce que je fais. Je casse la table, tiens!

« Puis elle me prit dans ses bras et elle me dit gentiment :

« — Ne pleure pas, c'est si facile!

« Elle me lâcha pour se promener dans la salle, à grands pas d'homme.

« J'avalai mes larmes comme une nourriture. Thérésa ne bougeait pas. Elle avait tout l'air de ma mère, courageuse et fermée.

« — Car, dit ma grand-mère qui se parlait, je n'arrive pas à comprendre.

« Elle allait d'un mur à l'autre avec ses grands pas. D'un côté elle disait :

« — Non!

« Elle traversait toute la chambre, et de l'autre côté elle disait :

« — Non!

« Rosine me toucha la main. J'avais une grande envie d'appuyer ma bouche mouillée sur la couleur de ses joues. Je le fis.

« Je trouvais dans Rosine ce que les enfants cherchent toujours : l'humain. Une humanité dans laquelle je pouvais entrer de plain-pied et qui malgré tout protégeait et embrassait avec de grands bras.

« Je me souviens encore maintenant — je me souviendrai toujours du premier baiser de cette joue, car c'est cette joue qui me baisa et non pas mes lèvres sur elle. Grand-mère se promenait, parlait, gesticulait. Elle écoutait parfois le bruit de la nuit dans la campagne. Surtout quand elle entendait trotter un cheval sur la route.

« — Enfin, dit-elle, je ne suis pourtant pas plus bête qu'une autre! » Elle ouvrit le piano. Debout, elle se joua avec deux doigts une phrase de musique. On voyait qu'elle essayait de se faire dire quelque chose par ça. Elle mit les genoux sur le tabouret. Elle rejoua la musique avec tous les doigts de la main droite.

« Thérésa tourna lentement le regard vers la joueuse. Enfin grand-mère s'assit devant l'instrument, elle préluda des deux mains, elle se mit à jouer à plein piano la même phrase, enfin, la rejouant, elle essaya de chanter autour d'elle tout le foisonnement de l'orchestre avec sa voix de cheval.

« On voyait bien qu'elle essayait d'entrer de plus en plus profond dans un mystère, mais elle avait l'air de se casser la tête contre un mur.

« Naturellement, j'ai compris ça plus tard. Sur le moment, ce bruit remplaça la promenade farouche qui m'effrayait. Je me calmais. Je pus baiser Rosine derrière l'oreille sur une place de chair tremblante et qui sentait la brillantine de ses cheveux.

« J'ai retrouvé un jour cette musique dans un concert. J'étais seule. C'était l'hiver et j'ai eu grand-peine ensuite pour retourner à ma maison au fond d'une ville dont tous les trottoirs étaient verglacés. Et je n'avais plus de force. C'est dans le concerto en *sol* majeur de Beethoven. C'est la grande phrase passionnée de l'allegro, celle qui ressemble à une flamme.

« Ce que ma grand-mère essayait de comprendre,

c'était l'amour, le désordre de l'amour. Cet ordre particulier qui détruit l'ordre habituel. »

« La chose arriva trois jours après, à cinq heures du soir. On revenait du verger. On était sur la pente de la colline.

« — Attends, dit grand-mère.

« Nous nous arrêtâmes.

« — Écoute, dit grand-mère.

« On entendit un galop de cheval sur la route de Monchoisi.

« — Regarde, dit grand-mère, toi qui as de bons yeux.

« Le soir avait versé du lait dans tous les vals. J'essayai de voir; Thérésa aussi. Derrière nous, le verger continuait son bruit de verger.

« — Alors? dit grand-mère.

« — On ne voit pas, dit Thérésa.

« — Il est dans le tournant de combes, dit grand-mère, le cheval change de passe-pied.

« — C'est sous la brume, dit Thérésa.

« — Guette-le à la montée d'Aranche, juste à la lisière du bois.

« — Je vois la route, dit Thérésa.

« Les coteaux étaient dessous nous, couverts de bois, crépus, comme de petits oursons boulés dans la sciure des éteules. Le coteau d'Aranche haussait la route dans le clair.

« — Attention, dit grand-mère.

« — Je le vois, dit Thérésa.

« — Qui est-ce?

« Elle ne répondit pas. Elle regardait. Je regardais le cavalier.

« — Dis-moi s'il a le pantalon bleu des gendarmes?
« — Non, dit Thérésa, il a le pantalon jaune des paysans.
« — Alors, dit grand-mère, il faut descendre vite.
« C'était André. Il nous attendait devant la maison, son cheval était tout fumant.
« — Alors? cria grand-mère.
« André n'avait pas l'air mécontent. Il avait au contraire un visage heureux, tout râpé par l'air vif des vallées.
« — Ah! quel galop, dit-il. Quel galopeur! La belle galope!
« — Alors? cria grand-mère.
« André cligna de l'œil vers nous deux, petites filles, et grand-mère nous fit entrer dans la maison. J'entendis qu'André lui disait :
« — Alors, ça y est.
« Nous étions encore habillées de champs, Thérésa et moi, capeline et bure, et souliers, sans rien oser retirer, et, à travers la fenêtre, nous regardions grand-mère et André. Il parlait et il grattait le derrière de sa tête, et il avait froncé tout son front. Avec son bras gauche, il faisait un geste qui voulait dire : " Que voulez-vous! "
« Grand-mère levait les bras au ciel, puis elle se grattait les cuisses avec ses grosses mains plates. Elle bougeait régulièrement sa tête de droite à gauche. Elle interrogeait. Il répondait oui. Il répondait non. Il faisait toujours le geste qui voulait dire : " Que voulez-vous! " Le cheval mangeait de l'herbe. Tout ce manège me poussait un peu à rire.
« Le goûter était préparé près du feu. Il sentait bon.
« — Il ne faut pas rire, me dit ma sœur.
« Et elle dressa son doigt en travers de sa bouche amère.
« Grand-mère entra, ne dit rien, traversa la chambre

et sortit vers Rosine. Au bout d'un moment, Rosine
entra. Elle portait nos deux valises. Puis, grand-mère
qui s'avança, dit :

« — Approchez-vous ici.

« Ici, c'était dans l'éclairage de l'âtre. Elle n'osa pas
nous toucher, mais elle murmura doucement :

« — Mes pauvres petites!

« Le silence, et puis la chose, et puis André le galopeur, et puis grand-mère immobile et douce, et puis
" mes pauvres petites ", tout ça nous avait donné le
premier sursaut des larmes quand grand-mère éclata de
colère contre Rosine.

« Elle était là, les valises à la main et tout d'un coup,
grand-mère se tourna vers elle, se lança vers elle, tourna
autour d'elle comme un loup autour d'un âne, et elle
lui en disait contre son père et sa mère, contre ses tantes,
ses sœurs, ses frères, ses cousins, ses oncles, sa maison,
son pays, son village, les habitants du village, le curé, le
pasteur, le syndic et le régent de son village; les vaches,
les cochons, les poules, les chiens, les chevaux, les lapins
de son village et le ciel de son village!

« Un pisseur de ciel tout morveux de pisse de pluie
encore trois fois trop bon pour la tête de cochon de ce
pays, charrette.

« — Pose les valises.

« — Va-t'en.

« — Et ne ris pas.

« Car Rosine riait, mais on ne pouvait rien en conclure.
Elle riait toujours.

« Dans Thérésa, l'émotion n'avait pas cessé de grandir.
Elle ne voyait plus rien de tout ça, ni de Rosine, ni
de grand-mère ni de moi. Mais ses yeux couverts de
grosses larmes immobiles contemplaient au-delà des
murs je ne sais quel effroyable spectacle.

« Elle était tout arrêtée, comme en pierre : vie, respiration et ruissellement de larmes, rien ne bougeait. Elle remua les lèvres. Elle essaya de parler. Le mot n'avait pas de force.

« — Oui, ma petite, dit grand-mère.

« Alors Thérésa cria :

« — Maman ! Maman !

« Ce soir-là, pendant que nous pleurions toutes les trois — car nous pleurions toutes les trois — on était en train, là-bas, à Yverdon, de laver maman. Il avait fallu faire venir trois femmes des rues basses à qui rien ne répugnait. Elles avaient demandé la table du salon parce que, disaient-elles, elle est plate et dure, et le lit est creux et mou. Ça ne peut pas faire, la table peut faire. Maman est couchée là-dessus. Il a fallu fendre les robes, et le linge, et le corsage, et la chemise, rouler tout ça et le jeter, et puis laver tout le corps de maman, depuis le bas jusqu'en haut. Parce qu'elle avait, comme disaient les femmes " dégorgé " du haut et du bas au moment où on l'avait détachée. Car, disaient les femmes, on n'aurait pas dû enlever la corde. Alors, elle aurait tout gardé dans elle. Mais maintenant...

« Je vous dis ça pour que vous sachiez qu'elle n'a pas choisi un faux moyen de suicide, à fanfreluches et à attitudes avec des " au secours " et des " sauvez-moi " à l'avant-dernier moment, mais qu'elle avait bien envie de mourir. Elle, si propre et si soucieuse d'un pli de cheveux, elle ne s'était plus souciée de rien, sauf de mourir, de bien mourir, de mourir en plein. Elle s'était pendue. Le courage, parfois, vous abandonne tout d'un coup. »

« Au moment de la mise en bière nous étions là, grand-mère, Thérésa et moi. Moi, ivre. Je ne sais pas ce que les autres pensaient. Une des femmes laveuses s'approcha de papa. Elle lui dit à voix basse :

« — La bague, vous y avez pensé?

« Comme pour dire : cette bague qu'elle a au doigt, on ne peut quand même pas l'enterrer avec elle!

« — C'est fait, dit papa.

« Et il tâta la poche de son gousset. »

« Je dois vous dire encore, ajouta Mlle Amandine après un grand moment de silence, qu'il n'y a jamais eu de disputes d'argent entre mon père et ma mère, bien qu'elle soit venue sans dot et sans rien. Papa était âpre, têtu, solide, travailleur et d'aplomb, comme un paysan. Il gagnait beaucoup, et toujours de plus en plus. »

Moi aussi, je restai un long moment silencieux.

« Nous avons tous plus ou moins un compte à régler avec l'amour, dit-elle.

— Oui, dis-je, il faut le faire le plus vite possible, et puis vivre. »

Elle fit deux trois fois le mouvement des mots avec ses lèvres muettes, puis :

« Ce que vous dites prouve bien que l'amour empêche.

— Quoi?

— De vivre. »

« Quelle heure?

— Onze heures.

— Vous devez être fatigué de votre promenade en forêt?

— Je crois, dis-je, que votre histoire n'est pas finie.

— Oui, dit-elle, il reste encore à vous raconter comment je suis arrivée ici. Comment, surtout, je suis arrivée au bonheur. C'est la même chose d'ailleurs.

« J'ai éperdument cherché le bonheur. Oh! je sais tout ce que ça peut avoir de banal de vous dire ça. Nous cherchons tous le bonheur. Mais, pour moi, ça a été la quête d'une bête affamée. Vous voyez comme je suis douce et tranquille, et mes mains, regardez comme j'ai des mains tendres, et mes yeux qui n'y voient pas, et je n'ai rien pour être cruelle, rien, ni mon pauvre petit menton, ni ce visage effacé. Mais j'avais la faim féroce du bonheur et j'ai été capable de tout pour le chasser, et l'arrêter, et lui casser les reins, le crever de mes dents et de mes ongles pour ma nourriture. Oui.

« Capable de tout.

« Et vous ne pouvez pas savoir ce que je veux dire. Vous ne pouvez pas connaître tous mes rêves de nuit et mes rêves de jour, et le détail de toutes les pensées qui remplissaient les minutes pendant des années et des années. Des images qui n'ont aucun rapport avec une bouche paisible, des yeux myopes, des mains tendres et l'habituelle affection des gestes d'une femme.

« Des rêves et encore des rêves, et toujours au fond de soi la voix à laquelle tout répond, depuis le bout du pied jusqu'aux cheveux, la voix qui dit : le bonheur, le droit, tu as droit. Le bonheur! Vous ne pouvez pas savoir!

« C'est une souffrance terrible.

« Et peu à peu on sent que ces gestes dépassent le pays du rêve, entrent dans le pays réel, on sent qu'on est prête; et toutes les cruautés sont à la portée du plus simple et plus doux des êtres.

« Grand-mère mourut. Oh! longtemps après. Elle

avait eu le temps, à force de gros mots et de coups de cravache sur la table de faire sa volonté en ce qui nous concernait, ma sœur et moi. Mon père avait perdu tout son vouloir. Il n'en imposait plus que par sa masse physique et seulement à ceux qui le voyaient pour la première fois. Nous savions qu'il n'y avait qu'une chose à vaincre en lui : son inertie. Peu à peu nous arrachions tout ce que nous voulions à son égoïsme.

« Grâce à grand-mère, nous étions allées, Thérésa et moi, à Lausanne. Nous suivions les cours de l'université. Grand-mère morte, papa mort, Thérésa mariée, je restai seule.

« J'habitais dans une pension pour jeunes filles, en haut de la rue du Plomb. De ma fenêtre, je voyais une tour de la cathédrale et un gros arbre. Au-delà, j'avais le lac. Il était plus grand en hiver qu'en été parce qu'il se continuait à travers les branchages sans feuilles de l'arbre. J'ai eu le temps, peu à peu, d'aimer puis de détester ce que je voyais. Vous savez de quelle importance est le rêve pour celui qui vit seul. On compte tellement qu'on s'ajoute à tout ce qu'on voit. A force le monde tremble comme s'il était construit sur une tempête de la mer. Pendant les journées claires d'hiver, les grosses hourques de carriers naviguaient à voiles ouvertes, à travers l'arbre, comme des oiseaux.

« J'avais eu beaucoup de peine, cette année-là, pour composer mon programme de travail. Je sentais venir la solitude. J'avais usé tout ce qui était autour de moi. Il me semblait que savoir et connaître pourraient remplacer l'arbre plein de voiliers. Je me bourrais de cours et de conférences. Je suivais particulièrement la littérature générale et la philosophie. Je vous le dis par fatuité, pour me glorifier de la grande force qu'il a fallu pour me sauver après ça. J'ai ma coquetterie, moi aussi.

« Je n'étais pas laide — non, attendez; ça a sa raison! — mon visage avait gardé quelque chose de brutal. Ça revenait d'enfance. Une ressemblance avec mon père. J'avais du charme. Le mot est usé, mais donnez-lui son sens arabe — le serpent qui écrit des mystères dans le sable. J'avais beaucoup d'amis, des jeunes hommes, des jeunes filles. J'étais libre, un peu sauvage. Je croyais saisir la vie par les flancs. J'aimais l'eau du lac, le plongeoir, les nages. Je me disais : je vis! J'aimais les jeux de la neige et de la glace. Je me disais : je vis! Les promenades à deux, à dix, à cent, avec des accordéons et des mandolines. Je me disais : je vis. J'avais parfois, pour me retourner vers mes compagnons un mouvement de tête qui faisait mousser mes cheveux, et je riais d'un grand rire blanc.

« Je me disais : je vis, je vis! Puis il me prenait une petite peur, comme le frisson d'une maladie qui commence. Je regardais ma chambre, son lit froid, ma fenêtre où, la nuit, les étoiles venaient se poser dans l'arbre; ma table avec ses livres. Alors il me fallait ou travailler, ou sortir pour aller danser, ou bien me coucher, et attendre ce qui ne manquait jamais de venir : une hémorragie silencieuse de larmes.

« Plusieurs fois, au retour de ces promenades en bandes que nous faisions dans les bois de la Riosaz ou vers Les Échelles, des jeunes hommes m'avaient soutenue en passant leur bras autour de ma taille. Plusieurs fois, j'ai ralenti le pas volontairement. J'avais à côté de moi une large épaule plus haute que la mienne. Souvent j'ai été embrassée à pleines lèvres. Quelquefois, j'ai été la première à tendre ma bouche. Et j'ai rêvé quelquefois qu'un homme était couché avec moi dans mon lit.

« Nous étions très loin dans la fausse liberté. Mes amies se moquaient de moi à cause de ma virginité.

Elles prétendaient que je ne pouvais pas connaître le monde n'étant pas femme. Nous avions perdu la soumission aux lois naturelles et, en même temps tout le respect de notre corps. Nous ne connaissions charnellement ni rien de grand ni rien de juste. Malgré nos joues fraîches et nos muscles, nous étions dévorées en dedans par des cancers de livres.

« Un soir, dans une de nos réunions, je rencontrai un homme un peu gros, un peu lourd, la tête un peu dans les épaules. Il était plus vieux que moi de quinze ans. Je vis qu'il me désirait. Je me couchai sur le tapis et je lui dis :

« — Voyons si vous êtes fort, relevez-moi.

« Il était fort. J'étais lourde. Je faisais la poupée de son. Il pouvait me sentir toute chaude à travers ma petite robe. Il essaya de me soulever. Il tremblait.

« — Comme si j'étais blessée, dis-je.

« Il m'avait saisie par la taille, à mains ouvertes, et son pouce s'enfonçait sous mes seins.

« Il me releva.

« Je voyais son désir. C'était visible comme le vent dans les arbres. Et ce désir m'attirait, rien que pour le voir et le sentir. Ses yeux, ses lèvres sous la moustache, sa parole, tout.

« Il fut entendu que nous nous aimions. Je lui disais : " Je vous aime. " Il me disait : " Je vous aime. " Il m'embrassait. Il me serrait contre lui. Enfin, il me demanda de coucher avec lui avec une rage de plus en plus sourde, de plus en plus féroce, de plus en plus timide, avec une force de plus en plus désespérée, comme un perdu de nuit dans les neiges et qui tend ses bras vers la vie. Il était devenu beau. Je l'aimais presque.

« Un jour, je lui écrivis : " C'est entendu. Nous allons aller l'un et l'autre à Ouchy, nous nous rencontrerons sur la terrasse. Nous entrerons dans un hôtel. Nous prendrons une chambre. Nous ne dirons rien. Vous vous déshabillerez. Moi aussi. Nous nous coucherons. Vous me prendrez dans vos bras. Et peut-être... "

« Ce fut sans histoire.

« Je croyais être simple! Comme je me trompais!

« Un après-midi de mars, je rentrais chez moi. Je croisai un homme debout dans le vestibule en bas. je le remarquai à peine. Je crus qu'il s'était mis là à l'abri de la pluie. Pendant que je montais l'escalier j'entendis que la femme de chambre lui disait : " Justement, elle vient de passer. C'est au troisième, numéro vingt. "

« J'avais à peine refermé la porte de ma chambre qu'il frappait. Je lui dis d'entrer.

« C'était un homme d'au moins cinquante ans, maigre, sec; on voyait tout le mécanisme de son visage. C'est-à-dire qu'il avait une peau mince sur les tendons et pas de chair, et on voyait la ficelle tirer la machine de la paupière et de la mâchoire. Seuls, ses yeux obéissaient à l'invisible. Je vous le décris parce que nous sommes restés longtemps debout en face l'un de l'autre sans rien dire. Il avait l'air calciné par tout autre chose que l'âge.

« — Mademoiselle Blandonnet? dit-il.

« — Elle-même.

« — L'aînée?

« — Non, la jeune.

« — Je m'excuse, dit-il, de vous demander ça, mais vous étiez toutes les deux si petites quand je vous ai connues. Ne cherchez pas, dit-il, à l'époque où vous auriez pu me voir, j'étais parti.

« Je le fis asseoir. Il avait l'air d'une bête prise au piège. Il regardait les murs, la fenêtre. Il semblait qu'il allait bondir et disparaître par là en un bond de chat.

« — J'arrive de Batavia, dit-il, ça fait du bien de revoir le pays, mais je n'ai plus guère l'habitude.

« — Vous êtes de Lausanne?

« — Non. Je viens d'Yverdon, dit-il. Ce que j'ai à vous demander est un peu difficile à dire. Je n'ai pas osé demander là-bas. Votre mère est morte?

« — Oui.

« — Quand?

« — 20 septembre 1906.

« Il répéta :

« — 20 septembre 1906! Maladie?

« Je ne répondis pas tout de suite car sous la peau jaune de ce visage le mécanisme était effrayant. De gros efforts partaient des tempes pour venir aider à avaler la salive et deux ficelles tiraient les coins du nez faisant s'ouvrir deux narines noires comme celles des bêtes.

« — Maladie?

« — Non.

« — Ne dites rien, dit-il en levant la main comme pour se défendre.

« Mais je voulais savoir.

« — Elle s'est pendue, dis-je.

« Il me sembla, au moment où je disais ça, que ma mère me regardait à travers les yeux de cet homme.

« — Je ne mérite pas de méchanceté, dit-il.

« Et il baissa la tête.

« Quand il la releva, il avait un petit sourire aux lèvres.

« — Il faut beaucoup de courage, dit-il, et malheureusement j'en ai. Je suppose que vous ne voudrez pas me donner l'adresse de votre sœur?

« — Si, dis-je, elle habite Neuchâtel, rue Maillefer, 16. Elle est mariée. Elle a une petite fille.

« — Merci, dit-il.

« Il se dressa. Il alla vers la porte. Au moment où

il se tournait, je compris brusquement que ma sœur lui ressemblait. Par une simple petite chose : les tempes claires comme le soleil.

« Je me précipitai entre lui et la porte.

« — Attendez!

« — Je n'ai plus rien à attendre de vous, dit-il.

« J'avais à mon doigt la bague de ma mère. Je la retirai et la lui tendis.

« Il la regarda sans oser la prendre. Puis il la prit :

« — Vous êtes une brave fille, dit-il.

« Peu de temps après, je me séparai de mon ami. Appelons-le Arnaud, si vous voulez. Il était marié. Sa femme nous surprit et le gifla. Ça se passait un dimanche aux environs de Lausanne. Moi, elle me prit par la main, me tira jusqu'à la gare, me fourra dans un compartiment, claqua la portière et resta devant le wagon jusqu'au départ du train. C'était une grande belle femme, au visage posé avec des cheveux qui descendaient en traits d'encre sur ses joues blanches.

« Vous m'avez parlé, un jour, dédaigneusement, des Bérénice. Moi, j'ai cru être Bérénice. Ça me donnait du poids devant moi-même quand je pensais à la gifle sur la joue d'Arnaud et ce qui avait précédé : les hôtels de cinq heures du soir avec le garçon qui dit à voix basse : " C'est pour un moment ou c'est pour la nuit? " Le lit, le guéridon avec ses fleurs en papier, et puis la femme qui m'avait traînée à la gare avec ses mains dures. Bérénice!

« — Nous accomplissons un grand devoir. Nous devons renoncer à notre amour. » Enfin, toutes les fariboles.

« Je traversai des jours de désarroi. Des flambées de larmes échelaient d'à travers mon ventre jusqu'à mes lèvres et mes yeux comme la flamme dans un rameau de pin sec. Puis vint une sorte de calme triste.

« Depuis trois ans la guerre tournait autour de la
Suisse. On me sollicitait pour que je fasse partie des
comités qui s'occupaient des internés. Je ne réussissais
pas à m'intéresser à eux. Je trouvais ma détresse plus
grande.

« Ils étaient sauvés de la mort. Ça se voyait à la joie
de leurs yeux et aux beaux gestes qu'ils avaient pour
toucher les chats, les chiens, les bêtes domestiques. Mais,
j'entrais dans un hôpital où on soignait des contagieux.
Il y avait des soldats de toutes les armes et de tous les
pays d'autour. Je fis mon travail pleinement, sans rien
éviter. A vous dire vrai, sans en recevoir apaisement.
Seul, l'effort physique m'aidait, non pas à espérer, non
pas à tuer mes illusions, mais seulement à traverser
des jours et des jours d'enfilade sans trop souffrir. Enfin,
un soir, je sentis les approches de la bienheureuse maladie.

« Ce fut une mauvaise scarlatine. Une brusque épi-
démie avait touché en même temps que moi trois infir-
mières dont deux moururent. A la sortie de ça, je me
retrouvai dans un monde nouveau, comme après un
tunnel, dans un autre pays, aussi nue, aussi dépouillée
d'espérance que dans le premier, mais loin et séparée
du pays des souffrances comme par une grande montagne.

« L'affaiblissement de ma vue n'était pas une douleur.
Il semblait même que, ayant ainsi usé le vif de la vie
devant moi, ne me laissant plus dans une grisaille
trouble que la perception indécise des choses, le sort
m'avait enfin donné un monde habitable.

« On ne devient pas sage d'un coup.

« J'essayai de Dieu. Ou, plus exactement, j'essayai
des églises. J'allai à l'église catholique. Je trouvai là
un honorable commerçant. Mais je n'avais pas besoin

d'espérance de conserve, je voulais de l'espérance fraîche. J'allai à l'église nationale. Là, le commerçant était tout simplement moins aimable. Je ne trouvai, par hasard, un peu de consolation qu'en allant comme ça à travers les sectes dissidentes et notamment un jour où, dans le hangar d'une écurie, j'écoutais le sermon passionné d'un bûcheron danois. Mais je compris très vite qu'on ne peut pas faire un pape du premier venu et que, d'ailleurs, l'aurore devait se lever beaucoup plus loin.

« J'essayai de me sauver par l'esprit.

« Vous qui êtes français, dites-moi pourquoi, dans tout votre trésor littéraire, vous n'avez pas de livres remèdes? Pourquoi vous ne pensez jamais aux désespérés? Tous vos livres disent non à la vie. C'est facile d'être négatif. Et je n'avais pas besoin qu'on m'y aide. Pourquoi n'avez-vous jamais eu le courage, vous Français — ou la bonté — ou la générosité de soi — de dire oui à la vie. C'est très difficile. Mais ne vante-t-on pas partout votre courage? N'aurez-vous jamais que le plus bas? Ne penserez-vous jamais à ceux qui ont besoin de comprendre le monde?

« J'ai une grande dette de reconnaissance à payer à M. Johan Bojer, et, s'il était là, je lui ferais ma belle révérence paysanne et je lui dirais :

« — Asseyez-vous.

« Et je lui ferais le café, et j'irais lui chercher des amandes grillées. Je sortirais mon plus beau pot de confitures. Et je voudrais voir aussi M. Ladislas Reymont. Parler avec lui du printemps, de l'été, de l'automne et de l'hiver. Et Gorki! Dites, dites, monsieur Gorki, comment avez-vous fait pour savoir? Souvenez-vous quand vous faites parler la religieuse et le chercheur de Dieu, dans le couvent du Volga. Et qu'elle dit : " Je ne souhaite pas le plaisir, mais la maternité. " C'est peu de chose, monsieur Gorki. Vous avez mis combien de temps pour écrire ça? Un quart de minute? Et maintenant, voilà que cette petite phrase est vivante et elle est comme un arbre avec des fruits. "

« Ah! nous sommes loin de ceux qui écrivent merde cent fois la ligne pour faire croire qu'ils sont forts. Je n'ai pas besoin que vous me désespériez. Je le suis assez de moi-même.

« Aidez-moi.

« Vous voyez, j'en reviens toujours au même point et je m'excuse de cette exaltation qui me porte chaque fois que je parle de ça. Mais j'ai été trop malheureuse.

« Les uns, avec leurs livres, ont passé à côté de moi sans rien dire, sans même me voir, sans me soupçonner. Ils jouaient avec des automobiles, des divans, des hommes et des femmes qui couchaient tellement ensemble qu'ils en étaient perpétuellement imbriqués comme des pièces de puzzle. Dès qu'on les sépare, il faut chercher dans quel trou va la cheville : voilà vos livres. Voilà à quoi vous perdez votre temps, vous, auteurs. Ah! vous n'êtes pas aimés par les pauvres. Non.

« Vous me laissez désespérée et sans recours devant le féroce maraudeur rouge.

« D'autres sont venus qui ont relevé mon front de la poussière.

« Ils ont mis leurs douces mains sur mon menton. Ils m'ont dit :

« — Fais voir tes yeux!

« J'ai relevé mes yeux vers eux et j'ai rencontré la lumière de leur regard clair. Ils avaient des visages éblouissants de santé. Des muscles couraient sous leur peau comme des rats. Ils se sont baissés jusqu'à moi. Ils se sont assis à côté de moi.

« Ils m'ont dit :

« — Fais voir où tu as mal, petite fille.

« Puis ils m'ont dit :

« — Je m'appelle Whitman. Je m'appelle Thoreau. Voilà le camarade Hamsun qui arrive avec son violon. Dresse-toi, viens, nous partons dans le vaste monde. » A ceux-là, je dois la nourriture de ma maison, comme à des dieux. »

« J'ai presque fini. Je suis maintenant au seuil de cette terre haute.

« J'allai voir ma sœur. Elle me laissa toucher son enfant; je mis mes lunettes et je le vis sortir de l'air trouble comme s'il émergeait des nuages du monde. Je pris sa petite main dans ma main. Je l'écoutai parler. Je le fis s'endormir près de ma joue. Sa bouche sentait le lait. Je comptai ce qu'il me restait d'espoir.

« J'essayai de faire un enfant. Avec un garçon simple et sain. Au bout de six mois, comme je n'avais encore rien, j'allai voir un docteur. Il me dit que j'étais stérile. En sortant, je retrouvai mon ami. Il m'attendait devant la porte.

« Je lui dis :

« — Voilà, il faut nous séparer. Moi, je vais aller chercher un petit enfant. » A la commission cantonale des abandonnées on me confia une petite fille encore toute chaude du ventre de sa mère. Je fis tout ça le même jour. Je n'avais plus le temps d'attendre.

« La maison de Tarches nous appartenait. Je connaissais le pays et le hameau. Je vins ici parce qu'il me restait juste assez de force et de volonté pour me faire aimer un peu du monde. Avant, il y eut un jour terrible. Le dernier. J'avais changé de chambre. Je ne pouvais plus me séparer de la petite fille. J'avais peur qu'on l'admire et qu'on la regarde. Je ne voulais pas seulement qu'on me la confie, je voulais qu'on me la donne. Je retournai à la commission cantonale.

« — Il vous faut l'abandon total de la mère, me dit-on.

« Ces mots me firent peur. Abandon et mère. Je serrai l'enfant dans mes bras mais c'était un tel besoin de mon corps que j'allai à la maternité. En regardant la porte, en pensant à la mère là-dedans, je me dis :

« — Si on te retire la petite, tu vas te noyer.

« L'infirmière me dit :

« — Laissez l'enfant là et venez.

« Je dis non.

« — Attendez alors.

« Elle revint au bout d'un moment et elle me dit :

« — La mère abandonne.

« Il me sembla que je devenais sourde.

« — Ne partez pas comme ça, dit-elle, voilà le papier.

« Elle sécha quelque chose avec son buvard.

« Je voulais parler, crier, rire, dire merci. Je ne pouvais pas desserrer les lèvres. J'avais la gorge pleine de larmes.

« — Allez au syndic, dit-elle.

« Je marchais par les rues, sans savoir. Heureuse. Je sentais qu'elle bougeait dans son maillot. Elle était vivante.

« Je demandai :

« — Le syndic?

« Le greffier me dit :

« — Qu'est-ce que vous lui voulez?

« — C'est pour l'enfant, dis-je.

« — L'enfant. Eh bien, quoi?

« Je lui expliquai. Il regarda la petite.

« — Elle est belle, dit-il.

« Et il lui fit la poupée avec ses vieilles mains. Mais elle me regardait, moi.

« — Vous avez vos papiers? dit-il.

« Je ne les avais pas.

« Je retournai chez moi les chercher. Les tramways, les autos, les hommes, les femmes, les bateaux qui sifflaient sur le lac. Je rencontrai des étudiantes qui marchaient avec leurs livres sous le bras. Je retournai au syndic avec tous mes papiers.

« — Blandonnet, Amandine, dit le greffier.

« — Oui.

« — Age, situation?

« Je lui dis ma situation de fortune, le nom de la banque, les titres; je m'embrouillais.

« — Il me faut une certification, me dit-il.

« Je me revoyais dans la rue.

« Je lui dis :

« — Téléphonez!

« Il me regarda sans rien dire.

« Alors, j'eus la force de sourire et de lui montrer la petite fille.

« — Pour elle, dis-je, elle a sommeil.

« Il téléphona. Le récepteur à l'oreille, il me regardait. Il avait demandé : " Comment est-elle? " Et on était en train de me décrire.

« Je me disais : pourvu qu'on n'oublie pas de dire que j'ai des lunettes, que je suis myope. On m'a peut-être mal regardée, là-bas.

« — Bon, dit le greffier, et il posa le récepteur.

« Il se pencha sur sa table, remua des papiers, prit une formule.

« — Alors, dit-il, comment voulez-vous l'appeler?

« — Blandonnet, dis-je.

« — Bon, dit-il, bien sûr, puisqu'elle est à vous, mais le prénom?

« Enfin, j'arrivai ici. Tous ceux de Tarches m'ont

connue gamine. Le Joseph, avant d'avoir le débit de
boissons, était notre vacher; la Joséphine, notre din-
donnière. Dès qu'ils m'ont vue, ils sont venus.

« — Oh! mademoiselle, la belle petite fille.

« La Joséphine a eu quatre enfants. Je regardai sa
manière de faire, car elle avait comme des gestes magné-
tiques. Yvonne la regardait tout de suite, la suivait des
yeux. Elle devait savoir que c'était une mère véritable
et moi une stérile. C'est ça qui me rendait jalouse.
Mais enfin, j'avais Yvonne à moi et je me disais : elle
t'aimera. Je me disais : quand elle sera grande, tu lui
prendras un petit frère, un garçon, cette fois. Puis,
tout le pays était tellement joyeux. Il restait encore un
peu de givre sur les prés. Les arbres étaient épais de
feuilles. Le ruisseau chantait. Les oiseaux venaient
manger les grains de chardon. Les épis de maïs craquaient dans leurs balles. Les hommes du haut pré
cornaient dans leurs mains à travers le matin bleu pour
que les femmes montent la soupe. Entre chaque bruit
il y avait un grand silence. Je me disais : regarde comme
tout compte, comme tout prend place. Pourquoi s'est-on
laissé dire que tout est vanité? Et l'eau, et le pré, et le
vent, et Yvonne? Vanité, où vanité, mon pauvre Dieu!

« Mais j'étais promise à une plus grande joie. Tous
les soirs je faisais boire sa bouteille à Yvonne, puis je
la gardais sur mes genoux et elle s'endormait. Je regardais sa petite bouche. Je pensais aux gestes magiques
des femmes fécondes, à la puissance qu'elles ont sur les
petits enfants.

« En regardant cette petite bouche, je me disais :
c'est fait pour téter le sein vivant d'une mère et non pas
le lait mort d'une bouteille. Je me disais : elle en sera
privée.

« Un soir, comme elle finissait de boire et clignait

des yeux, j'ouvris mon corsage et je lui tendis le sein. Elle prit le bout et elle se mit à sucer éperdument. J'étais heureuse. Elle téta longtemps, même dans son sommeil; enfin, les lèvres s'amollirent et sa petite tête endormie se renversa sur mon bras avec sa bouche vide.

« Désormais, je lui donnai le sein tous les soirs. Si je l'oubliais, elle m'y faisait penser et elle me pétrissait avec sa main. Mais j'y pensais.

« Ces lèvres embouchées sur moi m'appelaient. Il y avait dans la petite fille quelque chose qui m'appelait. Cette force qui suçait et appelait.

« Brusquement un soir je sentis que je répondais de tout mon corps, ce que l'amour n'avait jamais pu me donner. J'écartai l'enfant. Elle avait une raie éclatante de lait entre les lèvres. J'avais une grosse goutte de lait au bout de mon sein. »

Je m'étais levé de très bonne heure. Il fallait encore la chandelle pour descendre l'escalier. La maison sentait le café et le froid. Mlle Amandine fourgonnait dans le poêle de la cuisine.

« Si vous voulez écrire chez vous, dit-elle, profitez. Hier soir, c'était le dernier voyage de l'autobus. Maintenant, jusqu'à la fin du printemps prochain il ne montera plus. Déjà hier soir, il n'a pas pu repartir; il a dû rester jusqu'à ce matin et il ne s'en ira que tout à l'heure avec le soleil.

— Le courrier, maintenant, ça va être la fantaisie.

— Oui. Zani ira le chercher à Motiers un jour non l'autre. Et encore!...

— Et si on a de la visite?

— Personne ne vient plus. Ça sera l'hiver. »

J'ai écrit à ma fille : « Surveille bien le passage des papillons rouges. Ça doit être le moment. Tu n'as qu'à aller dessous l'arbousier qui est à côté de mon bureau. Tu restes un moment sans bouger. Tu regardes en l'air, tu regardes l'envers des feuilles. Alors, tu les vois; ils sont rouges comme je te l'ai dit. Mais ils ont aussi trois grosses taches noires. Ce ne sont pas des taches, ce sont des bandes, tu sais. Alors, voilà ce que tu fais : d'abord, tu restes bien au plaisir de les regarder, parce que c'est joli, tu verras. Puis, tu vas dans mon bureau et, à droite de la bibliothèque, dans le coin, il y a mon filet à papillons, le gros, le vert, celui de soie. Tu le prends. Tu reviens dessous l'arbousier. Tu choisis avec l'œil un rameau où ils sont trois ou quatre à dormir dans l'envers des feuilles. Quatre, pas plus, parce que je n'en ai besoin que de quatre. Les autres, il faut les laisser parce qu'ils sont jolis. Tu remontes doucement ton filet et puis tu les prends. Et, c'est maintenant que ça va devenir difficile. Tu les emportes dans mon bureau. Sans les sortir du filet, bien sûr, mais ça, tu l'as compris. Sur l'armoire, dessous la mappemonde, il y a deux bouteilles. Écoute bien, il y a une bouteille blanche avec un gros bouchon rouge. Dessus c'est écrit " éther ". Il n'y a rien dedans. Il y a du coton au fond, pas plus. Elle est du côté de la boule où il y a l'Amérique du Sud. C'est celle-là que tu prendras. Parce que, de l'autre côté de la boule, là où il y a tout l'Océan, l'Australie et la Nouvelle-Guinée, il y a une autre bouteille; elle est rousse, elle a un gros bouchon noir et une étiquette noire avec une tête de mort blanche et deux os croisés dessous et le mot Gift écrit à côté. Ça veut dire poison. C'est du poison et il ne faut pas toucher à cette bouteille qui est du côté de l'Australie. Elle est rousse, le bouchon noir, l'étiquette Gift, poison, souviens-toi; l'autre est blanche, Ether est du côté de l'Amérique. Tu comprends bien que si je te dis ça c'est que j'ai confiance en ma fille. Je n'enverrais pas la première venue faire cette commission. Bon, Alors tu prends celle où il y a éther, la blanche d'Amérique. Tu ouvres, tu fais tomber les papillons dedans et puis tu bouches. Voilà.

« Dans la prochaine lettre je te dirai ce qu'il faudra faire après des quatre papillons. Parce que, si c'est pour les garder dans le bocal, ça ne serait pas la peine de les tuer. Même ça serait méchant. Et ça ne serait pas beau un homme qui ferait ça, ou une petite fille. Mais, en les mettant dans la bouteille, ils ne souffrent pas. Et puis, en cette saison, on ne les prive pas de grand-chose. Ça, ça peut se discuter. Et même, je voudrais bien que tu me dises ce que tu en penses. Voilà ce que je veux dire : les papillons rouges se mettent sous les feuilles de l'arbousier pour mourir. Ils savent que les nuits maintenant sont très froides et ils ont besoin de beaucoup de chaud pour vivre. Tu verras, ça a un petit corps de rien du tout. Alors ils savent qu'ils vont mourir et vraiment ils meurent petit à petit, et puis enfin, ils sont tout à fait morts. Mais, en mourant comme ça, entre les nuits il y a des jours. Et pendant le jour, là-bas, tu le sais, il fait assez chaud. Il y a le soleil. Il y a — je ne sais pas si vous l'avez déjà taillée — l'hysope qui n'est pas fleurie mais qui suinte une gomme sucrée (ne t'amuse pas à en sucer; c'est amer pour les petites filles et ça fait vomir). Il y a les deux vieilles poires qu'on a laissées. Il y a les fruits de l'arbousier. Et puis tu comprends, il y a la chaleur. Ça te fait du bien, toi, quand tu as chaud. Eux c'est pareil. Enfin, pendant le jour ils ont beaucoup de plaisir à sucer des choses sucrées et puis à avoir chaud, et puis à être vivants. Voilà. Alors, dis-moi, bien entendu, ils n'ont pas que du plaisir, même dans le jour. Pense à ça aussi. Il y a la mésange que je t'ai montrée, tu sais, qui a la tête noire. Elle les mange. Le rossignol du tilleul aussi : il les mange. Enfin, dans le jour, ils n'ont pas que du bonheur. Ils ont aussi du malheur mélangé. Mais la nuit, ils n'ont que du malheur. Ça, en plein. Enfin, je me rends compte que j'ai tout embrouillé. Voilà ce qu'il faut que tu me dises : est-ce que les papillons rouges — à ton idée — aiment mieux mourir lentement sur les feuilles de l'arbousier, ou bien mourir tout d'un coup sans souffrir dans la bouteille? Moi, maintenant, je crois qu'ils aiment mieux lentement. Mais toi, dis-moi ton idée. »

M.lle Amandine avait mis sa lourde cape à vingt plis.

« Je vous porte les lettres si vous voulez, dit-elle.

— J'allais sortir », dis-je.

Elle repoussa les pans du manteau et avança sa petite main en gants de laine.

« Il me faut aller à l'autobus, dit-elle. Donnez-les-moi. Vous, je voulais vous demander un service : aller chez Zani. D'abord, vous verrez qui c'est, et puis, lui demander s'il veut vous vendre un morceau de chamois. Il en a tué un avant-hier. Moi, j'irais bien, mais il voudra me le donner. Je ne pourrais pas choisir. Demandez-lui un morceau de la selle, avec l'os des reins. Les deux côtés.

— Ça fera combien?

— Il vous en demandera vingt sous.

— On n'en aura pas gros.

— On en aura très gros. Ça a l'air de vous plaire, ça, le chamois. On en aura très gros. Zani tue pour le plaisir. »

Le vent était comme un oiseau de marais. Il avait le

bec glacé. Il sentait la vase. Il volait en triangle. Il s'en-
gouffrait dans la cape. Il poussait Mlle Amandine. Elle
courait à petits pas. Le sentier était déjà gelé et claquait sous nos souliers. Sur le bord, l'herbe craquait.
On voyait bien l'endroit où les prés étaient humides.
A ces places-là, de grandes étoiles de glace cimentaient
l'herbe. Mais la fontaine était toujours libre. Elle était
seulement fatiguée de se battre toute la nuit contre le
gel et elle fumait dans l'air du matin comme un cheval
qui a couru. Le soleil essayait de monter comme les
autres jours, mais le ciel était trop dur. Les rayons
écrasés retombaient sur la montagne. Le ciel était
vraiment comme une vieille plaque de fer. Plus de poli,
ni d'éclat, ni d'élastique, mais écailleux, rongé, rouillé.
Des cavernes et, au fond, un peu de couleurs. Tout
ça sans nuages. Le ciel même était comme ça.

« On dirait qu'il y a deux ciels : un dessus, un dessous.

— C'est le ciel d'automne qui tombe, dit-elle. C'est
toujours comme ça. Il rouille, il craque, il pèle. Après
c'est le ciel d'hiver. Mais, regardez, c'est un beau jour. »

Oui, c'était un très beau jour. Le soleil écrasé sur
nous était étendu sur les prés, le hameau, la courbe du
val, les herbes et les pierres, comme une couche de
beurre roux sur du pain. Il y en avait épais. Le vent
même frappait là-dedans puis rebuté, voletait et passait
par-dessus. Et tout avait cent fois plus de couleur et de
luisant. Même le bord des choses était un peu décom-
posé. Tout, l'herbe, la maison, l'homme qui fendait le
bois était contourné tout autour par une auréole des
sept couleurs. Ainsi, plus rien n'était arrêté par son
contour vif, sa peau ou sa charpente, mais grâce à cette
bordure se fondait dans le monde. Nous devions être
comme ça, Mlle Amandine et moi, pour ceux qui nous
regardaient : le fendeur de bois qui se redressa et dit :

« Holà !

— On va à l'autobus. Zani est chez lui ?

— Sûr, dit-il. Avec la bête. »

Il fendait du frêne sec. Sous la hache, le bois craquait d'un seul coup jusqu'au fond. Il poussait les écouens avec son sabot.

Tout vivait. On avait fait sortir les ânes et les mulets. Un vieil âne qui ne bougeait guère léchait le givre sur ses poils. Il avait essayé de courir, sué, et ça gelait à mesure maintenant. Les ânesses pleines faisaient de petits sauts à sacs de plomb. Les mulets commencèrent la musique. Les femelles vides sentaient fort. Elles en étaient à leur envie de fin d'automne. Les mulets étaient devant ça comme des poules devant des couteaux. Mais les ânes connaissaient le cri qui n'est pas le hennissement habituel mais une plainte du fond de la gorge et ils se mirent à braire et à courir en se secouant des pattes, des oreilles et de tout. Puis, les femelles appelèrent et tout était si passionné que mâles, femelles et mulets restèrent plantés dans l'herbe sans bouger, mettant toutes leur forces à crier, le cou tendu vers le ciel. Un aigle se leva.

Le soleil avait quand même réussi à faire un peu de route. Il était maintenant devant le ciel. Les enfants aussi étaient dehors : cinq filles et neuf petits garçons qui criaient sans savoir pourquoi.

« Yvonne va les entendre, dit-elle. Ça sera vite fait de se lever ce matin. »

Les garçons luttaient avec une chèvre. Un homme s'en allait vers la forêt. Il portait un fusil. Joseph fendait du frêne sur son billot devant *Chez Joseph*. L'homme vers la forêt tira son coup de fusil sur des palombes. Le bouc frappait avec ses cornes sur les barrières de l'enclos. L'épicière qui avait fait un trop gros feu ouvrit sa porte.

« Comme ça, nous dit-elle, ça tire moins. Ma porte fait vent d'est. »

Au fond, on voyait le lit de l'alcôve et la vieille grand-mère couchée. Le mari revenait de l'étable et tapait ses sabots près de l'évier. Il avait laissé son cigare sur la table. Les petites filles jouaient à se courser. Les garçons avaient renversé la chèvre. Le bouc sauta la barrière. Les ânes dansaient près des ânesses. *Chez Joseph* la Joséphine époussetait le piano mécanique avec un torchon bleu tout raide et qui faisait sonner les notes à chaque coup. Les vaches sortirent des étables en traînant du fumier chaud. Les garçons couraient autour du bouc et il fonçait sur eux, tête baissée. L'homme au fusil était entré dans le bois. Les corbeaux volaient devant lui au-dessus des arbres. L'aigle tournait en ronds lents. Les ânons s'étaient cachés sous le ventre des ânesses et elles, elles toussaient et secouaient la crinière. L'homme qui habite à la troisième maison était sous l'auvent, le fusil crosse à la cuisse. Il guettait l'aigle. Il nous dit :

« Laissez-le descendre encore un peu. »

L'autobus était là, au bout du chemin.

« Pour chez Zani, dit Mlle Amandine, tournez ici contre. Et rappelez-vous : la selle avec l'os des reins. »

Zani me regardait venir. Il était sous l'auvent aussi. Il devait être là depuis un moment : ça avait dégelé avec ses sabots.

« Beau matin », dit-il.

Il n'y avait qu'à regarder tout autour de soi pour voir les choses entourées de leur bordure à sept couleurs.

« Fin des jours, dit Zani. Encore un peu, dit-il pour me faire comprendre — et puis... Il fit le geste de trancher avec sa main — l'hiver. Et après, bougre, monsieur ! Profitons-en. Mais, beau matin, c'est sûr. »

C'est un homme long et blond, aux yeux lents.

« Je sais, dit-il. Vous voulez le voir? »

Il fit signe avec sa tête du côté de la grange.

« Soixante-cinq kilos. Trois ans de cornes. Une malice. Bougre, monsieur! Venez voir. »

Il me fit entrer dans la grange. La bête était là, toute seule, pendue par le crochet de ses cornes à la solive du plafond. Ses cuisses et ses jambes tombaient raides; ses pattes d'en haut étendues devant elle, le museau relevé avec sa barbiche de poils, ses yeux mi-clos, elle avait l'air de dire : « Éloignez le monde de moi. »

On la voyait mal. Il fallait s'habituer à l'obscurité de la grange. Lentement la bête sortait de l'ombre. Son poil luisait; la nervure des muscles s'écartait à l'envers des cuisses, les épaules se gonflaient de force. Ce que j'avais pris pour l'œil mi-clos était l'œil grand ouvert; les babines étaient un peu retroussées; les dents contenaient un caillot de sang coagulé comme un glaçon; au-dessus de la tête cornue s'épanouissait la toiture pertuisée de la grange avec toute sa constellation de trous dans l'ardoise bouchée de soleil. Ce n'était plus la chèvre de montagne. C'était le dieu. Zani avait tué le dieu.

Pan, sournois et délicat! Vêtu de l'ample bure des collines! Dont le manteau orné de lacs, de fleuves, de rivières et de la dentelle des ruisseaux balaie les espaces du monde avec des bordures de mers! Amant de la verveine et des prés! Chèvre! Indocile, féroce, et paisible habitant des éternelles nuits de l'univers! Compagnon des étoiles! Bondissant à travers les nébuleuses avec tes milliards de tonnes d'arbres, de poissons, de chevaux, tes cent grammes d'hommes, tes milliards de milliards de montagnes! mâle qui illumine les ténèbres célestes avec la semence de ses voies lactées!

« Car, dit Zani, si vous en voulez un morceau, il faudra d'abord l'écorcher. »

Il regarda mes mains. Il se détourna.

« Beau matin », dit-il.

Il était encore plus lent que tout à l'heure, lent de tout : moustache, bouche, paroles, gestes, et son regard pesait comme du plomb.

« Je vous aiderai. »

Il regarda encore mes mains.

« Faites-le seulement, dit-il.

— Je veux bien, dis-je. Aidez-moi à le porter dehors et donnez-moi un couteau qui coupe. »

Il monta sur une balle de foin.

« Mettez-vous dessous, dit-il. Tenez-le par le cul. »

Il décrocha les cornes. J'essayai de me charger la bête sur les épaules, en collier, comme on doit faire.

« Elle est trop raide, dit-il. Prenez les jambes. »

Nous la portâmes dehors, sur un chevalet à fendre le bois.

Ici, sous l'auvent, elle disait encore plus fort : « Éloignez de moi ce monde amer. »

Le couteau était une aiguille de boucherie, franche de col, longue et solide. Il y avait un deuxième couteau plus large, propre et bleu. Les deux fils luisaient comme du gel. Puis un tranchoir. Une bassine et un seau.

« Tué d'hier », me recommanda Zani en dressant le doigt.

Je compris ce qu'il voulait faire. Je pinçais la peau dans le dedans de la cuisse. Elle commençait à faire le carton. Je regardai où était la blessure. En haut, sous l'aisselle. La balle droit dans le poumon. Presque rien.

« Ça sera difficile », dis-je.

Je pensais le contraire.

« Sûr », dit Zani les mains aux poches.

Dans les cas de peau dure, il faut avoir le poing fort et le poignet souple. Je fis sauter mon blouson. Je retroussai mes manches. Je pris le couteau fin.

Le ciel était vraiment comme une plaque de fer. Tout nous était fermé de la profondeur où vivaient les étoiles.

« Allons, il faut nous servir de ça. »

C'était un mâle. La mort brutale lui avait donné un gros semblant d'amour encore visible.

J'écartai les pattes de devant.

Allons, mon vieux, laisse venir le monde quand même. Je fends la peau du sabot à la gorge. Bras droit, bras gauche. Mes deux coups de couteau se rejoignent. Je n'ai pas touché la trachée. On ne voit encore rien. Au fond de la fente une petite lueur nacrée comme un rayon de lune. Je découds la peau tout le long des pattes de derrière du sabot à l'anus. Je décape le scrotum.

Je découpe la peau en ligne droite, de la gorge aux parties.

La bête est encore noire comme la nuit. Noire de poil. Couchée sur son chevalet, il semble que peuvent encore la lancer sur les routes terrestres le vent ou la peur.

Elle dort ou on ne sait pas. Enfin, elle est encore humaine. Elle cache tout son difficile, comme tout le monde.

On voit seulement les cinq coups de couteau.

Je prends dans mon poing le triangle de peau, sous la gorge.

Je tire.

La bête s'allume.

Je viens d'ouvrir la lueur de la bête écorchée. Pour le moment, c'est à peine grand comme mes deux mains.

La peau est dure. Il me faut tracer au couteau, entre la viande et la peau ; alors elle s'ouvre, elle s'épaissit dans ma main gauche comme une lourde bure qu'on me donne de plus en plus à pleine main. Je suis obligé de lâcher des poignées tant c'est épais.

Comme le couteau du soleil, quand il écorche la terre au ras des coteaux, des collines, des plaines et de la mer et qu'il rejette peu à peu de lourdes poignées de nuit dans le ciel.

J'ai découvert le sternum, le ventre, dégagé la hanche jusqu'à l'anus, sorti la patte de derrière en tournant mon poing fermé autour des muscles de la cuisse, l'autre patte, coupé la peau aux onglons. La peau tombe. Elle tient encore par tout le dos.

Mais le devant de la bête est dans la pleine lumière de l'aponévrose.

Le sternum est comme une proue.

O bondissant!

Il est le devant de la carène. Dedans la cargaison violette.

La blessure.

O monde amer!

La poitrine-barque émerge des flots de peau bourrés sous les aisselles.

Je la dégage.

Elle arrive dans l'énorme lumière de la bête.

Le pilote qui doit recevoir le message est sorti du port. Debout sur l'avant de sa barque, il navigue dans l'ombre de la mer.

A Paris, cent mille Parisiens dorment, nez bourbeux, sous les draps louches.

Une voix se prépare à marcher sur les eaux.

J'ouvre le tendon du jarret.

Zani a compris. Il me fait voir le crochet à la porte de la grange.

Il faut pendre la bête.

Mais je ne veux pas, ô bondissant, que celui-là te

porte, cet homme lent et blondasse. J'aime mieux que
ça soient mes bras et mes épaules où il y a encore de la
poudre aussi forte que celle des fusils et mon cœur, où
ton odeur de sang a réveillé l'ancienne ardeur des hommes
de la terre.

Je soulève la bête. Je marche en la portant. Je la
pends au crochet par le tendon du jarret.

Je tire la peau vers la tête en bas. Le dos se découvre.
L'arête des vertèbres est comme une crête de vague.
La peau tombe : je la coupe d'un seul coup au ras de la
nuque et je la jette à côté de moi. La bête est nue. Luisante comme une étoile.

Ceux qui naviguent entendent maintenant la voix.
PAN est mort!

« Qui, dites-vous? demande Zani.

— Je dis la bête est morte.

— Bougre, monsieur! Elle vous aurait rué dans le
ventre.

— Alors, dis-je, tu vas me dire monsieur pendant
encore longtemps? Et ça, alors, c'est du monsieur? »

Je lui montrai ma main luisante de graisse empeluchée
de graillons crus, mes poils de bras collés et rosis par la
lymphe sauvage.

« C'est sûr », dit-il.

J'écartelai la bête entre un crochet pour le jarret
droit et un autre pour le jarret gauche. Maintenant, elle
me faisait face. Les cuisses ouvertes, la tête en bas. Les
mâchoires desserrées lâchaient à moitié le caillot de sang
gelé qui emplissait la bouche. Les moignons des bras
de devant tronçonnés au coude ne pouvaient plus éloigner le monde amer avec tant de vigueur, la noblesse
du dieu. Ils se tendaient vers la terre qui là-dessous
n'était que le dégel de mon piétinement mais dans
laquelle luisaient des sciures, des écailles d'écorces et

des éclats de bois. Une seule chose s'était aggravée d'orgueil : la carène de la poitrine. Le bréchet du sternum, aigu et fin, montait en col de cygne vers le ventre. La barque farouche était prête à voguer sur les sombres eaux. Elle n'était plus tremblante et creuse, sonore sous mon poing qui tout à l'heure la dégageait de la peau, mais pleine, mais lourde, chargée au-delà de la sagesse de flottaison par la charge du ventre, des boyaux, du foie, de la vessie et de la rate, fuselée et polie comme une navette de tisserand. Je voyais tout ça à travers l'aponévrose. Sous le lacis des veinules épanouies dans la nacre, comme le feuillage d'une armoise. La cargaison du monde : le ventre avec ses prairies, ses mousses, ses lichens, ses feuilles mâchées; les boyaux où déjà, quand la balle de Zani a frappé au creux de l'aisselle, se préparait la liqueur du futur : les vigoureuses saillies, les poursuites, les brames dans la solitude sonore des montagnes; le foie, sorcier mystérieux, trancheur des bonnes et des mauvaises sèves; la vessie avec ses flaques de sources; la rate qui avait tissé la trame de tous les bonds, courses et galopades.

Les sombres eaux te veulent plus léger que les coupelles de mousse. Où irais-tu atterrir, si lourdement chargé? Ne demande plus rien, ni à ce que tu portes en toi, ni aux sciures, aux éclats de bois, aux écorces qui sont là sous mes pieds. Ils ne peuvent plus rien pour toi. Les marins auxquels on a annoncé la mort peuvent encore penser aux oliviers en reniflant les jarres d'huile. Toi, rien. Même étant dieu. Dans la lourde mer où tu vas naviguer, on n'emporte aucun souvenir de la terre.

Sous les testicules rouges, la peau était fine et transparente. Je la perçai de la pointe du couteau et je tirai droit fil d'un seul coup jusqu'à la flèche du sternum. La fente dégorgea l'estomac et les tripes. Je tirai là-dedans

le voile du péritoine et je l'arrachai. Il était lourd de
toute une broderie de graisse. Les boyaux étaient noués
en feuilles de persil. Je déroulai le petit, rose et léger;
il passait tout savonneux dans mes doigts. Il tombait
dans le seau. Le gros boyau était lourd et bleu. Il râpait
comme une langue de chat. L'estomac pesait. On voyait
la lie d'herbes à travers la peau. Il était aussi gonflé de
gaz et tant qu'on voyait ses quatre réservoirs : le rumeau,
le réseau, le feuillet et la caillette. J'aime beaucoup la
caillette de chèvre fricassée à la poêle avec des oignons et
des tomates. Vite flambée et, sur la table, à côté de la
bouteille de vin blanc, l'huile crie encore.

L'estomac était bien bourré d'herbe. Surtout la poche
où va l'herbe fraîche. La bête venait juste de manger
quand elle reçut la balle de Zani. Ça devait être là-haut
dans quelque masse inter-glaciaire du Rotterthal. Elle
avait dû trouver de l'herbe longue. Elle devait avoir très
faim. Traquée peut-être depuis des jours par l'odeur
sévère de Zani qu'elle devait trouver en travers de toutes
ses pistes, et par le souffle de cette respiration d'homme
qu'elle entendait approcher à trois ou quatre cents
mètres d'elle dans les rochers. Elle n'a pas regardé ni
à droite ni à gauche. Elle a trouvé la ramasse, l'herbe.
Elle s'est jetée là à manger, manger. Zani alignait son
fusil. « Mange, se disait-il, je sais qui te mangera. » Il
attendait, pensant que, comme ça, la bête s'alourdissait
d'herbe et que, si toutefois son premier coup de fusil
n'était pas bien placé — à cette distance! — elle
n'aurait tout de même plus l'agilité de se balancer dans le
ravin.

Je ne chasse pas pour l'aigle, moi. Je chasse pour moi.
Quoique même dans le ravin, j'y descendrai. Mais, va te
faire foutre que tu risques d'y aller toi aussi. Alors, ça,
non.

A ce moment-là, la bête a relevé la tête. A ce moment-là, Zani a tiré. A ce moment-là, la bête est morte, tuée par la balle et couchée dans l'herbe par le poids de son ventre.

Le ventre est là. Il a travaillé tout seul malgré la mort de la bête morte. Mais tout ce qu'il a préparé n'a pu être utilisé par la chair traversée par la balle du fusil. C'est là, de reste, et ça gonfle l'estomac, et par une déchirure de l'œsophage, ça suinte. C'est une odeur monstrueuse comme l'odeur de la montagne. C'est l'odeur d'une matière en transformation. Une odeur que nous ne pouvons pas aimer parce que nous manquons de sens pour la comprendre. Elle apparaît dans le monde au moment où l'herbe va se transformer en chair, en sang, en muscles de chamois, et d'habitude ça se fait dans la caverne mystérieuse de la bête.

Maintenant, elle est là, libre dans le matin. Le jus d'où elle fume ne poisse pas les mains. Mais, je ne peux ni m'en servir ni le comprendre. Je ne saurai jamais. Les hommes auront beau s'étager et s'étager dans les hauteurs du temps, ils ne sauront jamais ni s'en servir, ni le comprendre. Ils ont été heureusement construits comme les autres bêtes pour qu'ils ne sachent jamais. Et les portes de la mort resteront éternellement ouvertes.

Où êtes-vous, les orgueilleux?

Combien d'avions nouveaux en cette semaine?

Quelle est la nouvelle vitesse-minute à laquelle vous lancez de Paris vers Londres, Istamboul, Moscou ou la Véra-Cruz vos carlingues où sont empaquetés les financiers, les danseuses fourrées et les joueurs de rugby?

Ici, il y a Zani et moi, et le village avec ses ânes brailleurs, sa prairie où le gel craque, son ciel avec ses aigles. Il y a le chamois écorché, à moitié éventré et que je vais éventrer en plein maintenant en une minute :

« Donne le seau. Non, la bassine. Il doit avoir du sang
dans la poitrine.

— Pas trop, il a saigné sur ma veste.

— Il en reste toujours quand le poumon est crevé.

— C'est possible.

— Donne la bassine.

— Et laisse-le couler par terre, c'est du sang de
poudre, il n'est pas bon. »

Et il y a le mystère de la vie et du monde. C'est un
peu de jus vert comme une glu entre mes doigts. Ce
que je serai un jour moi-même, dans le cours de ma
transformation, entre chair et plante, entre plante et
pierre, entre pierre et ciel, entre poussière d'astre et
spermatozoïde en marche dans les épines dorsales.

« Attention au ventre », dit Zani doucement.

Et comme j'ai arraché l'estomac et les boyaux, il prend
délicatement la panse gonflée et il la met dans le seau.

« Ça, dit-il, c'est le meilleur.

— Quoi? »

Il montre le jus sur ses mains.

« L'été, dit-il, c'est du poison. Le soleil, le chaud, le
mou des arbres de la terre, ça pourrit. Mais l'hiver... »

Il lèche ses lèvres blondes. Il fait un signe de tête vers le
ciel de fer. Il renifle pour me faire voir qu'il a froid au nez.

« C'est l'hiver, dit-il. La nuit, ça fait déjà dessous cinq.
Alors, c'est le meilleur. Tu mets le ventre geler. La pleine
nuit. Pendant le jour aussi. Toujours à l'ombre. Ça gèle,
ça regèle. Ça fait une poudre. »

Il frotte ses mains paume contre paume.

« Une farine! »

Je fends la poitrine avec le gros couteau. Un peu de
sang noir coule dans la terre. Je plonge ma main dans
le trou. Je tire sur deux ou trois veines et artères qui
cassent, dégorgent de sang et c'est fini.

On a couché la viande sur l'étal.

« Ah! dis-je, Mlle Amandine a recommandé la selle. Là, de là, à là. »

Je délimite avec mes doigts un gros morceau des reins. La chair est sauvage. Noire. Elle a une odeur de pureté, de glace et de montagne. Je comprends très bien cette odeur-là. Elle m'a fait serrer les mâchoires et saliver.

« Donnez-moi le tranchoir, dit Zani, que je fasse au moins quelque chose. »

Il voit les deux marques que j'ai faites avec mes doigts et il me dit :

« Alors, je vous coupe ça. »

Il tranche.

C'est pulpeux et luisant. Cette chair est claire et pleine de joie. Un peu de moelle coule de l'os. J'ai le morceau nu et cru dans mes mains. C'est froid, lourd.

J'ai faim.

POSSESSION DES RICHESSES

J'allais à Prébois.

Le car me laissa à la croisée des chemins. Il me restait trois kilomètres à faire à pied, mais j'étais enfin revenu dans les montagnes.

Le silence était étendu dans tout le Trièves. Un bûcheron travaillait là-haut dans la forêt. Il ne faisait pas plus de bruit qu'un oiseau qui tape du bec contre l'écorce d'un arbre.

Je commençais à descendre vers le village. J'étais enfin dans la maison désirée des montagnes. J'étais enfin dans ce cloître des montagnes, seul dans ces grands murs de mille mètres d'à-pic, dans les piliers des forêts. Maison sévère, milliard de fois plus grande que moi, juste à la mesure de mes espoirs, me contenant avec ma paix, ayant une paix faite d'ombre, d'échos, de bruit de fontaines. Richesse austère de tous les cloîtres. Acheter la compagnie de Dieu. Il marche avec moi le long des couloirs. L'enseignement du silence.

La route tourna au bord d'un vallon étroit au fond duquel pataugeait le torrent. L'arceau des rochers se penchait vers l'ombre. C'était la voûte d'un chemin destiné à la méditation de l'eau solitaire. Depuis longtemps la force boueuse des glaciers avait coulé le long du printemps et de l'été. Il ne restait qu'une eau légère extrêmement pure, filtrée par les hautes prairies, froide, légèrement acide, patiente, ayant le temps, presque sans couleur, mais elle laissait sur les bords de granit une trace verte, jaspée comme de la moisissure dans du pain blanc, presque sans force, mais elle avait maté un énorme bloc de porphyre et elle chantait dans les blessures de la pierre. Comme la vie chante dans les blessures des hommes.

Depuis longtemps je connaissais ce torrent. Mon chemin était marqué à côté de lui. J'aimais son extra-ordinaire ascétisme, son adresse à résoudre les problèmes les plus difficiles, son égalité d'action exactement répandue autour de lui comme la lumière autour d'un soleil. J'aimais ses conseils qui sont toujours des conseils de force. Il était le vivant exemple d'une pureté tranchante comme le granit. En d'autres temps j'étais remonté jusqu'à la source où il préparait sa science tranchante comme l'acier et l'austère joie blanche qui rayonnait de lui, plus puissante que la beauté des anges. C'était dans une sombre cellule, entre le haut pilier du Jocond tout verduré de prairies verticales et la paroi nue du Ferrand.

Ainsi, cette construction-là, avec ses quatre énormes montagnes où s'appuie le ciel; cette haute plaine du Trièves cahotante, effondrée, retroussée en houle de terre; cette haute plaine de Trièves tout écumante d'orges, d'avoines, d'éboulis, de sapinières, de saulaies, de villages d'or, de glaisières et de vergers; son tour d'horizon où les vents sonnent sur les parois glacées des hauts massifs solitaires; ses escaliers éperdus qui montent dans le ciel accompagnés d'éclairs et d'arceaux de lumières jusqu'à de vertigineux paliers, ce constant appel de lignes, de sons, de couleurs, de parfums, vers l'héroïsme et l'ascension, cette construction : c'est le cloître, c'est la chartreuse matérielle où je viens chercher la paix.

Elle ne m'a jamais demandé d'efforts préalables : elle m'a toujours accueilli avec mon entier appareil passionnel. Elle ne m'a jamais imposé de sacrifices, elle me les a rendus nécessaires. Elle m'a toujours pris raboteux et plein de nœuds et de colères et elle m'a toujours après laissé glisser de nouveau dans le monde lisse et vif comme une navette de tisserand.

J'arrive, mes montagnes! Fermez la porte derrière moi!

J'arrivais près du village. Il n'y avait pas de bruit. Moins que d'habitude. Le silence me surprit. A l'entrée, il y a deux granges. D'un côté de la route, la grange d'Emery, de l'autre côté celle de Giuseppe Gallo. Les portes étaient fermées. Entre les corps de bâtiments, je voyais la rue déserte.

J'étais au seuil du village. On m'appela. La voix venait de la prairie; elle était basse et angoissée. Je regardais : personne!

« Ici, par terre, couchez-vous, vite! »

C'était le charron. Il me faisait signe de faire comme lui, de me coucher à plat ventre dans l'herbe.

« Oh! Barthélémy! » dis-je.

La bouche ronde, il ne pouvait pas parler. Il me fit signe...

Je fus soudain comme entouré par des guêpes de fer. Je me jetai à plat ventre. J'entendis le coup de fusil après. Je restai le nez dans la terre. Quand je regardai, un peu de fumée blanche se dissipait devant le volet fermé de Giuseppe Gallo.

Le charron m'appela :

« Vous en avez?

— Je ne crois pas. »

Je me tâtais. Je passais la main sur mon cou : pas de sang. Le temps de l'échauffement passait; si j'avais été blessé, ça aurait fait mal. Je bougeais bras et jambes à ras de terre. Rien.

« Qu'est-ce que c'est? » demandai-je.

Le charron rampa jusque près de moi.

« Surtout, ne bouge pas, dit-il. Ou bien il va encore nous tirer dessus. »

Il n'avait plus figure d'homme. Il avait maintenant une tête de lapin. Il bougeait le bout de son nez comme les lapins. Ses yeux cherchaient de la terreur autour de lui.

« Ça vient d'éclater.

— Quoi?

— L'histoire du Gallo. »

Je voyais maintenant d'autres villageois couchés dans le pré. Du côté du bois de l'érable, trois femmes couraient, entraînant des enfants. Tout le monde avait abandonné l'établi, l'écurie et la maison. Une vieille femme, assise loin là-bas sous un saule, montrait le poing au village et jurait de longs jurons sombres dont on n'entendait que le son.

« Mais quoi? dis-je.

— Ça s'est déclenché! A midi, le Gallo a tapé sur Turcan. Le fils Turcan est venu. Les femmes se sont mêlées. Le Gallo a reçu dans le ventre. Le fils Turcan a l'oreille arrachée. Marie Gallo a le nez écrasé. Le Gallo a encore reçu dans le ventre. Le vieux Turcan saigne de la bouche, et il s'étouffe. Le fils saute sur le Gallo, le renverse. Les femmes crient. Le Gallo saute dans sa maison, barre la porte; et c'est fini, on dirait. Mais tout d'un coup, il s'est mis à tirer sur tout le village. »

La maison, de notre côté, était silencieuse. De l'autre côté, dans la rue, Gallo tira un coup de fusil.

« Oh! dit le charron, tire, imbécile, maintenant tout le monde s'est sauvé, sauf la demoiselle de la poste. Mais elle est dans son bureau. Elle téléphone à Saint-Maurice pour les gendarmes. On ne peut pas rester comme ça.

— C'est pourtant un brave type. » Je disais ça en pensant à Gallo. Son œil vert, sa bonne bouche, le vin qu'il avait bu avec nous, ses mains en racines d'arbres. Il était là-bas dedans maintenant à recharger son fusil.

« Qui, Gallo? Oui, c'est un brave type. C'est à cause de la source, dit le charron. Turcan dit : " Elle est à moi. " Gallo dit : " Elle a toujours été à moi. " Turcan dit : " Elle a toujours été à tout le monde. " Gallot dit : " Ça n'est pas vrai. " Turcan dit : " Elle est à moi. " Ça dure depuis deux ans. Il n'y a qu'une source sur tous les pâturages d'Auvailles. Pour savoir à qui elle est, on n'en sait rien. Ça devait finir comme ça. »

On entendit tirer un coup de fusil, puis un bruit de vitres cassées. Une femme se mit à crier. Encore un coup de fusil, encore un bruit de vitres. C'était Gallo qui tirait dans le bureau de poste.

Au bout d'un moment, nous vîmes la demoiselle des postes qui se sauvait en courant par les prairies d'en dessous. D'habitude, c'était une demoiselle bien ordonnée et elle faisait venir ses corsages de la Mure. Là, elle courait comme une folle. Elle tomba dans la boue d'une draille, mais elle se releva tout de suite, et elle continua à courir droit devant elle comme si à son idée l'horizon n'était plus appliqué sur la rondeur de la terre, mais relevé en plein ciel comme une arête de rocher et que, de là, on puisse s'élancer dans la paix définitive des étoiles.

AUTOMNE EN TRIÈVES

Cet automne sauta sur nous du haut des montagnes. Depuis quelques jours l'air était inquiet et on avait plutôt tendance à être triste en goûtant l'ombre des arbres. Mais on s'attendait à ce qui est d'ordinaire aux fins des ans. On ne s'attendait pas à ce qui arriva.

Ce pays que nous habitions était un haut pays tout bubelonné de coteaux, ravagé par d'étroits torrents enfoncés dans les schistes à cent mètres de profond et tout entouré de grosses montagnes presque à pic, bleues comme des gouffres de la mer. Quand on essayait de monter à ces murs de roches, on arrivait à de petites aires, à mi-chemins entre le haut et le bas, et là c'était la fin de toute espérance; il fallait redescendre. De là, on voyait les prés et les champs; de beaux prés gras, épais, qui étouffaient tous les bruits; les chevaux galopaient en plein galop au milieu d'eux sans autre bruit que le sifflement des crinières. On voyait des bosquets de peupliers avec des fontaines, des revers de coteaux tout roux de labours, des boqueteaux serrés, des forêts avec le fil de fumée d'un campement. On voyait cinq gros villages : deux aplatis dans les prairies tout suintants d'eaux d'arrosages, un couché sur la crête d'un coteau, penché à bâbord dans une écume de clématites, et deux autres un peu sauvages à moitié cachés par les bois.

L'automne sauta sur nous comme un renard. Il y eut une sorte de bond souple qu'on entendit tomber sur la terre au cours d'une nuit. Le lendemain, l'automne était là. Il commença par se vautrer lentement dans les prés. Il se frottait contre les barrières de peupliers et il laissait de son poil à tous les arbres. En se débattant, il donna un coup de griffe dans un érable et celui-là se mit à saigner à pleines feuilles. Vers le milieu du jour, les prés commencèrent à fumer. C'était une fumée blanche comme de la neige pareille à l'éventement d'un gros tas de cendres. Les chevaux arrêtèrent leur galop. Ils s'appelèrent en gémissant et puis d'un pas lourd, ils gagnèrent le clos des pacages et ils restèrent là, dans l'abri des peupliers, têtes basses, frémissant de toute leur peau. Cette fumée des prés, j'en cueillis un gros flocon en dressant ma main en l'air. C'était froid dans ma paume et un peu gluant. Je regardai. J'avais la main pleine de petites étoiles blanches. Des fleurs! Des fleurs de caille-lait, des pétales de reines-des-prés, des poils d'euphorbes, des étamines de saponaires, des choses mortes, déjà sèches et en poussière comme de la poudre de lune. L'odeur de ça entrait en vous jusqu'au profond du corps, jusqu'à cette ombre où dorment les grandes terreurs de l'homme. On en avait le sang noirci. Jusque-là, le ciel était resté pareil et la lumière descendait encore sur le pays en beau faisceau épais et blond. Il y eut d'abord dans les hauteurs le passage invisible d'un vent mince, très aiguisé. On l'entendit là-haut. L'étrange de ce bruit et de cette odeur, c'est qu'ils vous ensemençaient de tristesse et de langueur, ou, plus justement, qu'ils déterraient en vous les anciennes tristesses et qu'on se sentait dans le monde comme dans un vaste marécage. A quoi bon, se disait-on, j'ai vécu?

J'ai été heureux avec des moissons, des arbres, des villages en fête claquants de danses et de rires, et voilà que maintenant je me retrouve dans mes douleurs, les mêmes, toujours les mêmes. On restait immobile, on ne savait que faire. On se disait qu'il était bien inutile de bouger et que la pente était la pente. Là-dessus, en plein couchant, trois beaux nuages arrivèrent. Ils étaient dorés tout le tour, mais ils s'enfonçaient lourdement sous une terrible cargaison bleue et froide. Alors, les hirondelles commencèrent à s'appeler. Le forgeron lâcha le marteau, retroussa ses moustaches et s'en alla au café. Les gens qui étaient sur le pas des portes levèrent le nez en l'air puis rentrèrent. On alluma les lampes. Les villages ne parlèrent plus sauf par le grésillement de tous leurs oiseaux familiers qui s'assemblaient pour partir.

Au long des jours, la blessure qui avait ensanglanté l'érable s'étendit, les routes étaient bordées de deux traits de sang. Une sourde inflammation gonflait la terre. Les peupliers s'allumaient sous une flamme froide mais plus étincelante que le soleil. Des serpentements de braises couraient dans les haies. Les prés meurtris bleuissaient le long des ruisseaux. Le charbonnement des colchiques étouffait les prés sous sa vapeur de soufre. La forêt résistait, elle restait avec ses sapins bourrus et solides. On enviait les hommes de la forêt, car nos faibles arbres des prés, nos boqueteaux, les peupliers de nos fontaines, tout ça n'était plus qu'un brasier. Et chaque jour, les arbres enflammés étaient moins roux, plus jaunes, plus minces. On sentait que tout allait s'éteindre. On fit rentrer les chevaux. Ils frissonnaient. Ils éternuaient de grands coups à tête folle. De quoi s'assommer sur les barrières ! Dès que la nuit tombait, une longue pluie oblique fouillait le dessous des haies, entrait sous les arbres, pataugeait dans les feuilles, frappait si bien les fenêtres de plein fouet qu'elle entrait dans les chambres par le joint des vitres. On restait sous les couvertures, à se faire du chaud avec des souvenirs. Au matin, on trouvait une grande flaque d'eau autour du lit.

Des deux villages qui étaient dans les bois, un s'appelait Saint-Baudille et l'autre Frémiet. Ils étaient notre espoir au milieu de tout ce pourrissement de feu et d'eau. Là-bas, rien ne changeait. Les sapins étaient durs comme du granit. Et on regardait ce vert, vivant et solide, pour se mettre un peu de joie au cœur. Au soir, un cavalier arriva de Saint-Baudille. Il marchait au pas dans les grosses flaques de pluie. Il demanda le docteur, puis il se mit à boire du rhum et du café. Il dit que là-bas, les deux villages étaient cernés par une effroyable marée de champignons laids comme des plaies, tous clapotants et si poussiéreux de sporanges que toutes les maisons en étaient infectées. Ça donnait, disait-il, de drôles d'ivresses aux femmes et ça noyait les hommes dans un dégoût de tout. Il dit qu'on avait dû attacher à son lit Colombe Catelan qui gémissait, écumait, tordait ses bras, roulait des yeux et criait dans son délire des mots à « écarter le ciel ». Il s'en alla tout mollement au pas de son gros cheval de labour.

Dans les jours qui suivirent, l'odeur des champignons vint jusqu'à nous. Et le reste ne mérite pas d'être dit, car il n'arriva rien. Rien. Et nous avions tous le désir de voir arriver quelque chose.

HIVER

Il y avait un beau silence, puis la glace craquait. Depuis longtemps, la forêt était arrêtée là-haut dans la montagne. Elle s'était piétée tout le long des immenses pâturages nus, les jambes noires enfoncées dans la neige, le front dur contre le ciel, ses rameaux épaissis de gel s'élargissant comme des cornes de cerfs. Elle attendait. Elle ne savait plus ni bouger, ni souffler, ni se retrousser pour que le vent la gratte, ni rien. La sève s'était retirée des petites branchillonnes trop maigres, trop enfoncées dans le froid, elle était descendue se cacher au profond des troncs. Elle restait là, enveloppée d'aubier à se souvenir de tous les bondissements de l'été. De temps en temps, elle pensait aux oiseaux. Alors, les lourdes branches faisaient de terribles efforts, mais la neige montait toujours, peu à peu et de plus en plus le long des troncs. Un beau matin, la forêt abaissa dans la neige son front aux larges cornes comme un grand cerf fatigué.

Le vent ne passait plus le sol. Il y avait là une mauvaise muraille du ciel, d'un bleu noir et elle fermait le passage, comme une plaque. On entendit longtemps le vent gémir là-haut. Il se plaignait, il soufflait, contre les roches aiguisées. Il essayait de glisser de ce côté-ci; il se souvenait de la forêt veloutée, de la pâture, du torrent, de tous les ruisseaux, des sources cachées dans l'herbe et qui soufflaient comme des chats quand il passait. Lui, le vent, avec son mouvement et ses gestes et son bruit, en faisant sauter devant ses pieds toutes les fleurs des prairies.

Il resta quelque temps à courir dans le ciel, au milieu de la neige. Une nuit, on entendit que là-bas, de l'autre côté de la montagne, ça tapait, à coups sourds, comme quand on a laissé un cheval malade tout seul dans l'écurie d'un chalet, et qu'il meurt, en tapant quelquefois son pied contre la cloison de bois.

Le lendemain, c'était le beau silence. Il était comme un grondement doux, interminable.

D'ici, il fallait d'abord suivre la lisière, puis, entrer droit dans la forêt. On voyait tout de suite la lueur de la clairière. Une tache plus brillante dans tout ce blanc, comme le cœur de la flamme. La maison faisait à peine la bosse, là au milieu. La neige touchait le toit, montait sur le toit et redescendait de l'autre côté, sur la porte. En continuant tout droit par la trouée d'arbres on commençait au bout d'un peu à descendre, puis, il y avait un petit ressaut et on arrivait au bord de la vallée. Elle était pleine jusqu'au haut de brumes et de nuages. Il fallait bien se méfier! les nuages venaient se souder à la neige sur le bord même de l'à-pic. Ils étaient à peine un peu plus gris. On ne pouvait pas savoir ce qui était neige, ce qui était nuage, ce qui portait, ce qui ne portait pas; on avait devant soi un grand plan, immobile, une grande plaine sans arbres, comme une pâture. On ne pouvait pas savoir que, sous cette fausse pâture, il y avait cinq cents mètres de droite tombée, et puis en bas au fond des villages, des peupliers sans feuilles, des fayards noirs, des hangars à machines, des mulets rembourrés de bourre d'hiver, des bœufs à la mangeoire, des femmes qui pétrissaient le fromage, des hommes qui venaient voir le temps aux fenêtres et des petits garçons en sabots qui couraient dans le brouillard. On ne pouvait pas. Si on voulait savoir, il fallait bien regarder : il y avait dans la neige des traces légères d'un renard, comme de petites roses de griffes. Tant qu'on les voyait, c'était la neige. A l'endroit où ça s'arrêtait, c'était le nuage. Savoir si le renard était tombé dans l'à-pic? Savoir si, de là, il avait fait un bond en arrière vers le gros sapin, puis refouiné sa route vers les chalets de la Mouille-Rousse, savoir? Il avait aussi bien pu s'empeloter dans une belle boule de brouillard et puis se voguer en moulinant des pattes à travers tout ce marais de nuages pour aller aborder au-delà, vers la pointe d'Uble. Qui sait? C'est capable de tout. Et puis, le silence! Plus rien de lui, plus rien d'espoir, plus rien de ce qui fait sa vie avec ses pieds et ses poumons. Est-ce que c'était un renard vrai seulement? Dans l'empreinte, il y avait bien les quatre griffes et puis la paume et, là où ça s'était regelé après son passage, à côté de l'empreinte, il y avait la traînasse de ses longs poils de jambe; et puis, du côté gauche, il y avait aussi un peu plus d'appuyé parce que, c'est de ce côté-là qu'est la porte d'été vers les fonds, et qu'il devait s'en souvenir tout en marchant. Oui, ça semblait vrai. Ça semble toujours vrai ce qui est faux, car le silence!... ce grand silence où tout est mort. Tout est forcément mort pour faire un silence comme ça. Et il doit y avoir de nouvelles choses qui vivent. Et pourquoi pas des renards de silence, faits exprès pour la forêt écrasée de neige, le ciel sans vent, le froid; et ceux-là, ils ne s'en iraient pas sur les nuages, pourquoi? Vous le savez, vous? Qui les empêcherait? Vous? Alors, vous voyez bien!

La maison de la clairière lâcha une grosse bouffée de fumée. C'est que l'homme devait ouvrir la porte, pour s'aérer ou bien pour voir s'il pouvait descendre jusqu'aux Mouilles-Rousses, chercher du pain. Le temps d'aller et de revenir. La montée est longue. Il écoute. Le silence même avait étouffé son grondement, rien, plus rien sur la terre et dans le ciel. L'homme venait de se regarder dans son petit miroir. Il s'était trouvé d'un coup tout vieux. En bas, il avait l'habitude de se raser moustache et barbe. Ici, il avait tout laissé pousser, pour voir. Il venait de voir cette moustache pâle au-dessus de sa bouche, et sa barbe blonde et blanche. Il pensa que la neige portait bien les raquettes, moins sûr pour les skis. Il fallait voir comment était le ventre de la pente au-delà du bois. Il pensait aussi qu'avec les skis, en trois sauts, il y serait presque tout de suite, et les Mouilles-Rousses, c'est trois chalets l'un contre l'autre. Dans l'un, il y a Fernand Plate, la Zéphyrine, le vieux Ressachat et Boromé. Dans l'autre, il y a les cinq vaches, l'odeur du fumier, la chèvre, du foin sec, la grosse lampe. Dans le premier chalet, il y a encore la large table, la chaudronnée, la cafetière, le tiroir aux cuillères qui s'ouvre en faisant un gros bruit de fer, les louches, les casseroles, les marques du couteau sur la table, pendu près du poêle, le calendrier de l'épicerie Esparchaz avec l'image d'une belle brune qui tient une rose entre ses dents. Il y en a des choses en bas! Il attache ses skis, on verra bien.

Quand il va pour fermer sa porte, il regarde sans y penser là-bas, sur sa table à lui. C'est un petit bonhomme de bois qu'il était en train de tailler dans un bloc de frêne. La tête est déjà dégagée. Le corps est encore tout englué dans le bois. La tête est faite, oui, avec les yeux, le nez, la bouche, elle a l'air de dire : « Raquettes, c'est plus sûr. »

S'il fallait écouter tout le monde!

AUX SOURCES MÊMES
DE L'ESPÉRANCE

Les hommes redeviennent tristes et nerveux : après la guerre, ils ont cru être pleins d'espérance; ils se trompaient. Ils avaient seulement une permission de vivre un tout petit peu plus large. Ils se sont mis à bâtir dans une rage de mortier, de ciment et d'acier. Bâtir est une occupation de désespéré. Chaque fois que l'homme a été affamé d'espérance et d'équilibre, il a gâché la terre et l'eau, il a entassé les pierres, il a bâti, il a bâti devant lui la forme désirée du rythme immobile et de l'ordre. Le premier qui eut besoin dans son désespoir de matérialiser sa force, sa rectitude, sa raison d'espérer, bâtit un mur. Il mit des pierres sur des pierres, il frappa le mortier avec ses mains, il l'enfonça avec ses doigts dans les rainures. Le soir, il se coucha dans l'herbe et dans le moment où il attendait la paix, il entendait que se gonflait encore en lui le vieux hurlement qui jetait les caravanes sur les routes du monde : Malheur! Malheur! Il inventa des pelles et des truelles, des treuils, et des poutres d'acier, il alla choisir au fond des carrières les poussières les plus dures, les ciments les plus prompts, et dédaignant orgueilleusement son angoisse, il fit s'épanouir son mur, plus large, plus épais, plus haut, plus solide, à la mesure de son désespoir affamé de paix, de joie, d'ordre, de nature pour tout dire d'un seul mot, pour tout dire du seul mot qu'il ne prononçait pas dans son cœur, du seul mot qui aurait tout renversé, tout aplani, tout ordonné dans son grand silence plat.

De temps en temps, sur la lisière des forêts les poètes criaient le malheur! le malheur! ou bien le bonheur! le bonheur! ce qui revenait au même, puisque ce bonheur nul n'arrivait à le construire. De temps en temps, des peintres aux doux pieds marchaient dans l'herbe, ils venaient, ils essayaient d'effacer le mur avec de souples pinceaux de poils et de couleurs. Ils peignaient sur le mortier des chasses, des tempêtes, des cieux bouleversés par le sillage éperdu des anges et, minutieusement au ras de terre, ils imitaient dans leur dessin la dentelure des petites salades, la douceur des pâquerettes, la fumée blonde du plantain, la houle frisée des herbes. En se reculant de trois pas, en clignant des yeux, en penchant la tête, en se laissant aller de tout son corps, on voyait un instant la terre promise, et le mur disparaissait. Mais, le sourire d'Angelico commençait à peine à serpenter sur les lèvres que tout criait : Le Malheur! le malheur! Truelles, sables, brouettes, ciments, abattages d'arbres, fondations à la pioche, rivets de fer, chalumeaux, chaînes, fracas des marteaux et des tôles, barres à mine, dynamite! Des échafauds, des échelles, des cordes, des ponts volants! notre mur n'était pas assez haut! plus haut, plus haut, plus large, plus profondément assis! Creusez la terre avec vos dragues à vapeur jusqu'au sommeil du porphyre, élargissez les fossés, faites monter les pierres jusqu'au fond étroit du ciel, comme si les oiseaux eux-mêmes étaient devenus des maçons. Notre désespoir est trop large. Ah! que nous ayons enfin devant nos

yeux, fait de rochers et de ciment, le corps magni-
fique de l'équilibre des dieux. Des murs! des murs!

Trop de murs, nous sommes au bout de notre époque,
nous sommes arrivés à un moment de notre désespoir
où notre férocité va nous jeter les uns sur les autres.
Les poètes ne savent plus. Ils ont tout fait. Tout ce qu'il
faut faire. Ils se sont enorgueillis de leur éléphantiasis
plus ou moins bien placée, et ils l'ont balancée sous le
nez des hommes. Ils ont joué du clairon, de la clarinette,
des cymbales, ou des fesses. Ils ont fait du trapèze
volant, de l'équilibre, de la jonglerie, de l'escamotage,
du bonneteau, de l'assassinat, du commerce. A certains
moments, on crie :

« Baronne, princesse, châteaux en Sologne, chasse
à courre, la Duchesse couche ou ne couche pas. »

Et tous les autres poètes, comme le chœur antique,
répètent gravement en bourdon : « Baronne, princesse,
châteaux en Sologne, la Duchesse couche. » Ce bruit
fatigue. Alors un autre crie :

« J'ai trouvé! du sang, de la volupté, de la mort,
l'odeur des cadavres, la beauté des vers de viande. »
Les choristes se précipitent, se rangent et embouchant
leur barbe grondent : « Du sang, de la volupté, de la
mort... »

« Populisme! Je suis peuple, tu es peuple, nous
sommes peuple, ah! le peuple! »

Ils ont tout fait, tout, sauf ce qu'il fallait faire. Tous
les exemples de maquignonnage et de prostitution;
une synthèse du vice, une encyclopédie du désespoir,
un laboratoire des sanies et des crachats, et maintenant
ils en sont comme des priseurs qui ont éternué dans
leurs tabatières. Où sont ceux qui ont quelque chose à
dire? Nous sommes au bout de notre époque.

Le poète doit être un professeur d'espérance. A cette seule condition, il a sa place à côté des hommes qui travaillent, et il a droit au pain et au vin. Car il ne travaille pas, lui, ce qu'il fait, il est obligé de le faire... Il est une sorte de monstre dont les sens ont une forte personnalité; lui, le poète, il est là au milieu de ses bras, de ses mains, de ses yeux, de ses oreilles, de sa peau, comme un petit enfant emporté par les géants. Il est obligé de voir plus loin, il est obligé de pressentir. Il est là-haut sur de formidables épaules et, l'horizon s'étant abaissé, son regard vole jusqu'au bout de l'horizon des poètes, et le parfum des étoiles tombe sur lui. Son travail à lui, c'est de dire. Il a été désigné pour ça. Les autres font. Alors, en toute justice, pour qu'il ait permission et droit de vivre, il doit être un professeur d'espérance.

Si, devant des gens en pleine santé, l'on prononce les mots ordinaires de la nature : foin, herbe, prairie, saules, fleuves, sapins, montagnes, collines, on les voit comme touchés par un doigt magique. Les bavards ne parlent plus. Les forts gonflent doucement leurs muscles sous les vestes, les rêveurs regardent droit devant eux. Si l'on écoutait à ce moment-là la petite voix de leur âme, on entendrait qu'elle dit : voilà! comme si elle était enfin arrivée. Ils sentent au fond d'eux-mêmes le grand limon s'émouvoir sous l'arrivée d'une eau fraîche et tout étincelante de force. Nous sommes trop vêtus de villes et de murs. Nous avons trop l'habitude de nous voir sous notre forme antinaturelle. Nous avons construit des murs partout pour l'équilibre, pour l'ordre, pour la mesure. Nous ne savons plus que nous sommes des animaux libres. Mais si l'on dit : fleuve! ah! nous voyons : le ruissellement sur les montagnes, l'effort des épaules d'eau à travers les forêts, l'arrachement des arbres, les îles chantantes d'écume, le déroulement gras des eaux plates à travers les boues des plaines, le saut du fleuve doux dans la mer.

Le monde! nous n'avons pas été créés pour le bureau, pour l'usine, pour le métro, pour l'autobus; notre mission n'est pas de faire des automobiles, des avions, des canons, des tracteurs, des locomotives; notre but n'est pas d'être assis dans un fauteuil et d'acheter tout le blé du monde en lançant des messages le long des câbles transocéaniques. Ce n'est pas pour ça que notre pouce est opposable aux autres doigts. Tout ce qui travaille dans notre faux monde est réclamé par nos pantalons, nos vestes, nos robes, nos souliers, nos chapeaux.

Nos pieds veulent marcher dans l'herbe fraîche, nos jambes veulent courir après les cerfs, et serrer le ventre des chevaux, battre l'eau derrière nous pendant que nous écarterons le courant avec nos bras. Par tout notre corps, nous avons faim d'un monde véritable.

Voilà la mission du poète.

Il peut y avoir toute une forêt dans un aboiement de renard. Je chante le balancement des arbres; le grondement des sapins, dans les couloirs de la montagne; les vastes plaines couvertes de forêts et qui, en haut de la colline ressemblent à la mer, mais qui s'ouvrent quand on descend avec leurs étranges chemins d'or vert, leur silence, la fuite des belettes, l'enlacement des lierres autour des chênes, l'amour qui lance les oiseaux à travers les feuilles comme des palets multicolores; les plages de sable où les chevaux sauvages galopent dans un éclaboussement de poussière et d'eau, la pluie qui passe sur les pays, l'ombre des nuages, les migrations d'oiseaux, les canards qui s'abattent sur les marais, les hirondelles qui tournent au-dessus du village, puis tombent comme de la grêle, et les voilà dans les écuries à voler sous le ventre des chevaux; les flottes de poissons qui descendent les rivières et les fleuves, la respiration de la mer, la nuit tout ensemencée d'étoiles et qui veut cent milliards de siècles pour germer.

Je chante le rythme mouvant et le désordre.

PROVENCE

Ce que je veux écrire sur la Provence pourrait également s'intituler : « Petit traité de la connaissance des choses. » On ne peut pas connaître un pays par la simple science géographique. On ne peut, je crois, rien connaître par la simple science; c'est un instrument trop exact et trop dur. Le monde à mille tendresses dans lesquelles il faut se plier pour les comprendre avant de savoir ce que représente leur somme. La certitude géographique est semblable à la certitude anatomique. Vous savez exactement d'où le fleuve part et où il arrive et dans quel sens il coule; comme vous savez d'où s'oriente le sang à partir d'un cœur, où il passe et ce qu'il arrose. Mais la vraie puissance du fleuve, ce qu'il représente exactement dans le monde, sa mission par rapport à nous, sa lumière intérieure, son charroi de reflets, sa charge sentimentale de souvenirs, ce lit magique qu'il se creuse instantanément dans notre âme, et ce delta par lequel il avance, ses impondérables limons dans les océans intérieurs de la conscience des hommes, la géographie ne vous l'apprend pas plus que l'anatomie n'apprend au chirurgien le mystère des passions. Une autopsie n'éclaire pas sur la noblesse de ce cœur cependant étalé sans mystère, semble-t-il, sur cette table farouchement illuminée à côté des durs instruments explorateurs de la science. Comme les hommes, les pays ont une noblesse qu'on ne peut connaître que par l'approche et par la fréquentation amicale. Et il n'y a pas de plus puissant outil d'approche et de fréquentation que la marche à pied.

Il semble d'abord que ce soit un procédé barbare et surtout grossier. Si nous tenons compte précisément des foules subtiles où il va nous falloir tout regarder et tout compter, il nous paraît plus raisonnable de demander des instruments de précision à la technique. Mais vous allez voir que nous allons être éclairés sur la valeur de l'à peu près dans les sciences exactes. Le monde est plein de mystères. Rien que sur la reproduction des équidistances dans les dessins géométriques des taches brunes des coquilles d'œufs d'alouette, il y a cent vies de savants à user et mille livres à écrire. Le terriblement grave, c'est qu'on peut le prendre à partir de là ou à partir du cancer, on arrive toujours et quand même dans le grand élargissement panique de la vie où tout de suite tout est sans bornes. Quoi qu'il fasse, le savant s'approche toujours du monde comme l'astronome s'approche de la nébuleuse : avec un télescope. Il a beau multiplier les grossissements, il regarde toujours un reflet dans un miroir; il est d'un côté du miroir avec son corps entièrement fermé, tout clos, tout maçonné, tout cimenté, sauf la petite ouverture de la cervelle, et, dans le miroir qu'il regarde, il n'y a rien : c'est seulement à l'autre bout de la ligne d'angle d'incidence qu'il y a quelque chose dans l'infini du fond du ciel. Comme ça a vraiment l'air d'un jeu de hasard!

La marche à pied, ou, plutôt, le procédé de la marche à pied, c'est de se transformer soi-même en loupe ou en télescope. Vous voyez la lune à l'œil nu : c'est un globe. Vous mettez votre œil à l'oculaire du télescope : ce n'est plus qu'un quart de globe, mais vous voyez des criques et des montagnes; vous augmentez le grossissement : ce n'est plus qu'une partie très limitée et toute plate, avec de la matière plein votre œil; puis apparaît le détail des vallées lunaires et les gouffres où vous pouvez suivre le lent retirement des ombres et la marche de la lumière; mais si, brusquement, vous étiez projeté sur la lune, vous ne la verriez plus, mais vous la connaîtriez; enfin!

Le plus magique instrument de connaissance, c'est moi-même. Quand je veux connaître, c'est de moi-même que je me sers. C'est moi-même que j'applique, mètre par mètre, sur un pays, sur un morceau de monde, comme une grosse loupe. Je ne regarde pas le reflet de l'image; l'image est en moi. Le grossissement, c'est au milieu de mes nerfs, de mes muscles, de mes artères et de mes veines qu'il s'écarte. Il n'est pas question de théâtre antique, d'arc de triomphe, d'alignement de pierres tombales : la connaissance que j'ai des choses est aussi entièrement moderne que le battement de mon cœur; elle est aussi préhistorique que le battement de mon cœur, et les jouissances de ma curiosité successivement satisfaite me font vivre en leur succession comme les battements de mon cœur. A ce moment-là, le monde extérieur est dans un mélange si intime avec mon corps qu'il m'est impossible de faire le départ entre ce qui m'appartient et ce qui lui appartient. L'instinct supérieur qui accorde le sens de ma vie au flux de mon sang, l'accorde avec la même exquise intelligence à l'architectonie des volumes et des couleurs de la matière dans laquelle je vis et je marche; je suis à la fois prisonnier et maître. La superposition de ma liberté et de ma sujétion est à chaque instant d'une extrême volupté. A chaque instant,

un délicieux supplice par l'espérance me pousse tout
frissonnant le long de ma vie. Tandis que l'invraisem-
blable romantisme scientifique tend à dominer, donc à
s'éloigner, à regarder de haut, à se retrancher, à examiner
d'après des plans cavaliers, à maîtriser l'extérieur dans
des cartes et des reflets, à jouer avec des symboles,
l'ordinaire romantisme de tout mon appareil sensuel
me pousse à m'accrocher, comme dans la silencieuse
pétarade de mille vrilles de viornes ou la gluante succion
de poulpe, à joindre, à pénétrer, à m'effondrer dans les
choses comme le jaillissement chaud d'un liquide vivant,
à perpétuellement redevenir dans le catalogue des formes.
La science construit une vérité symbolique, mais les
sens jouissent d'une vérité véritable. Ce qui se décompo-
sait en formules chante sa passion au milieu de vous. Elle
est inséparable de vous-même. Et, s'il y a de fortes
chances pour qu'elle vous soit mélangée vie à vie, au
point de ne pas exister sans vous, elle est, tout au moins,
et grâce à cette réciproque suggestion, une animation
voluptueuse du monde entièrement soumise aux lois
de l'amour. Ainsi, il nous devient évident que le mince
appareil scientifique n'agrandit pas les hommes dans des
dimensions telles qu'ils aient des raisons de se croire de la
race des géants. Pour ce qui est de la carte géographique,
le succulent, c'est tout ce qu'on construit dans l'à peu
près, à partir d'elle jusqu'au moment où le navigateur
arrive sur les lieux de l'archipel, où le travail humain
commence avec tout son délicieux à peu près, comme
une corvette qui prolonge les récifs de chaque côté du
vent; laisse porter, lofe, abat, se met à la cape, dérape,
se couvre de voiles, s'échappe, remet inlassablement le
cap, nage sur des fonds sous-marins que nul savant ne
pourra jamais baliser, joue enfin le vrai jeu des hommes,
au milieu des dangereuses vérités qu'ils se construisent

eux-mêmes avec tous les sens de leurs corps. Seul le marin connaît l'archipel.

Par rapport à moi, le talus qui borde ma route est plus riche que l'Océanie. Comment pourrais-je me décider à m'en aller un mètre plus loin, quand je n'ai même pas pu dénombrer les joies de cet endroit où je me suis arrêté? J'ai seulement compris qu'elles étaient innombrables. Mais une unique raison sensuelle peut courber les cyprès de Valence à Carry. Si un champ de blé vert commence à se balancer dans la plaine de Nyons, il se met à se balancer de la même façon dans la vallée de Brignoles.

L'imperceptible tache violette qui a d'abord touché une olive n'importe où, mûrit à la fois et du même gonflement les olives de tous les oliviers, depuis les Baronnies jusqu'à Grasse. La terre a une façon de se plier en colline du côté de Dieulefit et on s'aperçoit que c'est une habitude qu'elle prend, et elle accompagne l'Ouvèze, la Durance, le Rhône, le Caramy, l'Asse, la Bléone, le Var, avec ce même plissement qui lui est ici bien commode, jusque vers Nice, où elle se plie de la même façon, s'abaisse une dernière fois avec ses arbres, et entre dans la mer. L'odeur du blé encore vert, quand il est déjà en épi mais languissant et mou comme une chenille poilue, si elle est chauffée par un soleil de juin assez pesant, elle rejoint l'odeur des châtaigniers fleuris sur les plateaux, avec ces voies lactées de fleurs dans lesquelles le vent découvre des profondeurs de feuilles comme la nuit, barbelées et de couleurs sombres. S'il ne me faut, pour me décider à partir, que le support constant de ma joie, j'entends déjà que la terre me la garantit qui passe, dans ce talus, des petites mains de l'euphorbe aux légères griffes de la sarriette et du thym, du poing du pavot au bout des doigts fins de l'avoine, puis dans les

bras du chêne et, de chêne en chêne, à travers les chênaies
sauvages des hautes terres, puis, déposée entre les bras
tendres des premiers vergers d'amandiers, et, de là,
transmise à tous les bras de tous les arbres et de toutes les
herbes, je vois la terre s'en aller de vallée en colline,
jusque dans les lointains extrêmement bleus où elle est
tellement mélangée à ce qui la transmet et à ce qu'elle
porte, qu'elle entre dans le ciel déjà semblable à lui. Mais
il y a dans le déroulement même de cette unité une lenteur dont il ne faut pas que je me sépare. Il me faut
employer dans mon déplacement cette lenteur qui met
un temps infini et combien de délicatesse pour passer
du plateau porteur de chênaies aux alluvions lointaines
des ruisseaux et des fleuves couverts de champs où
s'épaississent les herbes bleues. Je n'apprendrais rien
si je devais me heurter violemment aux harmonies que
cette terre compose avec patience et certitude. Quand
il me faut à moi-même un temps déjà énorme pour
comprendre les sombres vergers de châtaigniers et pour
jouir paisiblement de tout ce qu'ils sont, il ne m'est
plus possible de comprendre mon déplacement — mon
savoureux et mon égoïste déplacement — s'il ne met
d'accord sa vitesse avec la transmission harmonique qui
compose la vaste unité du pays. Qu'est-ce qu'il me faut
pour dévaler cette route en automobile et atteindre le
bord de l'horizon à l'endroit même où il semble qu'il
surplombe les larges chemins sur lesquels circulent les
étoiles et le soleil? Il ne me faut que quelques heures
à travers les vergers d'oliviers, les amandiers, les fleuves
de roseaux, les déserts de pierres, les cyprières et les
tristes collines monacales couvertes de pins gris qui
font un bruit léger déjà pareil au flottement des flammes.
Je ne verrai ni mon départ d'où je m'arrache, ni ce lieu
d'arrivée où, sans école, je suis brusquement obligé

de résoudre tous les problèmes des feuilles nouvelles, des herbes étrangères, des subtilités des odeurs, de la viscosité et de la sécheresse des chaleurs et des froids, que mes sens ne connaissent pas et qu'il me faudrait connaître pour que j'en jouisse. Alors, j'aime mieux ne pas jouir, c'est trop difficile, et repartir le lendemain ou sur l'instant même, pour n'importe où, pour partir, parce qu'à la fin, mon corps, qui de toute façon a besoin de jouissance, se contentera de la jouissance de partir. Grossièreté des prétendues victoires de la technique moderne.

Ils me font rigoler quand ils disent que je suis un poète. Triste défaite des corps qui ont perdu le goût de vivre parce qu'ils ont perdu la façon. C'est vrai que c'est presque toujours péjoratif, mais ils en seraient eux-mêmes, des poètes, c'est-à-dire de vrais hommes, s'ils avaient encore la vieille façon amoureuse, la naturelle façon amoureuse de faire la connaissance des choses.

Je vais à pied. Du temps que je fais un pas la sève monte de trois pouces dans le tronc du chêne; la saxifrage du matin s'est relevée de deux lignes; le buis a changé mille fois le scintillement de toutes ses feuilles; l'alouette m'a vu et a eu le temps de se demander qu'est-ce que je suis, puis qui je suis; le vent m'a dépassé, est revenu autour de moi, est reparti. Du temps que je fais l'autre pas, la sève continue à monter, et la saxifrage à se relever, et le buis à frémir, et l'alouette sait qui je suis, et se le répète à tue-tête dans le cisaillement métallique de son bec dur; et, ainsi, de pas en pas, pendant que la vie est la vie et que le pays est un vrai pays, et que la route ne va pas à quelque endroit mais est quelque chose.

Elle est en ce moment même déroulée devant moi dans l'étendue. Elle appuie d'abord sur des débris sauvages de collines, dans des genêts et des éboulements de grès parfois saignants comme du foie arraché au ventre d'un agneau. La terre la laisse retomber dans un vallon où elle disparaît derrière le jet de quatre trembles. Elle reparaît plus loin au moment où les monts Reillannais la soulèvent et l'étendent à travers les forêts d'yeuses sombres, houleuses et immobiles comme de la boue. Là-haut, au sommet du large soulèvement, plus rien tout d'un coup ne la soutient et elle tombe dans la profonde vallée de l'Encrène d'où plus rien n'émerge, sauf un petit nuage de vent tout strié d'étranges arêtes, acérées comme les ossements d'un grand poisson séché par des milliers de soleils. C'est elle, là-bas, mince comme un fil, dans la montagne noire? Non, c'est une autre route. C'est elle, là-bas, qui sort des profondes tranchées vertes du blé dur et passe dans les sainfoins en fleur? Non, c'est une autre route. C'est elle qu'on aperçoit à travers la légère salive brillante des oliveraies? Non, c'est la route qui va à Sainte-Jalle. C'est elle qui se plie contre une grande ferme sans couleur, dans des arbres sans couleur, avec seulement un trait vert d'ortie contre le mur du nord? Non, c'est la route de la Commanderie. C'est elle alors dans cet endroit où il semble qu'il n'y a pas de route mais seulement le mur impénétrable d'une barrière de cyprès, puis dans une ouverture on voit luire comme des écailles de sel? Non, c'est la route qui va dans la Drôme. C'est elle alors qui est là-bas dans les prairies sucrées de jonquilles et que j'avais prise pour un ruisseau immobile? Non, c'est un ruisseau immobile avec rien que des pierres brûlées et pas d'eau. Alors, cette fois, c'est elle qui fait cette grande lumière blanche sous les chênes? Non, c'est le passage habituel des troupeaux vers les fontaines. Alors, attends, j'écoute et j'entendrai le charroi et je vais me guider sur les bruits pour la reconnaître. Mais ils ne font pas de bruit, les

paysans qui vont sur leurs sandales de corde; la charrette qui marche au pas fait sonner le fer de ses roues,
puis s'étouffe dans la poussière; et même le son du
fer, il suffit de l'écho d'un arbre pour le renvoyer comme
la paume dans un endroit où tu ne pourras pas le rattraper;
le maquignon qui fait trotter sa harde de cavales brutes
avec des crinières et des queues vierges fait sonner des
esclapades de sabots de fer qui montent si droit dans le
ciel qu'ils ne viennent plus sur toi dans une direction
précise mais retombent du haut de la pureté comme la
pluie qui vient de partout. De quoi veux-tu guetter le
bruit puisque tout a l'air mort et désert sous le soleil
jusqu'au moment où tu rencontres brusquement l'homme
maigre au visage rouge avec sa moustache de vanille et
ses yeux de clous, ou brusquement cette charrette qui
sort devant ta poitrine comme qui dirait hors du vide
avec ces deux fillettes endimanchées sur le siège et qui
rient d'un rire immobile sur leurs lèvres silencieuses
depuis des kilomètres solitaires? De quoi veux-tu guetter
le bruit puisque tout le charroi se fait en silence et paisible suivant des lois de voyage comme en ont les moines
et les bêtes sauvages dans les paradis? Quand tout se
charrie sans arrêt et dans la paix sans que rien touche
ni ton oreille ni ton œil? Alors je vais guetter la poussière.
Le vent la soulève dans les endroits où il ne passe personne. Voilà ma route! C'est celle-là, là-bas, qui se
cachait dans le vallon! C'est peut-être celle-là, c'est
peut-être une autre. Ne la cherche pas, va; va devant
toi, marche, tout ça c'est la route! C'est l'arbre de toutes
les routes; dans ses embranchements il tient la peau du
monde debout, comme l'arbre du sang tient ta peau
écartée et sonore dans le vent, ô homme! Va là-dessus
avec ta charge et ton temps!

La route de l'ouest sort du village du Revest-du-Bion. Elle frappe tout d'un coup sur une telle splendeur qu'elle s'abaisse tout humiliée et éblouie et coule dans le pli d'une terre où elle cherche la cachette de la plus petite herbe. Le déroulement de la montagne et de l'espace est là devant. Il y a des montagnes qui habitent le pays des montagnes et elles sont si bien chez elles qu'elles ne sont même plus obligées à la grandeur et à la noblesse; des fois elles en ont; d'autres fois elles font voir leur grosseur et voilà tout, et qui n'est pas content n'a qu'à s'en aller. Ici la montagne habite un pays qui n'est pas exactement le sien. On la garde, on lui donne le droit de rester; tout le monde a le droit de rester; ici on a une très vieille sagesse, alors tout le monde a le droit de vivre librement et à sa fantaisie; mais précisément à cause de cette vieille liberté tout le monde ici a un sacré sens critique : la plus petite fleur qui n'a l'air de rien avec un rouge un peu bizarre, l'herbe la plus humble avec un gris dans lequel elle a mis toute la science de sa longue méditation solitaire, tout : la plus petite aiguille d'un pin. Il ne peut pas être question de débraillé colonial. On peut se mettre à son aise, on doit même se mettre à son aise; qui ne l'est pas perd la face, mais il y a la mesure et nul ici ne peut s'en passer sans tout perdre. La grosseur ne dispense pas de l'esprit et la montagne s'élargit là devant dans l'espace. Elle est restée montagne; l'hiver elle a des neiges dans lesquelles les hommes se perdent; l'été, elle fait pendre du haut de sa hauteur ses abîmes bleus bordés de sapins, les blessures de la pluie et des orages. Quand le vent se calme on entend chanter ses sauvages échos; son silence est d'une éloquence divine; des eaux de glace frappent sourdement ses assises dans le galop de mille chevaux verdâtres dont la glauque encolure se secoue au-dessus de la plaine avant de se cacher sous les jaunes forêts de saules. Mais rien ne se sépare brusquement, rien ne se juxtapose avec violence, tout s'ordonne : cette plaine est à mille mètres de hauteur dans le ciel et tout le dit, longuement, et avec insistance pour qu'on le sache bien : le bruit du pas sur la route, la pureté de l'air glacial, les juillets sur le blé vert, la netteté du plus petit détail, précis, à travers vingt kilomètres d'été. Dans la même journée, le blé vert qui vous vient ici au milieu de la jambe toucherait votre genou si vous pouviez vous mesurer avec celui qui est dans un champ à cinquante kilomètres d'ici; il serait déjà un peu plus jaune et votre pas marcherait sur une route plus sourde, déjà la chaleur sécherait votre nez et la brume vous cacherait l'horizon; à cent kilomètres le blé vous touche la hanche et il est déjà mûr; à cent vingt kilomètres d'ici le blé est déjà coupé et la viscosité des juillets de la vraie plaine brouille dans le sirop de l'air au-dessus des éteules vides les formes les plus proches des arbres, des maisons et des hommes. Tout s'écarte d'ici avec justice. Et le paysan du fond des plaines basses, s'il regarde cette montagne comme je la regarde, moi, d'ici, il la trouvera logique par rapport à l'endroit où il est, comme je la trouve logique par rapport à l'endroit où je suis. Les larges assises qui contiennent sa plaine permettent au divin sommet de ne pas l'écraser d'une puissance trop farouche, et pour moi elles m'ont haussé dans des quartiers du ciel où la présence de la montagne est une amicale compagnie. L'espace autour d'elle est tout libre; il y a de la place pour elle et pour moi et la splendeur secrète contre laquelle est venue s'éblouir ma route est qu'il y a de la place pour tout et qu'une matière divine accueille tout, et même moi qui arrive, sans qu'il y ait le moindre retard dans l'affection tout de suite accordée de ses vastes épaules légères dans le ciel clair.

A un moment, je tourne la tête : le village du Revest-du-Bion a disparu derrière moi. La route maintenant émerge lentement d'entre les sainfoins en fleur. Une ferme déjà basse dans ses murs s'aplatit de plus en plus à mesure que je m'éloigne d'elle et se cache derrière les châtaigniers. Devant moi, la route entre dans un bosquet de bouleaux. Ils sont très vieux; ils ont connu tous les temps depuis longtemps; ils sont couverts de cicatrices. Les plus vieux sont alignés le long de la route comme des piliers magiques, avec leurs écorces satinées et tout cet alphabet mystérieux des blessures séchées. Le bruit des feuilles est très léger, mais la lumière des feuilles est éblouissante, elle palpite, elle souffre, elle halète comme un énorme entassement de braises vertes. Il n'y a pas de vent. Le tremblement des feuilles ne cesse pas, il se transmet d'un arbre à l'autre. C'est le frisson de l'arbre même et, dans une petite clairière, sur un tronc tout adolescent, les feuilles tremblent plus vite avec une sorte de primesaut qui a l'air d'étonner beaucoup les gros arbres d'autour, car, au contraire, eux, en voyant ça, ils s'arrêtent immobiles, les feuilles pendantes, semblables alors à tous les peupliers.

Sur ce plateau ondulé comme la mer, tout disparaît dans des creux de vagues. On a à peine le temps de se retourner : la ferme, le village, l'arbre se sont enfoncés et d'autres choses émergent, justement à travers les bouleaux, la route se soulève, et au fond de l'avenue des arbres la montagne bleue apparaît. Je m'en approche. Cette route est solitaire. Cette terre est déserte. Rien ne s'émeut autour du bruit de mon pas. Les oiseaux s'occupent d'eux-mêmes tranquillement. Un renard aboie en plein jour. Un nuage de rossignols se bat avec une chouette. Les corbeaux se soulèvent et retombent à la même place. Trois personnes sont passées là avant moi aujourd'hui. Une fillette : elle devait avoir sept, huit ans, elle avait des sandales avec des semelles de caoutchouc quadrillé comme des gaufres; on avait dû les acheter à la foire. Elle traînait une branche d'arbre et à des endroits, la trace a effacé l'empreinte de ses pas. Elle allait d'un côté à l'autre de la route. Elle se dirigeait vers le Revest. Je ne l'ai pas rencontrée; elle a dû passer de bonne heure. Un homme qui avait de gros souliers avec des clous, celui-là, s'en va dans la même direction que moi. Et un cheval ou un mulet; sans doute un mulet. Mais à mon avis, il n'a aucun rapport avec l'homme : il va dans la même direction, mais il marchait d'un côté de la route et l'homme de l'autre. Ils ont dû passer là séparément : l'homme seul et, avant ou après, le mulet seul. Ils ne se connaissent pas; il n'y a pas d'accord entre les endroits où a marché l'homme et les endroits où a marché le mulet. Là, par exemple, la bête a dû piétiner et danser (c'est ce qui me fait dire que c'est un mulet; il a dû avoir peur de ce sapin tout noir qui sort brusquement d'entre les bouleaux argentés) et l'homme s'en est allé tout tranquille au même endroit. Si l'homme et la bête s'étaient connus, l'homme se serait arrêté pour lui crier quelques solides raisons calmantes mêlées à de légères allusions sur la qualité véritable du dieu créateur de cet animal. Non. Il y a dans ce piétinement et cette danse marqués là dans la poussière plus que le simple écart de la bête surprise; il y a la liberté du jeu. Elle a d'abord eu peur, puis elle a joué la peur, et, librement, elle a dansé devant l'arbre noir.

Je vois d'abord la lande à travers les troncs écartés du bosquet, puis les arbres se retirent derrière moi et brusquement la terre ouvre à perte de vue deux vastes

ailes de soufre. Il n'y a plus de couleur. Il n'y a même
plus d'étendue; plus rien ne la creuse, la marquant de
subtiles différences. Le ciel et la terre sont devenus
comme de la cendre. La montagne, malgré sa présence,
n'existe plus. L'énormité du silence sonne comme une
cloche sombre. Le bosquet de bouleaux a disparu. Il
s'est enfoncé dans une vague de la terre. Seules quelques
feuilles de leurs extrêmes rameaux surnagent encore,
puis aussi s'engloutissent. Et je suis seul avec la menace
d'un naufrage semblable; non pas que je craigne de
sombrer dans une vague de la terre moi aussi, car cela
m'arrive à tout moment sur ma route ondulée et chaque
fois j'en émerge, mais brusquement d'être obligé d'exister
dans un monde sans moyens de comparaison. Il n'y a
plus que du gris, du même gris pour tout. C'est le
plateau. Je ne sais plus dire si ce myosotis sauvage est
ici minuscule à mes pieds ou s'il est un arbre gigantesque
au fond de l'horizon. J'ai besoin de retrouver dans la
poussière la trace de ce pied d'homme. La trace de la
fillette ne m'aide pas, au contraire; on ne peut pas attendre
de secours de l'aide d'une petite fille qui a fait ce matin
paisiblement amitié avec ces dimensions anéantissantes.
Mais le pas de l'homme est là, bien marqué avec des
souliers qu'il a fait arranger de frais peut-être hier et
dont la moitié des clous de la semelle sont neufs. Et ces
pas vont en avant, quand il semble qu'on est déjà trop
en avant et que tout l'espoir est en arrière. Ces bouleaux
naufragés dans les fonds de la terre et qui étaient cependant, sur l'instant juste passé, des gloires de volupté pour
l'œil et pour l'oreille, il ne reste plus que du gris uniforme
sur le grand élancement des ailes de la terre, sur le ploie-
ment des vastes ailes de la terre qui s'est haussée jusqu'ici.
Marcher est sans signification. Il semble qu'on est
arrivé, mais là où on est il n'y a rien. Le pas n'a pas l'air

de déplacer, il parcourt l'immobilité. Il n'est plus un
élément de ma puissance; il est une preuve de ma fai-
blesse. Mais l'homme qui m'a précédé s'est constamment dépassé au milieu de ces territoires sans avenir.
Il n'a sans doute jamais été touché par la peur qui habite
ici et maintenant il est au-delà.

Je me demande si ce que je vois là-bas est une ferme à
forme de colline ou une colline à forme de ferme. La
sauvagerie est contre elle et sur elle. Ce volume — gris
comme tout le reste du gris et je ne peux pas savoir s'il
est loin et énorme ou s'il est devant moi à cent mètres —
a des lignes qui ont la logique des érosions cosmiques.
Je suis obligé de voir que la terre ne peut pas tourner sans
qu'elle pense constamment à cette chose-là. Et c'est une
ferme. Je me suis approché. Il n'y a plus de doute. Je
vois une petite fenêtre étroite comme celles qu'on perce
pour qu'elles servent à tirer du fusil. Elle n'a pas de
volet; elle est ouverte tout brutalement dans un mur sans
crépi; elle est pleine d'une ombre impénétrable. Il n'y a
pas de culture là autour. La terre tannée de vent et de
soleil touche ras les murs avec son herbe grise, ses pierres
grises, ses fleurs grises. Il n'y a pas de trace d'homme;
dehors il n'y a que ce mur défensif construit en pierres
brutes, sans ciment, ni mortier, avec juste un léger
scellement de boue grise. C'est un bastion imprenable.
Il n'a pas été bâti pour résister aux bêtes ou aux batailles
entre hommes, ou même à l'assaut du mystère, non,
c'est une citadelle armée contre le plus grand ennemi de
l'homme. Ici, dans ce désert, il n'y avait pas moyen de se
tromper, il n'y avait pas dix adversaires, il n'y en avait
qu'un : la condition humaine. Avec ces pierres crues,
juste jointées d'un peu de boue sèche que le vent effrite,
il fallait du premier coup s'établir le mitoyen de Dieu.
C'est la pauvreté invincible. Je longe ce mur qui sent le

bouc et le mouton. Il n'est pas hermétique comme un crépi. Il est hermétique comme une croûte de pain.

Ma route tourne un peu vers l'ouest, je passe devant le porche. La pierre sans artifice qui a été employée a obligé les mains à construire une arche ronde de grande portée, très haute comme s'il fallait faire passer dessous les grosses charrettes chargées de foin. Aussi loin que le regard peut aller il n'y a rien que l'herbe grise plus dure que du jonc. Il n'y a pas de bruit et les portes de la maison, au fond de la cour, sont fermées comme il semble qu'elles doivent toujours être, montrant leurs dos brûlés de soleil où le bois et les gros clous sont devenus blancs et luisants comme du sel. Je m'arrête. Je vois fumer le silence dans la tremblante réverbération sirupeuse des murs brûlants. J'entends un pas très sec. Du fond de la cour s'avance un paon qui traîne sa queue. Il est presque venu jusque sous le vaste arceau buveur de vide. Il me regarde. Sa poitrine est d'un bleu si farouche qu'en un clin d'œil je vois disparaître tous les murs qui sont autour d'elle. Quel immense chargement de fourrage magique peut entrer désormais dans cette place! La porte qui me paraissait trop grande, elle est maintenant à la taille du monde. L'oiseau a fermé les yeux. Je ne sais pas s'il a frémi; je crois plutôt qu'il est resté immobile et que ce que j'ai vu n'était que l'approfondissement des splendeurs de la pauvreté. Il a ouvert ses ailes. Il n'y avait personne, moi je ne comptais pas. L'oiseau aux paupières fermées était encore plus hermétique que l'armure de pierres crues. Ou bien c'était une de ces féroces et suaves leçons dont le monde instruit les hommes libres.

Je m'étais trompé : le mulet et l'homme aux souliers cloutés se connaissent. Je les ai rejoints. Ils s'étaient arrêtés côte à côte, dans un endroit où il n'y avait rien

que de la poussière. Je les ai vus de loin parce que le
mulet se vautrait et faisait fumer la terre. L'homme
venait de le débarrasser de deux grosses couffes de toile.
Comme j'arrivais près de lui il était en train de les ouvrir
et de vider à côté un tas d'orge. Il y avait dans cet endroit
une odeur extraordinaire très particulière. Le mulet
s'était arrêté de se rouler par terre; il était resté un
moment immobile, les quatre fers en l'air, il avait éternué, puis il s'était dressé et, tout blanchi d'un plâtre
sauvage, il s'en allait lentement tête baissée contre le
grand ciel. Le ciel était entièrement rond, non pas seulement par sa forme mais par la forme immatérielle de la
montagne et du plateau qui, à eux deux, se joignaient en
une courbe de très large évasement. L'odeur qui étonnait
était familière, mais on n'arrivait pas tout de suite à la
nommer. Elle avait, elle aussi, de trop grandes dimensions.
Tout d'un coup, je la nommai en moi-même : c'était
l'odeur du blé mort. Je regardai autour de moi. Tout était
vide sauf ce tas d'orge. Je dis blé mort car ce n'était pas
l'odeur du champ de blé, du blé sur pied qui quoique
mûr, même au-delà de la maturité, reste attaché à la
terre et porte la saveur vivante d'un grain destiné à la
reproduction logique de la plante. C'était le goût poussiéreux d'un charnier de céréales, l'endroit où la chair du
grain a subi les préparations humaines qui transportent
ses fins vers la reproduction de l'homme. L'odeur du
champ est une odeur purement matérielle (je veux dire
qu'elle est d'un esprit inhumain). L'odeur qui reste sur
les aires est une odeur spirituelle; il s'y est ajouté l'esprit
de l'homme. C'est la plus ancienne transformation de
matière de l'histoire. C'est la première; et c'est resté la
première; toutes les autres lui sont encore sujettes et le
seront toujours. Cette odeur était ici à l'état pur et elle
avait de telles dimensions éclairant sans équivoque

possible cette première manifestation de l'esprit, qu'elle composait à ces lieux une âme préhistorique absolument éternelle. L'homme aux souliers cloutés était plus récent; il avait aussi domestiqué le mulet, si on peut appeler domestiquer ces claquements de langue avec lesquels il essayait de le retenir tout en versant son tas d'orge, pendant que l'autre continuait d'appuyer pas à pas son front baissé contre le disque rond du ciel gris, dans un jeu profondément intérieur et dont la jouissance le secouait tout d'un coup comme un jet, des fers à l'oreille, puis il retombait sur ses quatre pattes et se remettait à marcher lentement.

Les hommes de la Provence haute parlent peu; ils mènent eux-mêmes un jeu entièrement intérieur. L'odeur si extraordinaire ne pouvait pas venir de ces petits tas d'orge; elle était partout, pendant que je regardais, autour de moi, cet endroit anormalement plat, sans une bosse ni une pierre sauf quatre ou cinq rouleaux de marbre, un ici, l'autre là, blancs comme de vieux osselets, dans tout ce vaste. Je dis que je venais du Revest; l'homme répondit qu'il fallait que je me sois levé matin. Je demandai : « Et alors, qu'est-ce qu'on va faire? » Il souleva la toile de sa couffe et de dessous il tira un van : « Voilà », dit-il. Je fis exprès de renifler fort en me tournant de tous les côtés. « Ça sent le blé. Ce sont les aires. » Il désigna tout le vaste avec sa main courte et il empoigna le van. « C'est du grain de l'année dernière. » C'était évident puisqu'on était en juin. Il ne répondit pas, mais restant accroupi, il claqua de la langue pour le mulet qui en avait besoin, s'étant arrêté en pleine terreur devant un chardon comme devant les armes d'Achille.

Dans un roman tout s'explique, même le plus mystérieux, surtout le plus mystérieux; non seulement il s'éclaire, mais il éclaire tout le reste. Dans la vie de la route, le plus simple reste mystère. Quand vous arrivez sur un point quelconque du territoire, les gestes du minéral, du végétal, de l'animal ou de la chose humaine ont commencé bien avant votre arrivée et se continueront bien après votre départ. Là encore vous ne voyez ni source ni aboutissant. Et je ne parle pas au point de vue historique, mais je parle de l'exercice quotidien de la vie qui est la véritable histoire. Quand en passant vous voyez cette pomme au bout de la branche, pour vous elle est là, mais vous êtes à peine au détour de la route qu'elle tombe sans bruit dans l'herbe et continue par rapport à vous une sorte de vie souterraine, quand vous croyez qu'elle est toujours là. Et même, si elle était d'un rouge violent, bien au bout de la branche appuyée contre un ciel extrêmement bleu, presque noir de bleu à cause précisément de ce rouge féroce qu'elle y appuyait, maintenant elle a disparu et toute l'harmonie est changée, elle est en train d'en composer d'autres qui sont tout aussi importantes pour le visage du pays mais que vous ne connaîtrez pas. Et si je dis une pomme il y a aussi les fleurs du châtaignier qui, suivant l'heure ou le vent, pendent comme de petits gants d'enfants en laine jaune ou éclatent comme des étoiles drues; il y a le paysan qui entre dans le village et qui avant de disparaître vous regarde avec des yeux d'un feu étrange. Il y a les deux ou trois paroles qu'on vous dira, mais l'essentiel est ailleurs, et une autre fois on vous dira brusquement l'essentiel, mais le vrai ton du pays c'est aussi deux ou trois paroles sans importance. Un homme porte un sac. Il s'est ajouté à toutes les impressions de vos sens avec son sac et son pas ralenti. Il faut savoir que tout en vous-même était fonction de lui-même, pour si peu que ce soit, mais totalement : la lointaine barre des collines, le déplacement des colonnes visqueuses de la chaleur, le chant des mouches, la route tout entière. Quand il vous aura dit au revoir, prenant un chemin de terre qui va à sa ferme, il se débarrassera du sac et cet homme neuf ira couper des roseaux, ira faucher le pré, restera immobile debout dans les champs, parlera à son cheval, tout autour de lui, prenant aussitôt un nouvel ordre. Mais il n'y a pas que lui et il n'y a pas que les hommes et les villages, il y a tout le reste aussi : oiseaux, bêtes de par terre et bêtes d'air, et même les bruits et les couleurs et le coulement des choses insensibles : l'eau, le vent, l'ombre des nuages, la pluie, le sourcillement soudain des horizons montagneux sous des orages et la descente de l'ombrageuse sévérité sur les plaines où riaient les reflets des feuilles de la vigne; et il y a votre déplacement sur la route qui traverse ces perpétuelles transformations. Rien ne supporte un drame; tout est le drame. Il n'est pas nécessaire de savoir ce que faisait le bûcheron marchant, la hache à l'épaule, dans le sentier qui montait à travers les yeuses, ni d'où venait le colporteur de fil et aiguilles qui pliait sous la bricole de sa boîte de bois, ni pourquoi cette femme maigre attendait au bord de la route avec ce visage extraordinairement passionné, mais plus lent d'expression que la pierre. C'est aussi pourquoi il n'est pas nécessaire de savoir de quand date le porche de l'église ou cet arc de triomphe sous lequel écume l'onde enracinée du champ d'avoine. Il n'y a pas d'histoire. Rien ne s'explique. Le temps ne passe que dans le rouage des montres.

Je ne sais pas pourquoi cet homme est venu vider ses deux tas de vieille orge sur la terre plate. Il est de petite taille mais râblé. Il a des pantalons de velours brun et un gilet pareil tout déboutonné. Il a retroussé jusqu'à mi-bras les manches de sa chemise. Son visage est couleur d'argile. Son poil est plus que blond : il est couleur de soleil, c'est-à-dire plus lumière que couleur, et ses moustaches éclairent violemment sa bouche qui est alors dure, serrée, sans lèvres, rayonnante de minces rides. Ses sourcils sont à peine un peu plus foncés ou peut-être le paraissent-ils à cause des yeux clairs comme rien et cependant graves. Et ils fixent bien. Le coup d'œil passe justement dur comme un coup et il n'y a rien à ajouter. Sous son chapeau de feutre noir il doit avoir une tête ronde comme une boule. Il parle comme une tête ronde, avec un mot qu'il tire péniblement du fond d'un énorme jeu intérieur et qui d'un seul coup dit tout ce qu'on peut vouloir dire. Il agit comme une tête ronde avec de grosses mains mafflues qui s'abattent sur la chose, serrent, trafiquent, obscurément, se relèvent, et le travail est fait.

Je suis ici sur les plus hautes aires de la Provence, la plus haute terre du pays sur laquelle on ait jamais foulé du grain, le plus haut endroit où l'on ait jamais humanisé de la céréale. Cette aire a été inventée et construite (car c'est construire que d'aplanir avec la danse des chevaux) par dix familles. Et les dix familles s'en servent encore, dix familles où, depuis l'invention de l'aire, tout s'est modifié à travers peut-être vingt grands-pères, pendant que un à un se séchaient les ventres des grands-mères et que l'humide fécondité mouillait peu à peu le cœur des filles; ou plus rien n'est pareil depuis le jour où les hommes qui devaient avoir aussi des poils de soleil se sont réunis sur la terre la plus haute du territoire pour y aplanir l'aire. Mais les familles sont demeurées. Les fermes sont toutes autour d'ici sur toutes les pentes descendantes de la terre, orientées dans tous les sens du vent, semblables à la grange muette de tout à l'heure avec ce paon qui s'est endormi sous le porche, ayant, elles aussi, des basses-cours de paons dont il semble qu'ils tirent plus de joie à les regarder marcher gravement, puis soudain à s'éblouir de leurs éclatements silencieux à l'heure où le soir a lâché son vent aiguisé, où, plus que la fatigue, la pureté sombre du ciel ne supporte plus le travail, où il faut rester immobile et cependant continuer à être habité. Façon de résoudre le problème qui est bien dans la manière des têtes rondes : faire entrer l'oiseau princier dans leur vie franciscaine. Je ne connais aucune basse-cour de paons dans les pays ailleurs qu'ici. Il n'y en a pas dans les fermes riches installées dans les alluvions potagères. Ce serait pourtant d'un aussi bon rapport que les poules. L'oiseau est énorme et succulent; l'odeur de sa graisse donne appétit à des kilomètres à la ronde et sur l'entrelacs des routes plates les camionnettes pourraient en porter des cargaisons vers les villes. Il n'y en a pas. Et c'est pour une raison spirituelle. Ici il y en a. Il y en a parfois des troupeaux de quinze à vingt dans ces fermes éloignées de tout trafic, où il est impossible de rien vendre, où vivent pauvrement des hommes secs aux yeux bleus. Ils regardent vivre à côté d'eux les oiseaux magiques; quelquefois ils en mangent, mais alors ils brûlent les plumes, et ce sacrifice désespéré est aussi dans la manière des têtes rondes.

Les hautes terres déroutent. La violence de cet endroit de Provence en a écarté les voisins et les caravanes. Il a gardé sa pureté préhistorique et c'est elle qui brusquement vous pousse sur de nouveaux chemins. On n'est jamais venu regarder la Provence d'ici. C'est pourtant d'ici qu'elle coule tout autour à partir de cet émergement nu. Plus bas que moi, dans le sud, je vois les falaises bleues de la Sainte-Baume et le vaisseau de

Sainte-Victoire chargé de toiles grises; dans l'est, près de moi, le Ventoux toujours immatériel mais qui fait gicler des jets de vent avec la pesanteur de son ombre; au nord, les rochers de Saint-Julien; les montagnes paysannes des Baronnies et du Nyonsais; à l'est, les frégates toutes neuves des Alpes de Provence, avec leurs voiles d'une glace éblouissante qu'un vent éternel empèse. Dans le silence et la pureté d'ici, où rien ne se mêle, on entend le grondement de la véritable histoire. Sur le plus haut enrochement central de ce pays demeurent les saintes qualités d'une pauvreté sereine. Rien n'était facile et tout a été fait. Depuis le jour où dix hommes de dix familles ont traîné ici leur blé prisonnier, l'ont foulé sous les pieds des chevaux, l'ont apuré dans le van du vent, ont broyé les graines entre les pierres plates et sonores, ont changé le sens de la plante, ont fait de sa chair une nourriture pour leur chair, reste ici l'odeur spirituelle du plus haut et du plus pur charnier. De ce jour-là tout était découvert; et ils n'ont rien ajouté. Ils ne sont pas de ceux qui descendent après avoir monté. Ils restent sur la hauteur. Ce dépouillement qu'elle exige, ils en ont fait facilement leur habitude et leur aise. Ils ont compris qu'ils ne pourraient rien ajouter; qu'ils possédaient l'essentiel. Leur gloire d'homme était assurée. Il ne restait plus qu'à vivre avec elle dans des jours que la paix allongeait dangereusement. Ils n'ont peut-être jamais eu de tentations. Le racinage des hommes n'aime pas les sols tendres, mais dans la roche la plus dure il assure des assises éternelles.

L'homme vannait l'orge. Il s'était tourné pour m'éviter le vol des balles; un léger vent s'était levé qui les emportait dans les mille reflets du soleil. Il avait des gestes lourds. Virgile était un poète ultra-moderne; Homère était mort hier; seul peut-être, Noé, à sa pre-

mière sortie de l'arche, avait dû vanner son orge avec la
pesanteur puissante de cet homme. Il aima mon silence.
À plusieurs reprises, au moment où il rechargeait son
van, il me regarda et je vis bouger sa lèvre comme s'il
allait me parler. Mais il se remettait au travail. Cependant il était en train de faire son compte. Je l'entendais
écouter des choses qui pour d'autres n'ont pas de
voix. Son âme était un bestiaire de saint. L'alouette y
parlait, et le geai, et les lourds corbeaux que le vent
renversait dans les profonds naufrages célestes dont ils
se relevaient avec de violents coups d'ailes et un cri.
Il avait l'habitude de voir arriver la belette avec son
cou tout huileux sur lequel la tête ne peut pas rester
immobile. Il avait précisément quelque chose à lui
expliquer, à propos de ses oiseaux personnels à lui qu'il
entendait garder vivants. Pour sa joie personnelle.
Indiscutable. Le péché est surtout un empêchement. Sur
toutes les pierres brûlantes de son cœur se chauffaient
des lézards aux gorges fragiles et des serpents cachaient
sous le feuillage de son sang leur petite tête aux yeux
dont la cruauté n'est que suprême intelligence. Sa glo-
rieuse pauvreté l'autorisait à tout sermonner. Il me
parla enfin. En attendant il me demanda des nouvelles
de ma route et de toutes les routes et il parla à cause
d'elles du ciel et du soleil pur, nécessaire, attendant
que tout son bestiaire pût enfin m'offrir le don royal
des animaux. Le vent levé, froid et de belle allure, avait
donné à la pureté et à la solitude environnantes un
éclat d'arme aiguisée. Il avait soulevé des rumeurs qui
venaient de lointaines vallées. Une odeur de suave
humanité s'était ajoutée à l'odeur du blé mort. Elle
venait des montagnes paysannes où habite une vie
patriarcale. « Le parfum que j'aime le mieux, m'a dit
enfin l'homme, c'est l'odeur de la vigne. »

A partir d'ici la route descend; elle se casse deux fois, d'abord dans le col des Ayres, puis dans le col de Fontaube et brusquement elle se met à bouillonner de tous ses anneaux pliés et repliés dans les effondrements poussiéreux suspendus au-dessus de la vallée de l'Ouvèze. Elle y arrive et frappe contre un torrent gris, froid et en plein silence; de temps en temps il regarde un peu de côté avec un œil qui semble soudain vert et peut-être aimable, mais tout de suite il cache sa tête grise et la pousse le long de son lit de schiste sous des roseaux brûlants, des saules et d'admirables peupliers-trembles qui font jaillir en eux toute la grâce de l'eau. De chaque côté de la vallée s'étagent de petites propriétés d'oliviers. Elles sont soutenues les unes au-dessus des autres par de petites murailles de vieilles pierres. D'orgueilleux orchis militaires sortent des trous des murs et montent tout raides avec leurs grappes de fleurs couleur de vin. Les oliviers sont petits et comme tout usés de soleil avec très peu de feuilles et toute leur trame est apparente. Ils ne font pas d'ombre. Ils sont comme des sortes de bulles de salive divine. Ils sont soignés et propres. Ils ne font aucun bruit. On entend chanter la bêche parfois très haut dans la hauteur, sur chaque terrasse qui est une « propriété ». Il n'y a pas plus de dix de ces arbres immatériels et ils sont l'apaisement du désir de toute la vie d'un homme; un de ces hommes qu'on rencontre parfois sur les petites routes, là alentour ou sur les grandes routes qui croisent de partout à chaque embranchement de vallées pendant que des ruisseaux venant de droite et de gauche se joignent à l'Ouvèze, avec juste deux ou trois grosses paroles d'eau, puis, ensemble et silencieux, ils continuent à parcourir la vallée sous le frémissement aqua-

tique des peupliers; un de ces paysans qui descendent
des petites vallées adjacentes venant de ces villages
qu'on voit là-bas au fond, au milieu de déchirements
de terre où se découvre une ocre entièrement pure,
bordée de vertes prairies et de parfois un pin ou deux
penchés sur le jaune chaud de la terre. Tout à fait le
village qu'il faut à ceux qui se contentent de peu, et
par conséquent ont le droit de tout avoir. Les routes de
tous les côtés claquent comme des longes de fouet à
travers les vastes pâturages brunis de carex. De chaque
côté elles s'échappent, ondulant comme des dos de
chevaux pour gagner de la hauteur, soit de l'autre côté de
l'Ouvèze, vers la gauche, pour s'en aller vers les villages
à travers les forêts de chênes, soit vers la droite pour
sauter en étalant chaque fois son dos, de gradin en
gradin, vers des ermitages ou des chapelles votives, sur
le portail desquels on a gratté la trace du bouclier de
Pallas et redessiné le geste des bras pour déposer dans
leur courbe un enfant auréolé que la sagesse garde ainsi
drôlement avec un insolite regard de Méditerranéenne
crúelle; ou vers des villages postés très haut dans de
grands découverts bleus. La route qui suit l'Ouvèze
commence à s'aplatir entre d'épaisses moissons. Elle
croise déjà d'autres routes dont l'embranchement sent
la poussière torride et le désert. Mais elle se recourbe
contre le ventre des montagnes paysannes et elle remonte
franchement au nord dans un pays où des villages nobles,
portant de vieilles ferronneries, des porches à bla-
sons et des couronnes de château fort, viennent s'age-
nouiller à côté d'elle dans le crépitement des ceps de
vigne. Des hommes coiffés du chapeau de feutre noir
à larges ailes marchent à pas lents dans de la bonne
terre bien labourée et toute propre. La route est devenue
comme une reine. Tout le long du nord-ouest un allon-

gement de collines paysannes la suit avec maintenant
des roches décharnées, des reins échinés par la pluie,
portant encore parfois un tout petit verger d'oliviers
transparents, ou bien un champ de blé pendu sur la
pente et dont le carré vert bien délimité gonfle la couleur sauvage du reste de la colline. Tout le bon de la
terre a été râpé par les eaux et charrié dans ces parages
que la route traverse. Les vergers y sont épais. Les
oliviers composent d'immenses temples silencieux et
sombres; la vigne avec ses bras noirs tout tordus en-
vahit les champs les uns après les autres; les terres les
plus solitaires portent des forêts d'amandiers brûlants
dans des feutres d'herbes dures, de chardons et de thym
qui mélangent sous l'ombre claire les somptueuses
couleurs de leurs fleurs bleu-jaune et rouge franchement.
Les villages arrivent les uns après les autres près de la
route. Ils en ont besoin, ils la soignent, ils vivent près
d'elle; ils dorment près d'elle; ils ne la quittent pas.
Ils l'accompagnent pendant quelque temps avec des
maisons et quand elle s'en va plus loin à travers les
champs, des fois encore une ferme s'approche, écarte
ses arbres avec son mufle de porte ronde à marque
seigneuriale et souffle sur le bord de la route sa cares-
sante respiration pastorale. La route elle-même a pris
une allure plus raide. Cette adoration ne lui laisse plus
guère de temps. Il semble qu'elle veuille en remer-
ciement s'occuper de la chose publique. Elle va droit
d'un endroit à l'autre avec des gestes un peu cassants
mais malgré tout utiles. Elle ne va plus fréquenter toutes
ces gorges sauvages, ces déchirures de collines qui de
temps à autre, par-delà un léger rideau d'oliviers encore
très maigres, laissent entrevoir le long ruban soyeux
d'une chute d'eau ou le guet désespéré d'une tour cré-
nelée. Mais elle porte de longs groupes de paysannes

noires toutes chargées de paquets noirs posés en équilibre sur la tête et qui vont comme ça à la file indienne,
ondulant toutes de la même ondulation de ventre dans
leurs grosses jupes rondes. Des hommes partent pour
longtemps avec des carnassières de cuir gonflées de fromages secs, de pain dur et de miel. Des boggeys em-
mènent des maîtresses de fermes habillées du dimanche,
étalées et pesantes, avec des seins comme pour huit et
des colliers de mentons, à côté du petit valet maigre; ou
bien parfois elles conduisent elles-mêmes avec des mains
rondes où une grosse bague ou deux sont enfoncées
dans la graisse. Des maîtres dépassent tout le monde
sur des tilburys craquants et déhanchés mais traînés
par de longs chevaux fins qui galopent avec toutes leurs
pattes repliées sous le ventre. De petits bergers crient
et moulinent des bras près de vingt moutons endormis
qui se réveillent brusquement et font tout le contraire
de ce qu'il veut; alors il court de partout et il danse
avec son chien bruyant. Des hommes verdis de sulfate
quittent les vignes, montent sur la route, frappent du
soulier pour se délivrer de la grosse empreinte de boue.
Des groupes d'ouvriers des champs s'en vont les mains
dans les poches, faisant sauter sur leur dos de toutes
petites musettes mais un très gros accordéon. Le ton-
nerre gronde dans les collines; son écho ébranle de
grands pans d'air plat. Les arbres se taisent. L'ombre
de la pluie dévale des monts, avale les champs sur la
pente puis les champs bas. Le vent frappe les arbres
puis, tout d'un coup, l'orage raide et blanc. La terre
fume. Les femmes se sont arrêtées sous les platanes. Les
ouvriers courent; l'accordéon crie; le tilbury galope
dans des gerbes d'eau. Le boggey tourne en boitant
dans un chemin de terre et se met à l'abri sous le porche
d'une ferme. La voix des ruisseaux soutient une longue

note de plus en plus ronde, de plus en plus pleine, de plus en plus sombre. Mais l'ombre peu à peu se retire; la lumière monte; le vent tombe; une grosse goutte claque sur une feuille; les ruisseaux parlent aux petites herbes près d'eux; l'orage écrase son épaisse fumée et ses reflets dans le fond le plus lointain de la plaine. Les paysannes se remettent en file indienne et l'ondulation du ventre reprend pas à pas. L'ouvrier essuie l'accordéon qui grogne comme un petit porc. Le boggey sort de son abri, boite deux pas dans le chemin de terre, monte sur la route et dépasse tout le monde au petit trot pendant que la maîtresse de ferme essuie de ses mains grasses le satin de son immense gorgerin. Ici la route partage la vie d'une humanité abondante. Mais il reste encore beaucoup de sauvagerie de tous les côtés. La nuit, le sanglier vient jusque sur la route renifler des réseaux de traces; le renard y cache la sienne en se vautrant dans le crottin frais des chevaux. Au plein des midis, les aigles de la montagne descendent sans un geste jusqu'au-dessus de la grande trace blanche et y restent suspendus, la suivant lentement tout de son long, comme emportés par une sorte de magnétisme. Souvent dans ces quartiers, les maisons, les villages, les fermes reculent et tout d'un coup la route se tord entre de rocheux habitats de buis sévère. Sur les pierres plates les vipères se chauffent; les énormes lézards verts traversent la route avec de petits sauts fébriles mais sans hâte. Il y a soudain un silence brûlant qui efface tous les bruits humains et seul contre la branche d'un platane bourdonne le bivouac de quelque essaim d'abeilles sauvages échappées des hauteurs. Mais chaque fois la route se plie sournoisement vers un sud où, dans les meilleures journées, dort une brume jaune au travers de laquelle luisent, comme étouffés, de

longs alignements de peupliers argentés. Chaque fois
que le brouillard se soulève, il découvre des étendues
vertes sans bornes qu'il cache tout de suite sous sa retom-
bée. La vie d'immenses jardins sombres halète sous le
rideau de la chaleur. Il ne semble pas que la route
s'éloigne des villages couronnés de vieilles couronnes
seigneuriales. Ils sont toujours là dans leur aristocratie
un peu délabrée, mais les montagnes paysannes se sont
abaissées derrière eux. Les aigles ne viennent plus. Des
armées d'alouettes débouchent de tous les bosquets. Les
chardons ont des fleurs énormes et des feuilles un peu
plus molles. Toutes les nuits, une loutre sortant du
ruisseau vient se plaindre et gémir au bord de cette
route qui s'en va, qui se hausse maintenant le long
d'une longue montée régulière comme un tremplin. Et
puis du haut, alors, d'un seul coup elle coule. Le pays
où elle a sauté ouvre devant elle une emphase royale
de feuillages. Une caravane de peupliers s'avance en
agitant des feuilles d'argent. Des alignements de cyprès
sortent de la brume. Des ormeaux épais découvrent les
chemins de maisons aux larges façades. De lourdes
yeuses s'agenouillent sous le poids de miel de leurs
fleurs. De monstrueux lacs d'avoine dorment dans des
barrières de bouleaux. Des platanes accouplés, aux larges
poitrines et dont les bras jamais taillés dressent jusque
dans les hauteurs du ciel des toisons miraculeuses
d'ombres, apportent des fontaines ruisselantes de mousses
et de perles et des bassins où, dans un goudron trans-
parent, se déroule la chevelure blanche des nymphéas,
pendant qu'au fond des reflets de poix chante le chant
d'amour des crapauds. Des acacias écrasent des grappes
de parfums sous le pas des hommes. Des ruisseaux
tordent des eaux d'huile sous des entassements de
sureaux; et sur les bords mêmes où Ophélie s'est enfin

amarrée, de lourdes populations de soldanelles agitent leurs couronnes bleues et les carex à flocons déroulent l'hermine légère de leurs fleurs de neige. A mesure que se soulèvent le brouillard de la chaleur et le plomb des orages, des perspectives d'arbres s'enfoncent dans les lointains de plus en plus démesurés. Un océan illimité de pâturages couvert de tous les jaunes et de tous les bleus, jetant contre les troncs des écumes de myosotis, emporte jusque dans l'extrême large des bosquets de tilleuls, des haies de sorbiers, des allées de marronniers, des talus de roseaux, des rondes d'érables, le compagnonnage deux à deux des chênes héroïques de la forêt ancestrale et les longues files noires des processions entrecroisées des cyprès aux capuchons plus sombres que le ciel, cependant sombre, et que le soleil n'éclaire pas mais couvre; dans l'extrême fond de l'air épais qui ne se soulève jamais, des fantômes d'arbres gris, tremblants comme des bouquets de laine, emportent et continuent dans des au-delà invisibles les débordements de cette royauté végétale. Des villes plates, mortes comme des médailles, dépassent juste les avoines de leur exergue tuyauté de génoises. Des nœuds de routes serrent la route; des routes grouillent sous les herbes. De tous les côtés, des chemins où il faut fouler des graminées sauvages contournent de mystérieux bosquets, mènent à de paisibles maisons aux grandes joues, aux larges fronts, avec de nobles chevelures de rosiers fleuris dans lesquels chante un rossignol. Des perrons de briques descellées, jointées d'herbes aiguës conduisent à des parloirs où peu à peu, au fond de l'ombre, commence à luire le double mortier écarlate d'un portrait de magistrat ou la sabretache cloutée d'or d'un hussard. Une douceur où tout compte emplit les vastes corridors et les cages d'escaliers qui accompagnent vers la verrière une énorme

plante grimpante en fer forgé. Chaque degré hausse
vers la sagesse au-devant de l'odeur de cuir des vieux
livres. Pendant qu'on peut entendre le ver qui ronge
le bois des lambris, dans des salles si vastes que les
murs se perdent dans la nuit, les rideaux verts du lit à
piliers et le reps grenat du fauteuil éclairé, devant la
haute fenêtre à petits carreaux glauques à travers lesquels
on voit dormir les arbres et la pluie marcher sur le mélange inouï de toutes les frondaisons dans une paix qui
n'a plus de rivages. Là-bas la route passe avec ses pié-
tons qui s'en vont d'avenue en avenue. Dans ces Champs-
Élysées de vivants, de tous côtés des perspectives emportent le regard le long de sombres couloirs d'arbres.
C'est un grand marécage de routes et de feuillages si
voluptueusement entremêlés qu'ils ne peuvent plus
se démêler les uns des autres. Les ruisseaux d'arro-
sage chantent la paix sous les échos des vergers avec
leurs grosses cordes détendues qui claquent dans la terre
grasse. A mesure que la route s'enfonce de plus en
plus profond dans ce glauque avenir, derrière elle son
passé s'efface dans les innombrables serpentements qui
contournent les bosquets. Il n'y a plus que l'arbre,
l'herbe, l'eau, les murs dorés des villes rondes et silencieuses, le visage large des maisons solitaires à travers
les branches, les avenues qui portent, d'avenue en
avenue, et, parfois, dans la clarté laiteuse d'une clairière
de prés, un cheval rouge tout nu qui galope pour son
plaisir à travers les fleurs. La route marche sur un sol
plat et élastique sous lequel frissonne le glissement d'alluvions vivantes. La souplesse des limons étalés sur ces
territoires illimités parle d'un fleuve immense. A des
moments de grand silence, quand s'arrête le craquement des branches des ormeaux, le balancement pelu-
cheux des cyprès, le doux ressac des hauts pâturages,

les oiseaux se taisent et du fond de l'horizon monte le
mugissement d'un taureau de la terre. Mais, si loin que
peut aller l'imagination, de tous côtés les formes ne lui
proposent que l'étendue du royaume de l'arbre. Seule
une mystérieuse logique assure que cette paix végétale
ne peut finir qu'agenouillée aux bords d'extraordinaires
eaux. Un orient imperceptible ordonne toutes les directions. Maintenant, à travers tous les embranchements la
route aperçoit de chaque côté d'elle, au fond des issues,
des arbres plus bas, ou bien l'essence sauvage de chênes
dépaysés, ou bien un arbre solitaire qui parle de lointaines montagnes. Une sorte de charroi immobile
amène au-devant d'elle des végétations étrangères. Haut
par-dessus les poussiers charbonneux du soleil, une
déchirure claire s'écarte dans le ciel purement bleu. Une
énorme respiration circule. Mais dans les horizons
dégagés montent les bizarres entassements de petites
villes modernes toutes grinçantes de ressorts et qui
perdent de la vapeur par tous les joints. Au bord de la
route des moignons de peupliers abattus arrêtent chaque
pas avec un parfum nostalgique de champignon. Une car-
casse d'automobile brûle lentement de toutes ses rouilles
dans un champ de coquelicots. Des décisions munici-
pales interdisent aux nomades de s'arrêter. Des brasse-
ries plantent des terrasses de parasols côtelés d'orange.
Des jeux de boules tissent des toiles d'araignée dans
tous les coins. Un train qui ne s'arrête pas siffle éperdument sans savoir pourquoi. Un règlement taille les platanes à hauteur d'homme. Un soleil cru colle les doigts
les uns contre les autres, emmaillote les bras et les jambes,
ne permet plus que le mouvement des langues dans
les bouches; comme le mouvement des serpents aveugles
au fond des cavernes de la terre. Toutes les ombres
sentent l'anis. Des vélocipédistes en maillot disputent

des courses accompagnés d'un énorme lion de carton
noir qui joue sans arrêt du cor de chasse. Des commis
voyageurs débarquent de la gare avec de grands faux
cols et de grandes valises. Un journal abandonné se plie
et se déplie dans le vent et s'en va en frottant son ventre
sur la terrasse du café. Un pharmacien fait des vers en
provençal au dos des analyses d'urines. Un homme
immobile, assis et les bras pendants, injurie Dieu soigneusement jusque dans les plus extrêmes ramifications
de sa famille. Le cercle républicain réunit douze barbes
à deux pointes pour construire l'avenir total de toute
l'humanité sur le radicalisme. Un royaliste plein de
sciatique essaie de marcher gaillardement devant la
porte de l'usine. Des ouvriers à ventre de Lucullus
discutent sous les platanes de l'importance de l'ordre
dans la fin du monde. Des affiches contradictoires
affirment dans leur succession qu'à la fin du compte tout
le pays est habité par des canailles. Les hirondelles
réunissent toute leur tribu sur le central télégraphique.
De temps en temps, dans le ciel clair, un énorme oiseau
rose aux longues pattes noires passe en poussant un cri
sauvage que personne n'entend. La route de Paris s'aligne
avec un orgueil de monstre, entre les piliers rouges
de ses postes d'essence et sous d'innombrables feuillages
de zinc où flottent les mérites de diverses « oil ». Mais
elle a comme toutes les routes un défaut par lequel on
peut la vaincre. Elle est plus longue que large. Dans
les vingt pas de sa largeur la route la traverse, tombe
tout de suite dans de torrides sables gris, tourne à travers les roseaux, les osiers, les vernes, les saules et les
aulnes et de nouveau elle est seule et pure. Un gros
cheval attelé à un tombereau bleu dort à côté d'une
pelle plantée dans du gravier. Le mugissement sourd
du taureau compose le silence. Sur la route même le

sable gris se creuse à chaque pas d'empreintes noires, où luisent brusquement, puis s'éteignent de minuscules salives d'eau. Le vent souffle du nord et sans qu'on puisse encore comprendre l'inclinaison générale des terres, on sait qu'il descend. Des flaques troubles comme des perles se cachent maintenant sous les buissons d'épines. Les gestes d'un immense vivant invisible creusent dans la chaleur des trous d'humidité toute fraîche. Quelqu'un bouge tout près d'ici dont les mouvements entraînent le ciel. L'air sent le poisson sauvage comme si on secouait des filets de pêcheurs. La route n'a plus de berges; elle se perd de chaque côté dans des sables gris. Une extrême variété de plantes et d'arbres habite sans ordre de tous les côtés. De petits sapins touchent d'énormes platanes, des herbes de la montagne sont mélangées à des herbes de la plaine, de petites gentianes presque sans couleur et des céréales de toutes les qualités. Cette terre parle d'une force qui charrie les montagnes par-dessus les plaines. Tout est couvert de poussière de sable; le vent la soulève en draps flottants, la fait battre dans tous les feuillages, la couche sur de larges pièces d'eau dormante où elle pleut en mille piquetages comme la pluie, cassant brusquement en éclairs la danse d'innombrables petits poissons argentés. Le sol est plus mou. Le ciel est clair; une respiration joyeuse l'ouvre jusque dans les profondeurs où des routes aériennes s'élancent. Une joie luxuriante éclaire toute la nudité des espaces. Le mugissement appelle tout près d'ici et gronde dans toutes les directions. Un martin-pêcheur immobile écoute entre deux touffes de thym. Un vanneau vert mène ses quatre poussins de laine rousse sur un chemin qui contourne à travers des pieds de genévriers. Un pluvier doré épuce la marqueterie noire et or de ses plumes. Une sarcelle se baigne

dans le sable chaud. Un héron invisible crie. Un râle
au plastron gris marche en regardant derrière lui l'empreinte de ses pattes; le jabot gonflé; un fil imperceptible d'œil près de son long bec. Une échasse arrive sur
ses longues jambes d'or, elle ouvre ses ailes bleues,
s'asseyant légèrement sur le ressort de ses genoux et
s'élance; elle vole vers un appel plus sonore des grandes
eaux roulantes. Une épave de poutre équarrie émerge
de la boue sèche. Des rideaux de vernes, d'osiers, d'aulnes
et de buissons, multipliant leurs plis et des serpentements sans issue, serrent des flaques d'eau grise, des
lacs d'eau bleue, des entonnoirs de vase noire, des
plaques de boue sèche craquelée et racornie, de minuscules déserts d'un alfa d'ambre et empêchent les
approfondissements de l'horizon. La route ne peut voir
qu'à travers des feuillages poussiéreux. Elle tourne à
l'aveuglette faisant éclater des vols d'oiseaux et des bra-
sillements de papillons. Et soudain elle est envahie par
les menthes et les verveines; le mugissement éclate sur
elle si proche qu'une fine salive d'eau étoile le sable;
elle a juste le temps de retenir ses deux ornières; le fleuve
est là! Il est là; on le voit à travers un grillage de roseaux
et sa largeur est au-dessus des roseaux, dressée comme
un mur, portant des îles et un terrible mélange de
muscles d'argent. De l'autre côté des roseaux il est seul
dans la magique et formidable trouée qu'il a déchirée à
travers le ciel, la terre; loin par-delà sa rive opposée, il
a reculé de minuscules collines d'enfant. Ses bras nus
sont couchés dans des verveines plus épaisses que la
laine des moutons. Ses mains écrasent des écumes qui
jaillissent en s'éclairant d'arcs de couleurs. Des papillons boivent sur sa peau. Une adoration éperdue d'oiseau
le caresse sans arrêt d'un vol courbe qui appuie sur lui
tous les ventres de plumes. Des compagnies de canards

sauvages se couchent dans les poils vierges de sa poitrine, pendant qu'il la gonfle et l'abaisse, les naufra-
geant au fond de lui ou les haussant soudain si haut
qu'ils ouvrent leurs ailes et s'envolent. Mais ils retombent
sur le sein sauvage en éteignant la brusque lumière de
leurs ailes vertes et bleues. Des troupes de brèmes
claires sortant des sombres veines profondes viennent
dans les bords de l'eau dévirer le battement de leurs
ailerons roses et frapper l'huile des remous de leur
ventre d'argent. Elles emportent au fond de l'ombre
un petit soleil prisonnier. Un troupeau sans fin de
cavales fait fumer dans le large du fleuve un envole-
ment de crinières d'embruns mêlés d'engoulevents éperdus, d'énormes macreuses, de merles d'eau, de ma-
rouettes, de tourbillons de poules, de foulques rouges,
de nuages de mouches d'or, de bécasseaux, de perdrix
de mer et du vol brusque des barges rousses dont le
vol éclate comme la cocarde d'un pétard. D'énormes
chevaines émergent du flanc des vagues, mordent et
glissent de vague en vague. Des tanches dorées viennent
mâcher de leurs lèvres rouges la boue pantelante des
bords. Des esturgeons sautent lentement tout entiers
dans le soleil et retombent dans des giclements de fer. Des
saumons font claquer les eaux plates. Les flétans charrient
de l'ombre dans les gouffres illuminés. Dans les apla-
nures d'eau mince qui bouillonne entre les galets, des
fourmilières de vairons se battent à travers l'écume avec
des vols orageux de courlis. Des nuages de papillons de
lin brûlent d'une flamme d'azur immobile au-dessus
des tourbillons; le saut de la loche les mord; l'aile des
macreuses les bat, les coupe, les fouette, sans que jamais
s'éteigne le flamboiement des petites ailes dentelées. De
longues lamproies battent d'une queue violette, les bulles
blanches des gouffres vert-de-gris. Le cri des hérons

saute comme un palet dans les fuyants échos aquatiques.
Des cygnes à moitié dressés au-dessus des vagues
s'éventent de deux larges ailes dont l'éclat disperse sous
les eaux des troupes de poissons. Et le fleuve va. Il se
roule sur chaque bord dans des prairies aériennes de
papillons : Atalantes, Pasiphaés, Silènes, Satyres, Tabacs,
Parthenies, Antiopes, Belles Dames, Sylvains, et parfois
le large Jasius aussi grand qu'un oiseau. Tous mélangés
et étincelants comme l'écrasement du soleil dans le
biseau d'un verre. C'est une grande route du monde.
De farouches voyageurs de ténèbres agglomérés dans
le fond de ses eaux emportent dans le flottement de
leurs glauques manteaux la vie frémissante des laits de
poissons. Elle dégorge au ras des plaines les squelettes
brisés des blocs arrachés aux montagnes. Elle frappe
des épaules dans les champs. Elle se fait une large place
parce qu'elle est le charroi des semences; tout doit lui
céder la place. Tout s'écarte; tout s'ouvre. Elle serre dans
ses anneaux des villes bourrées de palais. Elle traverse des
déserts dont elle partage l'empire avec un soleil qui
dresse entre les cyprès les tréteaux d'un théâtre de
mirage. Du fond du pays, d'autres villes couronnées
d'arènes écoutent son mugissement d'insaisissable taureau. Nîmes, plus hautement couronnée de ces pierres
qui encerclent en fleurons le drame de l'homme et de
la bête, se repose, sous le soleil, dans une poussière que
des forces souterraines font battre comme le vent qui
frappe un étendard. C'est le lieu où les sources profondes enfouies sous les montagnes remontent. Elles ont
traversé les mystères universels; elles se sont chargées
des magies et des chimies naturelles; elles ont lentement
épousé des cristaux plus purs que les glaces polaires;
elles ont dormi dans des lits silencieux où le granit le
plus dur et le silex le plus lourd d'étincelles sont deve-

nus lisses, et plus savants en voluptés que les pierres les plus précieuses. C'est l'endroit où les sources souterraines émergent. Eaux vives encore de la vie universelle, et qui nous l'apportent. Et la route des eaux s'en va lentement s'enfoncer dans la mer.

Route qui emporte toutes les routes avec elle. Territoire des reflets et des morts. Au moment où le mélange de toutes les couleurs du monde entre dans la mer par vent du sud au large du cap Couronne. La terre est grise, la mer est grise, le ciel est gris. L'espace couché sous les nuages est plus vaste encore que l'espace des hauts plateaux. Cette fois, le monde est complètement étouffé sous les plumes grises du magique épervier. Rien ne permettra jamais plus le compte humain des distances et des formes. Pourra-t-il naviguer dans l'orage de l'inconnaissable, ce vaisseau de notre pauvreté, avec son équipage de paons?

Il n'y a pas de Provence. Qui l'aime aime le monde ou n'aime rien.

ENTRÉE DU PRINTEMPS

C'était plein de fumée et de cris. Là-bas au fond, les vaches tapaient du pied et secouaient les chaînes, énervées par toute cette fumée, ces cris, ces chansons. Une grosse odeur de purin et de foin sec coulait alors comme de la boue sur l'odeur des viandes, du vin et des chandelles. Rodolphe poussait dans ses moustaches des rots qui sentaient le chamois et la pipe. Il avait ouvert sa veste et, sous sa chemise, on voyait respirer sa poitrine épaisse comme une meule. Il tirait sur sa ceinture.

« Il y en va encore, criait-il, encore. Tant pis si ça me tue », et il repoussait l'escabeau et se penchait en appointant ses yeux sur la chaudronnée de viande.

La grande table craquait; on la frappait des genoux et des coudes pour se retourner et claquer des épaules à tour de bras.

L'autre table était couverte de sang, de poil et de plume. Des tripes chaudes, pleines et pourries, tombaient dans le seau comme du linge mouillé. La Dore fouillait le ventre des lièvres avec le crochet de sa vieille main, puis elle se secouait en jetant du sang partout. L'huile de noix toute fraîche criait à pleine poêle et hurlait chaque fois qu'on lançait là-dedans, à la volée, le râble d'un lapin ou la grosse cuisse encore tout enracinée du lièvre.

Elle débordait dans le feu. Des plaques de suie embrasées tombaient dans la cheminée.

Dans les caveaux de la montagne
Avec des litières de fer.

« Léopoldine!
— Foutre, tu te pousseras?
— Il y a du large sur la terre!
— Vas-y.
— Léopoldine! »
Pierre le vieux fumait sa grosse vieille pipe à tête de Turc. Il mettait sa bouche au tuyau, tirait un coup, puis se reculait en tordant sa lèvre comme s'il avait mâché du persil et il crachait à perte de salive jusqu'à être obligé de couper sa glaire avec les doigts pour dégager le menton. Entre-temps, il suçait un quignon rôti plein de jus de grive. Pierre le jeune poussait l'Antoinette de l'épaule.
« Oh! » disait-il.
Elle criait :
— Oh! »
Elle poussait aussi de tout le poids de son épaule grasse et elle riait à s'en faire trembler les seins.
« Laisse-moi manger.
— Oh! »
Il la poussait rien que pour sentir le chaud de cette graisse de femme.
La Dore allait à la jarre et elle puisait l'huile vierge avec une grande louche.
La bonbonne de vin était sur le chevalet, on la penchait, et elle dégorgeait à plein canon. Il y en avait trois qui buvaient dans des bols parce que le « Main d'or » n'avait pas des verres pour tous dans son armoire.

« Ah! je vais boire mon café », disaient-ils.

Ils remplissaient les bols; ils buvaient; ils renversaient le vin le long de leurs joues, jusque sur la chemise.

« Jeanne! » dit Simon doucement en se penchant vers elle.

Elle ne l'entendit pas, elle riait de la Dore qui déshabillait le lièvre avec tant de force qu'elle en avait tous ses cheveux devant les yeux.

C'était une joie qui s'allumait dans la bouche de Jeanne avec l'éclat de ses dents.

Il appela doucement : « Jeanne! »

Elle l'entendit et elle tourna son beau rire vers lui.

Dorothée balançait sa chaise à la cadence. Elle chantait avec sa grosse voix grave, les yeux perdus, perdus, perdus!

Il a pris son lourd manteau et il l'a mis sur son épaule.
Il a ouvert la porte par où tout entre et tout sort.
Et j'ai vu dessous ses pas l'herbe qui court, le vent qui vole...

Un chamois tout entier faisait plier la lardoire; petit Bizou tournait la manivelle avec sa main d'enfant. Quand la tête du chamois était en haut de la course, le poids gagnait petit Bizou et toute la bête tournait d'un coup au-dessus du feu. Une pluie de graisse criait dans la lèchefrite.

« Léopoldine! »

Léopoldine était là, attablée juste dessous la lampe, le visage tout cireux, des taches brunes sur les joues comme si on avait touché sa tête trop mûre. Elle n'avait que de la bouche et de l'œil. Elle riait sans bruit de son rire de plâtre en regardant les morceaux de viande dans son assiette.

« Léopoldine! Ça va te faire crever. »

Léopoldine portait dans son ventre un enfant de l'Adonis Jourdan, celui qui avait été tué par un sanglier. Ça se voyait lourdement. La vieille Babotte Jourdan surveillait ça. Elle était là, pas trop loin. La viande, ce n'était pas son fort. Elle buvait; elle humait après l'odeur de sa bouche d'un grand coup de nez qui prenait aussi le goût du rôti, des sauces, du fumier et de cette sueur de mâle et de femelle; elle regardait le ventre de Léopoldine. Fallait avoir l'œil sur ça. C'est mon fils qui revient, se disait-elle. C'est mon Adonis.

« C'est l'Adonis », disait-elle doucement au gros Alphonse.

Elle clignait de l'œil et, de sa main sèche, elle repoussait sa mèche de cheveux.

« Allons, pense donc un peu à autre chose », disait l'Alphonse en levant des bras gros comme des cuisses.

> *Là-haut, là-haut, plus haut que haut...*
> *Il est parti dans la montagne*

...chantait la gorge rouge de Dorothée.

Au milieu de la table, une large terrine tenait le lac noir des sauces d'où émergeaient les îles boueuses de la viande.

La Dore arrosait le chamois.

« Donne aux vaches », dit le « Main d'or ».

Les vaches étaient au fond, et à travers le râtelier on voyait le mur. Philippe se dressa. Il tenait sur ses jambes par la seule force de ses jambes. Il prit la fourche et distribua le foin. Un moment l'odeur allègre et poivrée de l'herbe sèche fuma par-dessus tout; une poussière dorée passa sous la lampe.

Simon regarda son beau-père. Il se taillait du pain. La miche dure criait sous le couteau comme un fruit vert. La mère sommeillait sur sa chaise, toute molle et balancée par le sommeil. Elle se réveillait :

« L'huile », disait-elle aussitôt.

Et elle faisait vers la Dore un petit geste de la main pour dire :

« Prenez, prenez, ne faites pas l'avare d'huile. »

Mais elle avait les boyaux pleins de viande; ça la travaillait, et elle se remettait à dormir comme une herbe qui écoute la peine de ses racines.

« Alors, ce chamois! cria Rodolphe. On en a assez de vos soupes de lièvre. »

La Dore toucha la bête du bout du doigt.

« Encore quelques tours; prenez patience, chantez un peu. »

Elle commença à chanter de sa voix de chèvre :

Quand j'étais jeune fille...

Léopoldine, Dorothée, les femmes, la vieille mère, Jeanne, suivaient doucement de la voix.

Avec le lait, avec la fleur, avec la fleur du lait.
J'avais la peau gentille
Et les mollets gonflets,
Avec le lait, avec la fleur, avec la fleur du lait.
Il prit à la brassette mon pauvre corselet
Avec le lait, avec la fleur, avec la fleur du lait.

Rodolphe se cura la gorge.

« Attention! » dit-il.

Il tapa sur la table avec la louche de bois. Il dressa la louche en l'air.

« Chantons la chanson des presseurs d'huile! Un, deux, trois!

Notre vie, nous la gagnons durement sous les astres,
Et chaque fois que nous avons un peu de joie
Elle est faite d'écorce dure et de lait jaune, comme les noix.
Allons, garçons, allons, garçons, tirons la barre.
Si nous voulions manger la joie, nous casserions notre
                                                    [mâchoire.
Mettons-la dedans un sac avec l'eau bouillante
Et puis tirons tous ensemble pour en écraser le jus.

« Voilà la bête, cria la Dore, venez! »

Ils se levèrent en bousculant les chaises, et les jarres de vin dansèrent sur la table.

« Attendez. Deux d'ici, deux de là-bas, reculez-vous, Dore, on n'a plus besoin de vous. »

Rodolphe et Simon saisirent la broche d'un côté. Pierre le vieux était venu aussi tout cassé.

« Où je mets ma pipe? » disait-il.

Il tournait comme un mouton lourd, à chercher une place propre pour y poser sa pipe.

Le « Main d'or » était de l'autre côté.

« Laissez-moi, je fais seul. Préparez le plat et attention au commandement, tous ensemble. Père Pierre, levez-vous de devant, vous et votre pipe. Vous y êtes. Enlevez! »

Ils haussèrent la bête hors du feu, puis presque au-dessus de leurs têtes; ils la portèrent sur la table. Ils la jetèrent sur le plat. Le fer de la lardoire sonna sur la grosse terre épaisse du plat.

Le haut de la maison crépitait dans la chaude fumée du rôti, et les vieilles mouches gourdes de l'autre été sortirent des poutres et se mirent à nager gauchement à travers la fumée.

« Ah! maintenant, on va manger. »

On tira la lardoire, elle sortit toute fumante comme

un épieu sort de la bête en vie. Ils arrachaient à pleine main des morceaux de la bête; elle s'écrasait en criant de tout son jus. La tête du chamois tomba.

« Donnez-la-moi, dit le vieux Pierre. C'est mon morceau. »

Il ouvrit son couteau à manche de corne. Il chercha le joint du crâne avec la pointe de la lame. Il ouvrit la tête en deux, il se mit à tirer la cervelle à pleine lame de couteau. Il avait posé sa pipe à côté de lui.

Babotte avait rejeté son fichu noir, elle mangeait à pleines lèvres dans une fin de cuisse, elle tirait sur la chair avec des mandibules sans dents. A des moments elle s'essuyait la graisse de la bouche avec le dos de la main et elle criait :

« Léopoldine! »

On voyait son regard qui s'abaissait jusqu'au ventre de la fille.

« Adonis, se disait-elle, mon Adonis qui va renaître! »

Elle mâchait longtemps, longtemps le même morceau.

Léopoldine avait un peu de dégoût et elle ne mangeait plus. Elle regardait le jeune Barthélémy, et lui la regardait du haut de ses deux mètres d'épaules. Il mangeait debout, adossé à l'armoire, et sa tête si haute était là-haut cachée dans l'ombre. Il pouvait regarder où il voulait sans qu'on le sache. Il regardait Léopoldine. Elle pouvait voir ses yeux là-haut qui disaient avec toute la tendresse de ce gros corps :

« Débarrasse-toi seulement, fais ton petit, que tu puisses servir, et puis tu seras ma femme, va, attends seulement. »

Léopoldine se mit à sourire du sourire des saintes vierges, larges comme le ciel.

« En somme, tu l'as tué où? demanda Rodolphe.

— A l'à-pic de Baumas. »

C'était le petit Cornand qui avait répondu. Petit de
tout, sauf d'âge, il était réduit comme un fer qu'on a
oublié au cœur de la forge. Mais dur comme ça. Les
bras courts étaient solides comme des câbles. Ses petites
jambes... Il en était fier, il n'était fier que d'elles : il
les ouvrait, il disait : « Regardez. » On regardait ce
triangle d'air là-dessous, le buste était comme un pilier.
« Il en a passé des montagnes là-dessous, disait-il, de
celles qui ne se décoiffent jamais. »

« Ce n'est pas de le tuer qui a été difficile, dit-il,
c'est de l'apporter. Tu sais l'à-pic? Tu sais le sapin?
celui qui se tord. J'étais là, j'entends chanter la casse.
Je me dis : " En voilà un. " Oui. Je tire. Il y reste.
Seulement c'était en bas. Au moins quatre cents mètres,
tu sais.

« En arrivant, j' l'ai quitté dans la cour. Je suis rentré
sans rien.

« Voilà, j'ai dit.

« J'avais mis mon chapeau à la mauvaise, la femme avait
l'air de dire :

« — Et alors, quoi, tu n'as rien tué?

« Elle m'a dit : " Tourne-toi. "

« Je me suis tourné.

« Elle a ri : " Ah! tu as du sang plein ta veste! Ne fais
pas l'andouille et dis-moi où tu l'as mis. "

— Ce que je me demande, dit Rodolphe, c'est comment tu fais pour ne pas te faire sentir par les bêtes.

— Comment je fais? » dit Cornand.

Il riait.

« Oh! Pierrine, comment fais-tu, toi, pour ne pas te
faire sentir toi, ma fille?

— Je sens bon, moi, malappris.

— Allez, allez, avec tes cheveux rouges, tu sens la
renarde. Quand tu te marieras, ton homme sera obligé de

te faire mariner pendant huit jours sous la neige avant de coucher avec toi. »

De rire, le vieux Pierre lâcha sa tête de chamois. Rodolphe se claquait les cuisses; il pouffa dessus la tête du « Main d'or » la gorgée de vin qu'il venait d'emboucher.

« Attention, toi, le grand, ris pour ton compte.

— Moi, dit Cornand, c'est bien simple, je n'ai pas une odeur d'homme; j'ai une odeur de montagne. Ma peau sent la montagne. Tu ne veux pas me croire? Tiens, renifle! »

Il déboutonna sa chemise et il avança sa poitrine.

« Renifle. »

Léopoldine se dressa : « Fais-moi renifler. »

Elle se pencha sur ce torse d'homme. Elle resta là longuement à renifler dans le poil et la sueur. Elle se redressa comme soûle.

« C'est vrai, dit-elle, il sent la montagne! »

Elle regardait droit dans la lampe sans la voir.

« Et puis quoi encore? cria la Dore. Je fais les sauces; je me rôtis plus que votre viande, j'ai la cuisse droite tant brûlée que la chair se désempare de l'os, et puis vous croyez qu'ils se pousseront? Vous croyez qu'ils vont me faire une place pour que je mange moi aussi. Non, ils sont là à se renifler, les salauds! »

« Pousse-toi », dit-elle à Léopoldine qui restait debout, plus lourde de montagne et d'odeur de bête à l'herbe que de l'enfant de son ventre.

« Elle a raison, poussez-vous.

— Venez, Dore, ma belle!

— Oui, oui, ma belle, maintenant que vous avez de quoi vous bourrer, vous m'appelez ma belle. Mais vous croyez qu'ils m'en laisseront seulement un morceau? »

Pierre le vieux fouillait au plat avec la longue fourchette.

Rodolphe lui escamota la pipe.

« Et ta pipe, dit-il, où est-elle? »

Pierre le vieux resta avec la fourchette en l'air et regarda :

« Eh oui, dit-il, c'est vrai, où est ma pipe? »

Les vaches tiraient sur les chaînes et tapaient du pied. La rousse tourna la tête, renifla la longue odeur de sang, de graisse et de feu; elle ronfla du fond de la gorge un petit beuglement peureux et doux.

« Les casses vertes?

— Oui, les casses vertes, dit Cornand. Avec le chamois là-dessus. »

Il montra ses épaules.

« Léopoldine! » appela doucement Barthélémy dans le bruit.

Dorothée mâchait et elle regardait la porte. Elle avait les mêmes yeux que la vache, larges et morts. La porte! et derrière ce vide terrible où il y avait cent mille chemins pour s'en aller.

Simon regardait Jeanne; il profitait de tout ce qui pouvait sembler naturel : regarder le plat, parler au « Main d'or », pour la regarder, elle, et pour lui parler avec ses yeux et avec tout son visage. Elle le regardait aussi maintenant.

« La " large terre ", dit Rodolphe en dressant sa cuiller en l'air. Chantons la " Large terre ".

— Oui, chantons la " Large terre ", dit Cornand. Mais tous ensemble alors, et en chœur.

— Je mange, moi, dit la Dore.

— Mangez, mangez, vous chantez comme les serrures.

Derrière la montagne, le grand pays, le grand pays! »

Rodolphe regarda les murs.
« Le grand pays... »
Il ne resta plus que le bruit du feu et de Dore qui mangeait.
Alors ils commencèrent à chanter, tous d'accord, tous ensemble, en se poussant d'abord un peu de la voix pour trouver leur place, mais côte à côte et bras à bras, d'un seul corps et d'un seul cœur; les hommes, les femmes, et ils soufflaient la chanson d'une même ouverture de bouche, et tous les yeux étaient devenus larges et clairs comme des pierres, et peureux de la peur fraîche des cieux et de la terre ouverts.

Derrière les montagnes, le grand pays, le grand pays!
Derrière les montagnes, le grand pays s'en va!
Il est plat comme une eau avec des plaques d'arbres,
Il est plat comme une eau avec des prés sans fin,
Il est plat comme une eau avec des prés profonds,
Et les herbes s'en vont là-haut jusqu'aux étoiles.

Les voix s'en allaient comme une troupe de chevaux. Dorothée était la petite pouliche blanche étroite de croupe et toute fuselée par le désir de partir dans les herbes. Elle dansait là-bas devant.

Dans l'aise de la terre plate et du soleil,
Avec un grand vent dans la tête.

Et il y avait de lourds chevaux solides et roux à gros poils.
Rodolphe et le « Main d'or » et le beau-père, ceux qui ont déjà écrasé tant d'herbe qu'ils ont déjà la bouche

verte et les pieds tout poissés, et ils marchaient de leur pas solide, et leur voix était solide et rousse; elle avait l'odeur des herbes et ils contournaient les plaques de reines-des-prés et ils faisaient siffler leurs crinières dans le grand élan du départ.

Le soleil est là-bas au bout, là-bas, là-bas,
Là-bas, là-bas dans sa maison de verts nuages,
Et le chemin est tout flambant, plus flambant que de la fumée
Et il s'en va partout, partout.

Barthélémy chantait du haut de sa hauteur avec sa voix de jeune étalon, et il voyait les bosquets et les ombres. Mais il s'en allait dans sa troupe, derrière sa femelle et son ombre. C'était le moutonnement d'ombres de toute cette troupe de chevaux chanteurs partis dans le grand pays vert.

Le beau large, le beau large, la vaste terre et le ciel.

Le pays pas encore respiré, la terre toute vierge et toute saine, sans trace de pieds et sans bruit de pas et sans bruit d'homme, où tous les nuages ne pèsent pas, où l'on peut marcher nu dans ses poils et dans sa santé, où tout est lueur de jeux et de bonds allègres dans la gloire du matin.

Et les femmes venaient douces et toutes frissonnantes comme de paisibles juments et le vieux Pierre criait des mots, tout en retard.

« Attendez-moi. »

Le foin est mûr, toute l'herbe est comme du beurre,
la terre est douce aux pieds, déjà on ne voit plus le hérissé
des arbres blancs dessous le givre des montagnes.

Et Simon chantait en accord et il écoutait là-dedans la voix de Jeanne. Il la trouvait toute seule à côté de sa voix à lui. Il n'entendait pas la galopade des autres, mais seulement ces petits pas légers qu'il voulait suivre dans le grand pays délivré du poids des nuages. Et Jeanne regardait Simon.

Il avait dit : viens, la lune est morte et on dirait que tout le ciel va naître.

Il avait ouvert la porte. Il ne faisait plus froid. On ne pouvait pas les voir sortir.

Il se sentait tout jeunot, comme un petit tout frais sorti du lait de sa mère. Un grand bon air pur volait dans sa tête, net de souci et de poussière, tout vierge aussi et plein de rayons et d'oiseaux.

« Tu vois, dit-il, c'est doux comme du jus de sureau. » Et il respira...

Elle respira aussi.

« Oui, dit-elle, c'est vrai. »

Et Jeanne, avec son bras souple, engerba le grand corps de Simon.

Ils s'en allèrent par les champs du même pas tranquille et lourd comme sous un même joug.

Le temps était devenu tout mou et il restait clair : on entendait là-haut, dans la montagne nue, la glace qui commençait à tonner à coups sourds. Le petit vent coupait encore, mais les étoiles n'avaient plus l'aiguisée des nuits d'hiver, elles étaient grises comme du vieux blé, et la nuit s'émiettait dans une moisissure verte qui était à la fois l'aube et une chose plus forte et plus sereine encore, venue du fond du ciel sur des ailes de fer.

Simon regarda le jour qui se levait, Jeanne s'appuyait contre lui de tout son corps et elle serrait ce
grand tronc d'homme et elle tâtait doucement, à pleins
doigts, sa force et sa chaleur et sa vie.

Simon regardait le jour :

« C'est le printemps qui vient, ma belle » ! dit-il.

Le ciel était devenu clair et franc, et, un soir, les
enfants se mirent à crier tous ensemble comme des
hirondelles. La barre des brumes hautes s'était enfin
déchirée et le mont Ferrand était né. Voilà qu'on recom-
mençait à voir le grand Ferrand, l'annonciateur des
temps clairs, du chaud et des libres jours. Il était né
tout nu et tout glacé encore. Il saignait de tous ses
rochers rouges, ruisselants de soleil couchant; il déchirait les nuages avec ses couteaux de pierre et doucement il s'habillait de lumière, comme un nouveau
soleil. Il resta là dans sa force de montagne. Il bouchait
toute la largeur du ciel vers le sud. Les enfants criaient
de joie et ils dansaient comme des chèvres et ils lançaient
leurs bérets en l'air. Alors l'air doux passait dans leurs
cheveux avec l'odeur des jonquilles. La nuit vint. Le
Ferrand restait tout rouge comme une grosse braise de
forge. Puis il s'éteignit lentement. Il ne faisait plus de
vent et le ciel ne se referma plus autour de la montagne
éteinte.

Tous les jours, maintenant, elle s'allumait. Elle
commença aussi à parler. Elle avait une grande voix
grave faite d'eau et d'échos, et des ruisseaux de pierres
brunes coulaient le long des pentes en chantant comme
des cloches.

Tècle venait tous les matins à la place de l'église et

elle écoutait. Ça commençait assez tard, avec le gros soleil, et tout d'un coup, elle avait sur elle la parole confuse et tout embrouillée des chutes d'eau et du torrent et ça lui crachait à la figure des paquets d'air frais. Alors elle ramassait ses petites jupes et elle se mettait à courir vers l'épicerie de sa mère.

Un matin, elle vit que la montagne s'enchapait de bleu, que le ciel était devenu trop épais et trop baveux, qu'il coulait sur le Ferrand. Les os de la montagne restaient clairs et luisants, mais, dans ses coins de graisse, la peau de terre devenait bleue comme le ciel.

Le temps était doux et mûr avec des jus de toutes les couleurs dans l'air, et le torrent d'Ebron gesticulait dans son grand lit de pierres; on l'entendait mâcher et remâcher de pauvres arbres morts, et il soufflait avec une telle colère que tous ses bords d'aulnes tremblaient.

Et puis, un beau matin, on vit que ce bleu qui avait coulé sur le Ferrand l'avait tout recouvert, et qu'on avait maintenant une montagne bleue, qu'elle parlait tout doucement, avec plus de gentillesse, et que ce bleu du ciel s'avançait dans les champs jusqu'à l'abordée du village.

Tècle prit courage et descendit vers les prés. Elle regarda l'herbe. C'était toute une troupe de petites fleurs qui avaient fait leur chemin, petit à petit, du haut du ciel à la montagne, de la montagne jusqu'ici. Elles semblaient faites d'un peu d'eau et d'un peu d'air, elles tremblaient parce qu'elles n'avaient pas l'habitude de la terre. Elles avaient une petite collerette sous le menton et de beaux bas tout dentelés. Elles ne savaient pas encore bien s'habiller comme dessus la terre. Tècle restait là, un doigt dans la bouche. Beaucoup de petites filles regardaient les fleurs, elles n'étaient pas en bande, mais chacune pour leur compte. Il y avait Tècle, puis un peu plus loin Marianne, puis Delphine et Catherine et, près du saule, Rosine la frisée, toute en extase et tant contente qu'elle contrefaisait la grenouille avec sa bouche.

Une force pesait contre les serrures des maisons et les clenches des étables. Par les joints des portes, on voyait passer les barres de soleil qui forçaient raide et dur contre les chambranles; et les portes craquaient et on sentait bien que quelque chose allait les défoncer tout d'un coup et toutes ensemble.

Ce fut au matin d'un dimanche : Durban, le sans-bouche, s'avança dans sa basse-cour et donna le vol aux poules; il se baissa sur l'une et l'empoigna aux ailes. Elle se mit à crier et toutes les portes s'ouvrirent. Joffroi s'en alla d'un pas clair délivrer l'étable comme si ç'avait été entendu depuis longtemps. Matelot se mit en route sur la route qui était droite devant sa porte. Il marchait comme pour aller à la fin du vaste monde, d'un pas si délibéré qu'en rien de temps il fut au détour. Là, cependant, une chose le mit en balance. Il resta planté au milieu de la route, à regarder autour de lui et à sourire. Sansombre passa son seuil et se mit à crier :

« Mélanie, Mélanie! »

Elle était déjà à la fontaine à regarder l'eau et tout.

« Quoi? »

Il lui fit signe « viens », à grands crochets de bras.

Elle arriva. Il la regarda venir. Elle marchait comme une grosse mère canard pleine d'œufs.

« Qu'est-ce que tu veux?

— Rien, dit-il, c'est comme ça. »

Et il riait d'un rire de feu qui va tout manger.

Les femmes criaient près du lavoir parce qu'il venait de se débonder et qu'on voyait enfin, là près du trou, ce petit chien qu'on avait tant cherché l'autre automne. Il avait passé tout l'hiver gelé dans la glace; maintenant il était là, tout gonflé, tout blanc, tout pelé et il pourrissait à vue d'œil.

M. Lignières se mit à dondonner la messe sur ses deux cloches. Il était là-haut dans le clocher. Il semblait en mécanique, un coup de là, un coup d'ici. Il avait l'air de ne plus pouvoir s'arrêter de sonner. Le son même des cloches partait dans l'air et sautait comme une chèvre.

De ce temps, Durban avait saigné sa poule et mis sa poêle au feu. Son âtre chantait si haut qu'il laissa sa porte ouverte.

Chez Babeau, on fricassait les oignons. Clorinde arriva sur sa porte en traînant son petit Joseph. Elle se mit à genoux devant l'enfant et elle lui noua une belle cravate de ruban tout mordoré; il en était comme un pigeon.

Les pigeons volaient à pleines ailes dans le pigeonnier encore fermé. Boromé monta à l'échelle et, avec une piochette de maçon, il démaçonna les trous. Dès qu'il avait fait le trou, le pigeon venait passer la tête avec sa belle cravate de plume. Il regardait de droite et de gauche, puis il sortait et s'envolait; il revenait vite, l'air ne portait pas bien encore.

A mesure que le soleil montait, le chaud s'affermissait et un grand dégel de liberté coulait de tout. Les petites fleurs bleues étaient maintenant bien habituées à la terre et elles faisaient de grandes assemblées au creux de l'herbe. On avait lâché les chèvres, les poules, les femmes et les enfants. Les hommes marchaient par les champs en comptant la prochaine peine. Tant d'ici, tant de là! Mais c'était une peine joyeuse et bien consentie. Ils étaient lourds de graisse d'hiver et le bon air les râpait déjà dans leur tendre, comme une râpe sur l'inutile du bois.

Les femmes étaient chargées d'une grosse cueillette d'enfants. Elles en portaient au bras, elles en avaient des pleins tabliers qu'elles venaient vider sur l'herbe luisante au soleil, dans les fleurs; elles en traînaient dans leurs jupes. Elles faisaient des fois deux ou trois voyages de la maison aux prés comme des fourmis qui portent du blé grain à grain, et elles riaient comme les petites filles. La prairie, dessous le village, chantait de tout ça comme un grand nid et le Ferrand souriait doucement là-haut, de son bel œil de glace. Il était, malgré son grand âge et ses rides, étincelant et hérissé comme un taureau neuf.

MORT DU BLÉ

Les blés poussaient. C'était un petit blé court en barbe blonde, et rare à voir les pierres des champs. Malgré ça, il se râblait sur ses tiges et tout son dessus alourdi penchait dans le mouvement de l'air comme un plateau de cuivre. Il était là, sérieux, à côté des avoines claires qui mûrissaient aussi. Celles-là, il leur prenait des envies subites, de ces énervements de filles, et elles se mettaient à courir à l'échevelée jusqu'en haut des coteaux. Là, elles regardaient de l'autre côté : c'était toujours le Val Noir ou bien la vallée du Vaudrey, ou bien le Val d'Enchat, ou la combe de Pierre Mousse. C'était toujours pareil. Il n'y avait pas moyen de quitter ce pays : toujours ces sapinières et ces arbres noirs, et ces mousses épaisses, comme si on avait écorché tous les béliers noirs du monde et qu'on ait mis les peaux à sécher par terre et sur les arbres. Alors, les petites avoines se faisaient un peu rebrousser le poil et puis elles se mettaient à redescendre le coteau à la course en passant comme du vent blond sur les beaux bleuets qui s'allumaient comme des étoiles.

Les champs de blé dansaient. Ils étaient graves et lourds. Ils frappaient de leurs grandes mains rousses sur les tambours détendus. Ça battait comme un cœur; ça sonnait sourdement par toute la terre · croum, croum,

croum. Le blé dansait. Parfois une alouette éperdue jaillissait. Elle criait :

« Le blé qui cuit, qui cuit, qui cuit... »

Le ciel l'étouffait sous une vague bleue.

L'Ebron était mort. Son grand corps grouillait de sarriettes, de chèvres et de couleuvres. Les énormes rochers qui étaient les rotules de ses genoux d'eau, ils étaient sans chair au milieu de ce désarroi d'os secs et de pierrailles; la belle jambe d'eau ne se pliait plus autour de la roche. C'était tout mort et immobile. Les grands bras du torrent étendus dans les aulnes, décharnés, avec encore quelques plaques, des vols de mouches mangeaient leurs eaux pourries. La forêt basse ne bougeait plus. Les bûcherons s'étaient retirés loin vers les combes hautes. De temps en temps, un ou deux bouscatiers sortaient du bois. Ils restaient là, à l'orée, à cligner de l'œil sous le chaud de la lumière. Ils traversaient l'Ebron sec. Les gros souliers sonnaient sur les pierres. Ils montaient jusque chez la Columette; ils se faisaient emplir les gourdes. Ils étaient blancs comme des navets. Ils sentaient le champignon et l'ombre. Mais, demi-heure de ces tables de fer au café et ils avaient perdu tout leur frais. Ils suaient, ils se grattaient, ils sentaient le vieux cuir. Ils repassaient l'Ebron et ils s'en allaient dans la cave des forêts, là-bas au fond.

On pouvait regarder les peupliers. Ils avaient beau être mous comme de la fumée, ils ne bougeaient pas plus que du fer.

Le lavoir, de temps en temps, son canon gouttait une goutte et le bassin bougeait un peu. Tout de suite après il était plat et mort comme de la glace et, dans son profond, on voyait l'accumulé du savon et de la crasse de cent lessives. C'était épais là-dedans comme une forêt au fond de l'eau.

Seuls les blés dansaient : croum, croum, croum, et ça devenait plus lourd et plus fort à mesure que le chaud montait, en même temps que tout mourait de ce qui avait été petite vie, en même temps que ce qui avait grosse vie mais prudence : les bois épais, les eaux des grottes et des gouffres, en même temps que tout ça se serrait et gardait son humide, le blé dansait. Il frottait sa main rousse sur la peau du tambour détendu : croum, croum, croum, et sans cesse ni repos, ni jour ni nuit, il dansait pesamment comme un cœur.

Sansombre rencontre Simon sur la place. C'était en plein midi d'un jour maintenant lourd et étincelant comme une meule de marbre.

« Alors? dit Simon.

— Demain », dit Sansombre.

L'ombre de l'orme n'était même plus fraîche et la fontaine, malade, gémissait, hoquetait et sentait la mousse.

Ils restèrent là un moment tous les deux, sans oser repartir sous le soleil.

Boromé tourna la rue. Il les regarda. Il s'arrêta.

« Demain, cria Sansombre.

— Chez toi? demanda Boromé.

— Oui. »

Le Matelot sortait de chez Columette.

« Demain, cria Sansombre.

— Bon, dit le Matelot.

— Je le dirai à Clodomir, à Joffroi, à Barbe-Baille et à Doron. Toi, vois Martin, Picollet, Pélissier, Belfruit et Catelan.

— On commencera par le grand champ, dit Sansombre, près de la terre de Durban. Qu'est-ce qu'il peut faire cette fois celui-là? Ça va être prêt chez lui aussi.

— C'est vrai, dit Simon. D'habitude, il est toujours de retour. »

Au bout d'un moment, Sansombre dit :

« Ça chauffe, et puis : au revoir.

— Au revoir, dit Simon, et à demain. »

C'était le grand silence d'été.

Sansombre vit le curé le soir.

« Alors vous venez demain? il lui dit.

— Bien sûr, dit M. Lignières. Pourquoi tu demandes?

— Pour rien, dit Sansombre, mais d'un an en an... on sait jamais, le vieux vous gagne. »

M. Lignières mit sa main d'os sur le bras de Sansombre, et d'abord il dit :

« Tu sues.

— Il fait chaud, dit Sansombre.

— Pour une chose comme ça, dit M. Lignières, on ne se fait jamais vieux. Sûr que j'y vais. Que je serve au moins à quelque chose. Où on va d'abord?

— Au grand champ.

— Tu as vu tes gens?

— Oui.

— On part quand?

— Trois heures.

— Tu veux que je sonne la cloche?

— Ça, c'est une idée, dit Sansombre.

— Bon. Comment tu peux croire, dit M. Lignières, que je n'irai pas moissonner cet an? On n'a pas encore cessé d'avoir besoin les uns des autres. A demain.

— Adieu, Lignières », dit Sansombre.

Tiens, il pensa, je lui ai pas dit « monsieur ».

La cloche sonna à trois heures du matin. Il y avait déjà des gens par chemin. Sansombre était parti premier avec la cavale qui portait les sacs de pain, les deux jambons et le baril.

Simon choisit sa faux et puis sa pierre. Il avait trois pierres; il les soupesa.

« J'y vais, dit Marie.

— C'est loin.

— J'aurais peur toute seule ici, dit Marie. Il ne va pas rester corps-âme au village. »

« C'est lourd? demanda père.

— Non », dit Jean-le-Bleu.

Il portait le faucillon et la gourde d'eau. En passant devant chez Boromé, il regarda le hangar. Il était vide. Il y avait un grand panier commencé. En arrivant au haut des aires vers la croix des chemins, il regarda en bas dans les prés. On voyait à peine les saules. Il y avait bon jour, mais une épaisseur de brume de chaud.

On entendait la cavale de Sansombre là-haut dans les pierres. Barbe-Baille souffla sa lampe, ouvrit sa porte, regarda l'aube, posa sa faux, ferma sa porte, reprit sa faux et s'en alla.

L'Adeline, la Mélanie, l'Héloïse, la Maxima, la Zélie et la Mariette descendaient la rue. Elles avaient mis les gros souliers. Colombe Boromé arriva par la traverse.

« Oh! Colombe. »

M. Lignières sortait par le devant de l'église, ferma la porte à clef, dressa le bras et mit la clef sur une poutre de l'auvent. Il avait ses pantalons de velours et une chemise toute propre, toute blanche. Il était bien rasé, il avait coupé ses cheveux. Sa bouche riait toute seule.

Devant chez Picollet, il appela :

« Irma.

— Oui », dit-elle de la fenêtre.

Elle boutonnait son caraco.

« Elle est prête, ma faux?

— Entrez seulement, monsieur le curé. Derrière la porte; je descends pas, je suis pas prête, moi. Le Picollet est déjà parti, cet homme. Derrière la porte, vous l'avez?

— Dérange pas, je l'ai. Dépêche-toi, dit M. Lignières, tu vas être la dernière. »

Il s'en alla avec sa faux à l'épaule.

L'Adeline et la Mélanie avaient des jambes de fer. Elles étaient déjà là-haut aux érables. Jean-le-Bleu marchait derrière le père. Il avait mis le faucillon à l'épaule. Un pas du père, un pas de moi. Je fais des grands pas, moi. Il avait des pantalons de velours qui chantaient et des souliers durs comme de la corne. L'Héloïse, la Zélie et la Mariette avaient pris par le travers. La Maxima était restée à l'embrassement des chemins à se dire :

« Par où je passe? »

Derrière elle arrivait Barbe-Baille et ses grandes jambes, le Matelot, Boromé, Philomène Sansombre avec les deux petits par la main, et un peu derrière, Simon.

La Maxima monta avec eux par le chemin. Les trois autres s'en allaient par la traverse.

Là-haut, sur l'épaule de la montagne, on voyait le champ de Sansombre, lourd de blé.

Tout le long du chemin, les pierres coulaient sous les pieds. Des têtes dépassaient les buis.

Le jour s'allumait petitement et il ne faisait pas encore trop chaud. Il y avait seulement un calme si épais qu'on était obligé de tirer l'air à pleine bouche pour respirer.

Marie ferma sa porte et commença à monter le chemin. C'était dur de monter avec la béquille. Le village était désert comme une pierre. Marie mit longtemps à dépasser les premiers raidillons. Enfin, elle dépassa le rebord.

« On commence comment?

— En montant », dit Sansombre.

Le champ de blé est droit comme un mur.

Simon aiguise sa faux. Lignières aiguise sa faux. Barbe-Baille lance son rond de bras. Boromé fait son pas. Sansombre attaque l'angle. Matelot enlève sa chemise. Trois sont déjà entrés dans le blé. Ils sont quatre en ligne, six sur le côté des vernes, quatre du côté des chênes. Les femmes attendent les premières jonchées. Adeline ramasse déjà, Zélie se penche. Mariette s'avance. Héloïse bouge ses bras pour préparer. Maxima remonte ses manches.

Les deux des vernes taillent droit. Les quatre des chênes marchent en biais; les quinze de front se balancent d'aplomb. Simon est près de Lignières. Lignières a le bras court. Il fait bien attention, mais il laisse un floquet tous les quatre coups. Simon donne un cinquième coup sur sa droite et il coupe le floquet. Lignières fait un petit pas sur la gauche après chaque coup. Il ne laisse plus le floquet d'épis. Simon reprend son aplomb. De temps en temps sa faux vient un peu voir du côté de Lignières. Boromé lance son coup de faux et puis relève le pied gauche.

Mariette embrasse les javelles. Elle tord un lien de paille; elle attache la gerbe. Elle la jette derrière elle. L'Héloïse va si vite qu'elle est sous les pieds des moissonneurs.

« Gare la tête! »

Mélanie, Maxima et Zélie font les tas.

Jean-le-Bleu taille des liens avec son faucillon. Léonard les tord. Mille les porte aux femmes. Jean-le-Bleu s'arrête. Léonard prend la faucille. Mille tord les liens. Jean-le-Bleu les porte.

Mariette envoie la main derrière elle; elle prend le lien, elle embrasse la gerbe; elle l'attache; elle la jette derrière elle. Mélanie la prend. Zélie la place. l'Héloïse jette sa gerbe; Maxima la prend; Zélie la place.

« J'ai mal aux reins. »

Simon jette sa faux. Lignières pousse. Boromé tire et relève le pied. Le blé coule entre eux comme de l'eau. Le milieu du champ chante toujours son : croum, croum, croum. Il ne fait pas de vent. Il fait chaud. On a soif. Jean-le-Bleu porte la gourde d'eau à son père. Le père Joffroi ne boit pas de vin au travail. Mariette envoie la main derrière elle. Il n'y a pas de lien. Elle regarde :

« Alors, petits?

— Voilà », dit Léonard.

Elle embrasse la gerbe, elle la lie, elle la jette. Zélie la place. Simon pousse sa faux dans une grosse épaisseur avec un rond balancé d'épaules. Lignières lève sa faux; Boromé glisse sur une roche. Le blé coule. Simon prend sa pierre et aiguise sa lame. Il fauche encore. Lignières aiguise; Sansombre aiguise; Boromé s'essuie le front et remonte sa ceinture. Le père Joffroi est du côté des vernes. Il relève la gourde. Il se fait gicler de l'eau dans la bouche. Il est tout rouge. Il se bande les reins en arrière. Il avait mal aux reins avant de partir ce matin. Il fait la grimace. Il se remet à faucher. En repartant, il boite.

Ceux des vernes mangent le blé plus durement. Les femmes ne peuvent plus tenir pied à faire les gerbes. Ceux des chênes ont perdu l'alignement; leur front de taille fait la jambe de chèvre. Matelot est en retard. Il s'est arrêté pour remonter sa ceinture de laine. Elle s'est défaite, il a été obligé de l'enrouler de frais.

On sent que le soleil monte de l'autre côté du Ferrand, et qu'il va sortir. La montagne devant le soleil est toute bleue, hérissée de rayons; bleue, comme en poussière.

Simon a un fauché lent et large qui déblaie bien. Il est grand. En lançant son coup il se penche, il va loin. Ça tourne clair autour de lui. Lignières a encore un bon fauché pour son âge. Il est trop droit. Ses reins ne mettent pas du leur; c'est trop raide. Il veut tout faire des épaules et sa faux remonte. Ce qu'il coupe, c'est pas égal. Boromé, c'est le maître. Il est loin devant. Il mange le blé comme un rat. Là où il est, ça fait poche.

Mariette compte en ramassant derrière Simon :

« Un, deux, trois. »

Derrière Lignières, trois; derrière Sansombre, quatre; derrière Boromé, cinq. Cinq gerbes, et il faut avancer de trois pas tant il est loin.

D'un coup, le soleil a dépassé le Ferrand et il s'appuie sur tout avec son grand corps tranchant. On n'entend que le bruit du blé, le han-ha des hommes qui respirent, le vol des faux et les soupirs des femmes.

Lignières s'arrête; il appuie sa faux contre lui. Il enlève sa chemise. Tout de suite, il y a un cap de blé devant lui. Une pointe de blé debout qui vient vers lui. Simon s'est avancé à gauche; Sansombre à droite. Lignières, le torse nu entre au travail. Mariette ramasse la chemise et la met près du gerberon. Simon s'arrête, appuie la faux contre son flanc, enlève sa chemise. Lignières rattrape Simon. Mariette ramasse la chemise et la met près du gerberon. Sansombre enlève sa chemise. Mariette finit la gerbe. Elle la lie; elle la donne à Zélie; elle lui donne la chemise de Sansombre. Boromé enlève sa chemise et serre sa ceinture. Les quatre dos sont rouges. Lignières a du poil sur les épaules. Joffroi appelle :

« Jeannot. »

Jean-le-Bleu court dans l'éteule.

Père quitte sa chemise. Il a de grosses touffes de poils

gris sur sa poitrine, comme les béliers et des muscles
tout entortillés dans son épaule et qui font la balance,
et qui bougent de chaque côté de la tête comme les
fléaux de la balance quand il reprend sa faux et qu'il se
lance au blé.

Matelot danse, les bras en l'air. Il écrase une fourmi-
lière. Zélie dégrafe son caraco, elle élargit bien l'ouverture. Elle est toute rouge là-dessous et elle se frotte les
hanches avec le plat de la main.

Simon lève la faux; Lignières, Boromé, Sansombre
aussi, tous ensemble. Tous ensemble ils l'abattent d'une
longue glissade et le blé tombe tout à la fois devant eux.
Un moment, ils gardent le rythme; droite-gauche, tous
à la fois, tous le pas, tous le jeté du pied. Ça aide. Ils
avancent. Lignières se mord les lèvres. C'est dur de
suivre. Simon a trente-cinq ans. Boromé est dur comme
fer et Sansombre est dans son bien. Zélie a ôté son corsage; elle a juste gardé sa chemise échancrée et sa jupe.
Mariette aussi. Léonard retire sa chemise. Jean-le-Bleu
coupe les liens. Léonard les tord. Mille les porte aux
femmes. Il y a vingt gerberons de ce côté-ci. Mariette
envoie la main; elle prend le lien, elle embrasse la gerbe,
elle l'attache, elle se redresse; elle bande ses reins en
arrière, elle jette sa gerbe. Mélanie la prend, elle se
redresse, elle porte la gerbe au gerberon. Simon lève sa
faux. Lignières la lance. Boromé la retire. Sansombre est
dans son élan. Le blé tombe devant comme l'eau de
l'Ebron quand elle saute les rochers et qu'elle cavalcade,
pleine de boue, à travers la vallée avec ses grosses pattes
palmées et ses crinières d'écume, comme une harde de
chevaux.

Le soleil tourne dans le ciel comme une meule à
craie. Toute la poussière de la terre est en l'air. Elle
reste là, épaisse, sans bouger, sans flotter. Les arbres

sont blancs, l'herbe est blanche. Le blé qui tombe fume comme s'il était en feu. La poussière monte de lui et tremble, toute luisante de lumière grise. Le Ferrand n'a plus de couleur, le ciel n'a plus de couleur. La terre est grise, le blé est gris, le ciel est gris. La chaleur s'écroule sur le monde comme une montagne de cendres.

Simon, Lignières, Boromé, Sansombre, nus jusqu'à la ceinture se battent avec l'herbe. Quand ils se redressent, ils n'ont que la couleur de l'œil, dans l'ombre du chapeau. Le reste, c'est une boue de poussière, de sueur et de sang. Le sang est là, juste de l'autre côté de la peau.

Tout est gris, tout brûle. Le blé fume. Ceux des vernes sont nus. Ceux des chênes sont nus. Matelot a ôté sa ceinture, il a lié ses pantalons avec un lien de gerbe. Les quatorze faux entrent dans le blé. Les bras se balancent, les bras ramassent le blé, les jambes avancent, les pieds écrasent l'éteule, les mains tordent les liens, les mains vont chercher les liens, entourent les gerbes, serrent les gerbes, placent les gerbes au gerberon. Les poings serrent les manches des faux, pèsent sur la faux, la retirent, serrent, pèsent, la relancent, le pied s'avance, les reins se courbent, les poings pèsent, serrent, relancent la faux; les pieds s'avancent, les reins se courbent. Les hanches font mal; la tête bourdonne; l'œil tremble. Les dents mordent. Le nez pompe. La bouche aspire. La gorge cuit. Une grande douleur darde de longues flammes dans les échines. La terre est grise. Le blé est gris. Le soleil pèse de toute sa force. Les poings se serrent; le pied avance. Les mains ramassent le blé. Les bras font la gerbe. La main prend le lien, les doigts font le nœud, l'épaule rejette la gerbe, la main prend la gerbe au lien, le bras la tire, l'épaule la relève, la main la place au gerberon. La terre est cuite, le blé est gris. Le soleil moud de la craie à pleine meule. Les seins font

mal; les cuisses font mal; les bras font mal; la tête est
lourde; les cheveux pèsent; l'œil tremble; les dents
mordent; les jupes brûlent les hanches comme du feu.

Jean-le-Bleu, à plat ventre dans l'ombre grise ne
bouge plus, face contre terre. Léonard ne bouge plus.
Mille ne bouge plus. Du côté des vernes, du côté des
chênes, du côté d'aplomb, il n'y a plus d'hommes, plus
de femmes; il n'y a plus que des mains, des bras, des
poings, des jambes, des pieds, des mollets, des épaules,
des doigts, des dents, des bouches, des reins, des hanches,
des seins, des cuisses qui travaillent la bataille contre le
chaud, contre le blé, contre le soleil. Le grand soleil
solitaire écrase sa craie d'été sur le monde.

Lignières pose sa faux.

« Oh! », il fait en bandant ses reins en arrière.

Simon s'arrête, Sansombre s'arrête, Boromé, Matelot
là-bas; Héloïse, Zélie, Mélanie, Maxima, Adeline, ceux
des vernes, ceux des chênes : tout le monde s'arrête.
Il fait trop chaud. On voit ces quatre qui sont là-bas
du côté des vernes s'arrêter, se regarder. Ils dressent
la main en l'air, vers ceux d'aplomb où se trouve Sansombre, le maître d'aujourd'hui. Sansombre met ses
doigts dans sa bouche et siffle. Ceux des vernes chargent
la faux à l'épaule et s'en vont vers le bosquet de vernes.
Ceux des chênes attendaient. Maintenant que Sansombre
a sifflé, ils ont mis la faux à l'épaule et s'en vont vers la
chênaie. Ceux d'ici chargent la faux et vont vers les
érables.

« Bon matin, dit Lignières.

— Long matin », fait Simon.

Sansombre va du côté de la cavale où sont les pains,
le jambon et le vin. Il traîne la jambe en marchant.

Marie est là, sous les érables. Elle avait préparé des feuilles sèches pour tous, une plus grande épaisseur pour Simon. Ça ne se voit pas, c'est tassé. Il le sentira en se couchant.

Lignières se couche. Boromé aussi. Simon aussi, et il rabat son chapeau sur ses yeux.

Sansombre revient avec un sac de pain et un tail de jambon.

« Je vais chercher le vin. »

Il s'en va en traînant la jambe. Il apporte un petit baril.

« Oh! Lignières.

— Oh! »

Lignières enlève son chapeau de dessus sa figure.

« Tiens. »

Sansombre tend le pain et le jambon.

« Coupe-le, dit Lignières.

— Comme ça?

— Oui, merci.

— Oh! Simon.

— Coupe-le.

— Regarde.

— Oui, ça va.

— Oh! Boromé. »

Boromé s'assoit sur les feuilles et sort son couteau.

« Marie, sers-toi.

— Couche-toi, Sansombre, dit-elle, je vais porter le manger à ceux des vernes, et puis aux chênes. Que je serve à quelque chose.

— Bon », dit Sansombre.

Il prend son jambon, il se couche. Simon mange de couché. Il plie son bras droit, il mord le pain. Il plie son bras gauche, il mord le jambon. Il allonge ses deux bras le long de lui et il mâche longtemps sa bouchée.

Lignières s'est mis sur le côté. Boromé est assis.

Marie prend le sac, elle met la béquille sous son aisselle et elle part vers les vernes.

Le champ de blé ne chante plus; doucement, avec ce qui reste de blé droit, il soupire un petit soupir de fer. Le soleil est si lourd qu'il fait craquer les arbres.

Marie, toute seule, traverse lentement le champ désert.

Sansombre s'est dressé. Boromé, le nez dans les feuilles, ronfle. Lignières dort; il serre les lèvres, il ne bouge pas. Simon dort. Marie, assise, regarde par-delà les feuilles, le plein large du soleil. Rien ne bouge. La terre est étincelante et morte comme du marbre.

Sansombre siffle.

Lignières s'est levé le premier. Il a fait deux, trois pas, comme s'il marchait sur des lames de couteau.

Ils sortent, là-bas, de l'abri des vernes. Ils marchent vers le blé comme de gros bousiers noirs et boiteux; la corne de la faux tremble au-dessus de leurs têtes.

Jean-le-Bleu s'est éveillé tout ébloui, tout suffoqué, comme un plongeur qui a touché le fond avec sa tête, le nez plein la bouche pleine, secoué d'un lourd éternuement.

« En avant. »

A cinq heures, c'est fini pour Sansombre. Cent gerberons de vingt gerbes; sur le haut du champ, l'épi était léger, la paille courte et les gerbes comme des enfants de six mois. On a mangé debout, sans rien dire, au milieu du champ plat.

Les premiers arrivés attendirent devant l'église. Ils s'assirent sur l'escalier.

« Alors, demain? » dit Sansombre.

Ils se regardèrent.

« Demain, ça pourrait être chez moi, dit Boromé, si vous voulez.

— Oui, dit Matelot, seulement après, faudra penser au mien; faut pas trop le laisser dans son val-des-chats; il est à l'ombre.

— Moi, ça peut attendre, dit Boromé.

— Moi aussi, dit Matelot.

— Vaudrait mieux commencer par celui de Matelot.

— Alors, à la même heure.

— Seulement, dit Lignières, il ne faudra pas vous fier à ma cloche. C'est dimanche demain; je dirai ma messe avant de partir. »

Il prit la clef à la poutre de l'auvent et il ouvrit l'église.

La cloche sonna vers les trois heures du matin. Quatre ou cinq coups légers montèrent comme des bulles dans le vent de l'aube pour aller éclater doucement par là-haut contre le front du Ferrand.

Simon se leva.

Il y avait de la lumière à l'église.

Adeline et Mélanie descendirent la rue.

Barbe-Baille ouvrit sa porte, posa sa faux, ferma sa porte, reprit sa faux et s'en alla.

« Babeau, j'ai mal aux reins, dit Joffroi; je me fais vieux. »

Il se leva; ses genoux craquaient.

« Feu de Dieu », il jura, les mains aux fesses.

Jean-le-Bleu dormait.

« Oh! » dit Joffroi, en lui touchant le menton.

Jean-le-Bleu s'éveilla. Dès l'œil ouvert, il vit le père debout près de son lit. Il se sentait plein de blé gris jusqu'à en vomir.

L'aube mûrissait doucement.

« Pas fatigués? demanda Boromé, le soir, quand on arriva devant l'église.

— Quarante-trois gerberons, pensait le Matelot. Selon ce que ça rend, ça fera assez.

— Alors, à la même heure demain. »

Lignières prit la clef sur la poutre de l'auvent et ouvrit l'église.

La cloche sonna à trois heures.

Simon se leva.

Adeline descendit la rue. Elle frappa chez Mélanie :

« Mélanie. »

Au bout d'un moment, la fenêtre s'ouvrit.

« Je m'habille. »

Barbe-Baille ferma sa porte, reprit sa faux et s'en alla.

« Laisse le petit aujourd'hui », dit Babeau.

Joffroi s'était approché de la fenêtre. Il avait posé son pied nu sur une chaise. Il coupait ses cors avec un couteau.

Matelot passa par sa grange. Il regarda le sol nu. Il compta les pas.

« Un, deux, trois, quatre. »

Il voyait son blé.

« Je demanderai une planche à Taillas », dit-il.

On entendait des pas sur le chemin.

Mélanie passait, les reins courbés et les pieds lourds. Le cheval de Boromé vint doucement dessous ses trois sacs où étaient les pains et le jambon. Barbe-Baille marchait avec sa faux à l'épaule, courbé sous elle comme si elle avait été emmanchée dans un tronc de sapin.

« Vous vous reposez demain? dit Babeau.

— Non, demain c'est pour nous.

— Tu aurais pu le dire plus tôt.

— Si tu crois qu'on pense à ça.

— Voilà qu'il va me falloir tout préparer : le jambon, le pain, et tout. Dieu!... Et toi, comment ça va tes reins?

— Ça va », dit Joffroi.

Il s'assit dans son fauteuil de bois, posa ses mains sur ses genoux, abaissa lentement ses reins jusqu'au dossier.

« Là », il dit en soupirant.

Il s'appuyait de tout son poids.

Marie faisait fondre du sel dans une cuvette d'eau. Simon était étendu à plat ventre sur son lit. Marie trempa une serviette dans l'eau. Elle s'approcha.

« Fais voir », dit-elle.

Simon soupira.

« Là », dit-il.

Il montra avec sa main le pli des reins au-dessus des fesses.

« Enlève ta main. »

Elle appliqua la serviette froide et âpre sur la peau crevassée de sueur et de soleil.

« Feu de rosse de sort », gémit Simon.

Lignières était étendu sur son lit. Sans bouger son corps il étendit son bras et ramassa sa canne par terre. Avec elle, il fit tomber un morceau de pain qui était sur la table. Il l'approcha avec la canne jusqu'à le prendre avec la main. Il se mit à manger. Les miettes craquaient dans sa bouche comme du maïs cru.

« On partira à quelle heure? » dit Babeau.

Joffroi ouvrit l'œil.

« Trois heures. »

« Cette putain de cloche », dit Simon; puis il s'éveilla.

La cloche sonnait. L'aube était là avec son vert. Rien ne bougeait dans le monde. La terre était plus immobile qu'avant, avec tout ce blé coupé.

Marie dormait.

Simon se leva. Il se baissa sur ses souliers. Il trébucha.

« Rosse de sort », dit-il entre ses dents.

Sous ses genoux il avait des boules de feu. Elles s'écrasaient entre sa cuisse et sa jambe quand il pliait le genou, et les paillettes de feu entraient dans sa chair comme du fer rouge. Une ceinture d'épines crevait ses hanches. Le col de la chemise pesait comme un collier de cheval.

« Marie. »

Il lui toucha la joue.

« Je pars. »

Elle essaya de se lever. Elle ne redressa que son cou de poulet.

« Peux plus, dit-elle.

— Reste. »

Elle le regarda partir. Il traînait les pieds. Il était plein de grognements comme une eau qui va bouillir.

« Joffroi, Joffroi », appela Babeau.

Il resta comme de la pierre, puis il demanda :

« Quoi? au fond de son sommeil.

— Trois heures.

— Bon », dit-il.

Elle le secoua.

« C'est chez nous aujourd'hui. »

Il s'éveilla.

« Quoi?

— C'est chez nous le blé aujourd'hui. »

Il regarda l'aube verte.

« C'est plus une vie », dit-il.

Barbe-Baille ouvrit sa porte, posa sa faux, ferma sa

porte, tendit la main vers la faux et fit deux ou trois fois aller et venir ses reins pour goûter la douleur au fond. Il prit sa faux et s'en alla.

En rentrant, Boromé s'est assis deux ou trois fois à vide sur ses jambes pour savoir combien ça peut encore valoir ces jambes-là.

« Hé », il a dit.

Colombe soupire.

« Ce blé, ce blé. Ils en ont pour jusqu'à dimanche. »

On entend l'homme là-haut qui bâille comme un taureau.

Cent gerberons chez Sansombre, quarante-trois au Matelot, cinquante-huit chez Boromé, soixante-quatre chez Joffroi, quarante à Simon? vingt, seize, trente-quatre, samedi, dimanche, lundi, mardi; la terre est morte, le soleil est de plus en plus lourd; il pèse tant de tout son poids sur la terre que plus rien ne bouge, plus rien, il moud tant de craie, de poussière, d'air étouffant, que tout est blanc, que tout est à la mort. Il reste encore du blé debout chez Mariette, Adeline, Héloïse, Durban, Taillas, Zélie, Barbe-Baille.

Trois heures.

La cloche sonne.

« Saloperie de bonne mère, grogne Simon de son lit.

— Joffroi. »

Il ne bouge pas.

« Joffroi, dit Babeau, reste, tu vas te tuer, à ton âge.

— Ils ont fait pour moi », dit Joffroi.

Il se lève.

« Feu de Dieu, il crie.

— Crapule de sort », dit Boromé entre ses dents.

Barbe-Baille ouvre sa porte, quitte sa faux.

« Pute de nature. »

Lignières sortit de l'église. Il laissa la porte ouverte. Il était maintenant maigre comme un sifflet. Il s'étira en gémissant :

« Oh! belle face sanglante du Seigneur. »

Vers cinq heures du matin, la cloche sonna doucement.

Simon l'entendit.

« Rosse, il pensa, trois heures, le blé. »

Sur les ondes que la cloche déroulait dans l'air immobile, se balançaient de lourdes vagues de blé gris. Une boule de poussière éclata dans sa tête. Il entendait les herbes, le crépitement de la pluie de craie et le ronflement du soleil. Il tournait si vite qu'on ne voyait plus ses rayons.

« Rosse. »

Il était transpercé de grands clous de douleur.

« Mais on a fini, on a fini hier. Pourquoi il sonne? »

La cloche s'était arrêtée.

« Ah! » soupira Simon.

Une effroyable lassitude mâchait ses muscles un à un.

Quand M. Lignières eut fini de sonner, il redescendit. Il était encore en pantalons de velours et en gros souliers. Il avait dormi tout habillé sur son lit. Il toucha du long de sa main sa barbe de huit jours. C'était piquant comme une éteule sur le soc du visage.

Ça mangeait le tour de l'œil, le long du nez, le creux des joues.

La porte de l'église s'ouvrit, cria et retomba.

Il regarda. C'était l'Héloïse Catelan qui venait d'entrer.

« C'est l'heure », se dit M. Lignières.

Il fallait s'asseoir sur le lit et tirer ses pantalons de velours, et puis prendre ses petits souliers légers, à boucles. Il avait le nez plein de poussière de terre. L'air qu'il respirait avait le goût de gros été. Il lécha le coin de sa lèvre. C'était salé de toute sa sueur sèche et râpeux comme de la couenne neuve.

Il écarta ses deux bras fatigués.

« Je le fais en bonne intention », dit-il.

Il passa son surplis par-dessus sa chemise sale. Il saignait des deux mains.

Il regarda dans l'église. Elles étaient quatre. Il appela :

« Clarisse.

— Monsieur l'abbé. »

Elle arriva.

« Tu me serviras la messe, dit-il.

— Vieille comme je suis?

— Oui, prends la sonnette, passe.

— Vous me direz, monsieur l'abbé?

— Oui, je te dirai. »

Ils entrèrent tous les deux dans l'église. Il faisait grand jour.

« Tu vas me chercher une chaise, dit M. Lignières. Ça ne semble pas, mais je suis fatigué. »

Il la regarda aller chercher la chaise.

L'Héloïse, la Lydie et l'Augusta regardaient M. Lignières et sa barbe sale.

« Je suis fatigué, dit-il à haute voix; depuis dix jours que ça dure.

— A votre âge, répondirent-elles, vous n'avez pas de raison. »

Par la fenêtre ouverte, un pigeon entra. L'Augusta essaya de lui faire peur avec son tablier.

« Laissez-le, dit M. Lignières, il ne nous gêne pas. »

Il plaça la chaise près de son livre.

« Je vais vous la lire d'assis, voulez-vous?

— Faites, monsieur l'abbé, dirent-elles ensemble.

— Tout à l'heure, je me dresserai », dit-il avec un petit rire d'excuse.

Le pigeon picorait le bénitier. Il se baigna, se mit à battre des ailes, tout blanc, tout propre, tout fusant d'eau dispersée.

« Pigeon, dit M. Lignières, si tu veux, reste, mais fais silence et écoute. »

DU MÊME AUTEUR

L'IMAGINAIRE
GALLIMARD

Dernières parutions

Ouvrage reproduit
par procédé photomécanique.
Impression B.C.I.
à Saint-Amand (Cher), le 26 mai 1995.
Dépôt légal : mai 1995.
Premier dépôt légal : août 1994.
Numéro d'imprimeur : 1/1354.
ISBN 2-07-073952-X./Imprimé en France.